Viktoria Schwenger
Das geliehene Glück

Viktoria Schwenger

Das geliehene Glück

Roman

rosenheimer

4. Auflage
© 2022 Rosenheimer Verlagshaus GmbH & Co. KG, Rosenheim
www.rosenheimer.com

Titelfoto: © Andreas P. – Fotolia.com (oben) und
photoinstyleat – Fotolia.com (unten)
Lektorat: Christine Weber, Dresden
Satz: Carmen Oberlechner, Rosenheim
Druck und Bindung: GGP Media GmbH, Pößneck
Printed in Germany

ISBN 978-3-475-54292-3

1

Ein weißes Dreikönigsfest! Nachdem, wie so oft in den letzten Jahren, an diesem Weihnachtsfest alles grün geblieben war, hatte es in der Neujahrsnacht endlich geschneit. Jetzt lag der Schnee in glitzernder Pracht fast einen Meter hoch.

Jörg stapfte in seinem dicken Anorak und den warmen Winterstiefeln hinauf zum Schlossberg der kleinen Ortschaft Gmain. In früheren Zeiten thronte dort oben, wie es der Name verrät, eine Burg oder ein Schloss. Doch das ist längst Vergangenheit; die Burg war vor über dreihundert Jahren geschleift worden, so konnte man es in der Heimatchronik lesen.

Heute steht auf der Anhöhe vor einer mächtigen Felswand das Gasthaus »Zum Schlossberg«, das seit vier Generationen von der Familie Gmainer, einer alteingesessenen Familie von hier, bewirtschaftet wird.

Als Jörg die Anhöhe erreicht hatte, blickte er sich um. Unter ihm lag Gmain: Das Dorf am Fuße der Chiemgauer Berge, deren imposante Gipfel tief verschneit in der nachmittäglichen Sonne strahlten, war seine Heimat. In der Mitte, im Zentrum, ragte der imposante barocke

Zwiebelturm der Kirche empor, darum herum lag der Friedhof und daneben, wie es sich für ein bayrisches Dorf gehört, stand das Wirtshaus, der »Postwirt«, obwohl es längst kein Postamt mehr gab im Ort. Die Bezeichnung stammte noch aus der Zeit, als die Post per Kutsche befördert und beim »Postwirt« die Pferde gewechselt oder eingestellt wurden.

Um dieses kleine Ortszentrum gruppierten sich stattliche Häuser, sogar zwei Bauernanwesen, beide noch in Betrieb. Am östlichen Rand lag das »neue Dorf«, eine Neubausiedlung, wie sie mittlerweile am Rande von fast jedem bayrischen Dorf entstanden war.

Auf der anderen Seite von Gmain hatte sich in den letzten Jahren ein Gewerbegebiet etabliert. Jörg konnte das Betriebsgelände der Bauunternehmung »Reitinger« mit der großen Werkhalle und den Garagen erkennen. Es war der Betrieb seines Vaters, der aus der kleinen Maurerfirma von Jörgs Großvater ein respektables Unternehmen gemacht hatte, das aufgrund der regen Bautätigkeit in der Gegend sehr erfolgreich war.

Er hatte es zu etwas gebracht, der Franz-Josef Reitinger.

Jörg wandte sich dem Gasthaus »Zum Schlossberg« zu, einem stattlichen Gebäude in traditioneller bayrischer Bauweise, weiß gestrichen, mit zwei übereinanderliegenden breiten Balkonen.

Früher war der »Schlossberg« ein landwirtschaftliches Anwesen mit Stallungen und Nebengebäuden gewesen, die nun weitgehend leer standen. Vor zwei Generationen hatte die damalige Bäuerin angefangen Kaffee und Kuchen anzubieten – draußen im Garten, wo die Hühner frei herumliefen. Deshalb wurde das »Café Schlossberg« spöttisch »Café Hennadreck« genannt, da die Stühle nicht immer frei von Exkrementen des Federviehs waren.

Im Sommer leuchteten von den Balkonen rot blühende Geranien in Hülle und Fülle, der ganze Stolz von Margret Gmainer, der derzeitigen Wirtin.

Jörg sah mit dem kritischen Blick des Architekten, dass das Haus renovierungsbedürftig war: Die Balkone gehörten, ebenso wie die Fensterrahmen, abgeschliffen und gestrichen, und auch ein neuer Anstrich der Hauswände könnte nicht schaden. Wenn Hannes, Margrets verstorbener Mann, noch leben würde, wäre das längst erledigt; doch der Wirtin schien alles über den Kopf zu wachsen. Jörg konnte es verstehen. Er ging durch den Nebeneingang ins Haus, direkt in die große Küche des Gasthauses.

»Der Jörg! Dass du dich mal wieder blicken lässt bei uns!« Margret Gmainer trat ihm freundlich entgegen, wischte sich die nassen Hände an der Schürze ab und schüttelte Jörg die Hand.

»Ich bin erst gestern aus der Stadt gekommen – und schon hier bei euch!« Jörg grinste. »Ist der Hubertus da?«

»Der ist draußen im Eiskeller und zählt die Biertragerl«, lachte die Wirtin.

Der »Eiskeller« war ein in den Fels hinterm Haus geschlagenes Verlies, das vermutlich noch aus Zeiten der Burg stammte und jetzt als Lagerraum für Getränke genutzt wurde, die der Bierfahrer der Brauerei aus dem Nachbarort anlieferte.

Hubertus, der Sohn der Wirtin, kam gerade herein. »Brrr, ist das eine Saukälte da draußen im Bierkeller!« Er rieb sich die kalten Hände, zog seine Jacke aus und hängte sie an den Haken an der Tür. »Grüß dich, Jörg!« Er gab dem Freund die Hand. »Schön, dass'd wieder da bist!«

»Jetzt werd ich wohl für länger bleiben! Mein Studium ist vorbei, und jetzt geht's an die Arbeit!«

»Was heißt für länger?«, fragte die Wirtin. »Ich denk, jetzt wirst für immer dableiben, oder nicht?«

»Vermutlich«, entgegnete Jörg und machte ein missmutiges Gesicht.

»Gefällt's dir nimmer bei uns?«, hakte die Wirtin neugierig nach. »Du hast es doch gut hier! Dein Vater hat dich extra Architektur studieren lassen, damit du die Häuser planst, die er baut. So bleibt alles in der Familie.«

»Schon!« Jörg war die Fragerei offensichtlich unangenehm. »Was gibt's denn heut zu essen?« Er öffnete die Tür des riesigen Backofens einen Spalt, aus dem sogleich köstlicher Bratenduft strömte.

»Pfoten weg!«, lachte die Wirtin. »Du weißt doch, dass es bei uns jeden Sonntag und Feiertag einen reschen Schweinsbraten mit Knödeln und Salat und eine Halbe Bier für 9,80 Euro gibt. Das zieht, das kann ich dir sagen! Da ist die Gaststube voll, und beim ›Postwirt‹ drunten ist's leer!« Sie schien sich darüber zu freuen. »Gut, dass du da bist, Jörg«, fuhr sie fort, »da kannst mithelfen beim Ausschank. Gleich wird die Kathie kommen, um beim Servieren zu helfen!«

»Die alte Kathie? Arbeitet die immer noch? Ist ja kaum zu glauben! Wie alt ist die denn jetzt, ich kenn sie noch von damals als kleiner Bub – und da war sie schon alt!«

»Die Kathie ist heuer 86 geworden, die ist noch so was von flink auf den Füßen, das kannst kaum glauben!«

»Kommt die Hilde auch? Sonst wird's eng beim Servieren, das schafft die Kathie alleine nicht«, fragte Hubertus.

»Die kommt auch! Du weißt doch, dass sie auf ein bisserl Zubrot angewiesen ist bei ihrem knickrigen Ehemann!«

Hilde war eine Frau aus dem »neuen Dorf«, die sich ein Taschengeld als Aushilfsbedienung verdiente.

»Na, dann kann der Ansturm kommen. Ich helf' mit in der Kuchl, Jörg macht den Ausschank, und Kathie und Hilde servieren. Aber jetzt setz dich erst mal her, Jörg! Magst ein Bier?« Hubertus stellte dem Freund, der sich gesetzt hatte, eine Flasche Weißbier und ein Glas hin. »Wie ist es dir ergangen bei der Prüfung?«

»Gut! Hab ein gutes Abschlussexamen gemacht.«

»Da wird sich dein Vater freuen!«

»Ich glaub schon. Und mehr noch die Mama – der hat es nicht gefallen, dass ich in München gewohnt und weg von daheim gewesen bin all die Jahre.«

»Das kann ich verstehen«, Margret schmunzelte. »Da hat sie nicht kontrollieren können, was du treibst, du Hallodri!«

»Geh, Margret! So ein braver Bursch wie ich bin«, protestierte Jörg lachend. »Wo ist denn der Opa?«

Die Wirtin seufzte tief. »Der ist oben in seinem Zimmer, beim Fernsehen, und ich hoffe, dass er dort bleibt. So, wie es hier gleich zugehen wird, da kann ich ihn in der Gaststube oder der Küche nicht brauchen.«

»Wie geht's ihm denn?«

»Ach«, die Wirtin schüttelte den Kopf, »das mit seiner Demenz wird immer schlimmer, da kann man nix machen, sagt der Doktor.«

»Neulich ist er uns ausgebüxt, mitten in der Nacht«, mischte sich Hubertus ein. »Das könnt dumm ausgehen, wenn man es nicht merkt! Mitten im Winter!«

»Mhm …, vielleicht wär's besser, ihr würdet ihn in einem Pflegeheim gut unterbringen?«

Margret protestierte: »Im Pflegeheim? Nein, nein, das kommt nicht in Frage! Das würd ich nicht übers Herz bringen, den Vater wegzugeben!«

»So lang es geht, soll er dableiben, der Großvater«, pflichtete ihr Hubertus bei. Er stand auf und sah zum Fenster hinaus. Es war inzwischen duster geworden.

»Da kommen die Ersten«, meinte er, als er die Scheinwerfer von drei Autos sah, die hintereinander den Schlossberg heraufkamen.

»Dann kann's losgehen«, meinte die Wirtin resolut und schwang den Braten in der riesigen Reine aus dem Rohr zum Aufschneiden.

In der Wirtsstube war es brechend voll. Margrets Krustenbraten war bekannt – zusammen mit zwei Knödeln, einem Salatteller und einer Halben Bier für neun Euro achtzig ließ sich das keiner entgehen.

Die beiden Bedienungen, sowie Margret und Hubertus in der Küche, hatten alle Hände voll zu tun, ebenso wie Jörg am Ausschank. Der genoss es sichtlich, im »Schlossberg« zu sein, um zu helfen, so wie früher. Er wäre der geborene Wirt, dachte Margret, als sie ihn geschäftig hantieren und mit den Gästen scherzen sah.

Irgendwann war der Großvater in der Gaststube erschienen: mit wirrem weißem Haar, in Unterhemd, einer alten grauen, langen Unterhose und in Filzpantoffeln. Hubertus konnte ihn gerade noch rechtzeitig abfangen und in die Küche lotsen. Da saß er nun und ließ sich ebenfalls eine Portion vom Braten schmecken.

Endlich, gegen 22 Uhr, leerte sich die Gaststube. Margret brachte ihren Vater nach oben ins Bett, Hubertus und Jörg saßen noch bei einem letzten Bier zusammen.

»Freust dich auf deine Arbeit hier?«, wollte Hubertus von Jörg wissen. Die beiden kannten sich aus Kindertagen, waren während der Schulzeit unzertrennlich gewesen und auch jetzt noch beste Freunde, so sehr sie sich auch in ihrem Wesen unterschieden.

»Es geht«, antwortete Jörg gedehnt. »Der Vater hat mir neben seinem Büro ein eigenes Büro eingerichtet. Ein Schild hat er auch schon angebracht: ›Jörg Reitinger – Architekt‹, steht drauf.« Er zog ein Gesicht.

Hubertus lachte leise. »Vaterstolz, das musst du verstehen. Ist doch nett von ihm, oder?«

»Schon! Er macht jetzt auf Bauträger. Will einiges von unserem Grund baureif machen, und wenn es soweit ist, soll ich eine Siedlung entwerfen und planen. Er baut die Häuser und verkauft sie. Also, genau genommen: er und der Andreas!«, knurrte Jörg.

»Hör ich da etwa Neid raus?«, hakte Hubertus nach.

»Neid? Auf meinen Bruder? Weil er der Juniorchef der Firma ist? Nein, wirklich nicht! Das hätt' ich nie gewollt, und Andreas macht das echt gut! Der ist so geschäftstüchtig wie der Vater! Er heiratet übrigens heuer im Sommer!«

»Ach, sag bloß! Wen denn?«

»Die Andrea Holzner von Pang drüben.«

»Ach, die!« Hubertus lachte. »Andreas und Andrea, lustig! Ich glaub, das wird eine tüchtige Geschäftsfrau, die passt zu euch! Arbeitet die nicht im Büro von der Brauerei?«

»Genau! Bin gespannt, wie sich die Andrea und die Mutter vertragen werden.«

»Das ist immer das Gleiche: Alt und jung unter einem Dach, da gibt's manchmal Probleme. Die Jungen wollen was verändern, nach ihrem Gusto leben, und die Alten wollen alles lassen, wie es immer war. Aber irgendwie geht es dann schon!«

Jörg nickte zustimmend. »Und du? Wie schaut's bei dir aus? Hast du endlich eine Freundin?«

»Ich?« Hubertus schüttelte den Kopf. »Nein, da ist nichts in Sicht!«

»Geh, das glaub ich dir nicht! Du könntest zehn an jedem Finger haben!«

»Kann schon sein, aber ich mag nicht! Die Mutter würd es zu gern sehen, dass ich eine tüchtige Frau heimbring. Möglichst eine, die von der Gastronomie was versteht, nachdem ich mich geweigert hab, Wirt zu werden.« Er nahm einen Schluck Bier und wischte sich mit der Hand über den Mund. »Nachdem mein Vater vor drei Jahren gestorben ist wird es zu viel für sie, noch dazu mit dem alten Großvater!«

»Das versteh ich! Da hat sie's nicht leicht, auch wenn sie noch so tüchtig ist!«

»Ich helf aus, wenn ich kann, aber ich brauch auch meine Freiheit. Die Jagerei und das Wild sind mein Leben, darum bin ich Berufsjäger geworden, das weißt du, Jörg. Und mit dem Herrn von Donnersberg hab ich einen guten Jagdherrn. Der wohnt weit weg, in Düsseldorf, und lässt mich hier schalten und walten, wie ich will. Besser kann man es nicht treffen.«

»Klar, versteh ich. Wenn's halt deine Leidenschaft ist!« Er starrte vor sich auf die Tischplatte. »Ich tät' auch lieber was anderes bauen als das, was sich der Vater vorstellt. Ich hab nicht Architektur studiert, damit ich Häusl baue, nach dem Motto: Quadratisch, praktisch, gut! Ich möcht lieber was Modernes bauen, etwas Avantgardistisches!«

»Was?!« Hubertus lachte. »Avantgardistisches, hier bei uns? In Gmain? Da wirst nicht viel Glück haben!«

Jörg seufzte. »Ich weiß! Bei uns mögen noch viele den bayrischen Lederhosenstil.« Er sah Hubertus an. »Ich verrat dir was, sag's aber nicht weiter! Ich hab mich beworben, bei einem Stararchitekten in London!«

Hubertus riss überrascht die Augen auf, dann lachte er schallend. »So was Verrücktes kann nur dir einfallen!«

»Ist nur ein Spaß! Da war in der Architektenzeitung ein Bericht über die. Die haben weltweit große Projekte und jede Menge Preise bekommen, und da hab ich hingeschrieben und mich beworben. Natürlich nehmen die mich nicht, ich hab ja nix vorzuweisen außer einer guten Examensnote! War nur eine Spinnerei von mir!«

Hubertus atmete erleichtert auf. »Du spinnst wirklich manchmal! Das wär für deine Leut' eine riesige Enttäuschung, Jörg. Das kannst denen nicht antun!«

»Jaja!«, äffte Jörg. »Aber du, du hast den deinen schon eiskalt gesagt, dass du die Wirtschaft nicht übernimmst, die deine Familie seit vier Generationen betreibt, obwohl du der einzige Nachkomme bist«, giftete er.

Hubertus schaute schuldbewusst drein, dann meinte er: »Ich wär kein Wirt, wie mein Vater einer gewesen ist, und daran wäre ich immer gemessen worden. Ich bin nicht der leutselige Typ und Stammtischbruder. Ich brauch' die Natur und meine Freiheit. Wie früher der Großvater, auch wenn man es nicht glauben mag, wenn man ihn heute sieht, hinfällig und dement, wie er ist!«

»Hast recht, Hubertus! Entschuldige, dass ich so dumm dahergeredet hab! Ich werd mich brav an die Leine legen lassen, dem Vater seine Häusl, Garagen und Stallungen planen und irgendwann heiraten und Kinder kriegen«, seufzte er. »Aber jetzt«, er sah auf die Uhr, »jetzt fahr ich nach Rosenheim, in das neue Lokal, das erst vor Kurzem aufgemacht hat. Soll super sein! Magst nicht mitkommen? Ein bisserl was geht allerweil«, er zwinkerte Hubertus zu.

Der wehrte entsetzt ab. »Nein, wirklich nicht! Erstens will ich hier noch aufräumen, Hilde und Katie helfen, und morgen geh ich früh hinauf in den Wald, um nachzuschauen, wie es mit der Winterfütterung steht.«

»Okay! Übrigens, wenns'd wieder mal 'naufgehst, nimmst mich mit, gell? Ich hab jetzt genügend Zeit, und die Jagdprüfung will ich nicht umsonst gemacht haben!«

»Das machen wir. Ich freu mich, Jörg, wenns'd wieder einmal mitkommst!«

Die beiden gingen vors Haus. Von unten funkelten die Lichter des Dorfes herauf. Vom nachtblauen Himmel blinkten die Sterne, der Vollmond warf sein silbernes Licht auf die umliegenden Gipfel.

»Ist das schön bei uns!« Hubertus atmete tief durch. »Ich könnt nirgendwoanders leben als hier!«

Jörg sah den Freund von der Seite an: Gut sah er aus mit seinem markanten, schmalen Gesicht und der kühn geschnittenen Adlernase. Kein Wunder, dass die Mädels hinter ihm her waren, auch wenn der davon nicht beeindruckt schien.

Und Hubertus hatte recht. Sie lebten in einer der schönsten Gegenden Deutschlands, und Hubertus gehörte zweifellos hierher.

Doch er selbst?, fragte sich Jörg. Für immer und ewig hierbleiben, in dieser Enge, wo jeder jeden kannte? Zu gern würde er sich den Wind der großen weiten Welt um die Nase wehen lassen, doch er wusste, bald würden ihm die heimischen Fesseln angelegt werden. Andrerseits – schlecht waren seine Aussichten hier nicht, da hatte es mancher seiner Mitstudenten schwerer, das wusste er! Es gab zu viele Architekten, die Berufsaussichten waren dementsprechend schlecht.

»Auf einen Maurer kommen drei Architekten«, hatte einmal einer seiner Kommilitonen gespöttelt, ganz unrecht hatte er damit nicht! Jörg war klar: In der Firma seines Vaters würde er immerhin sein sicheres Auskommen haben!

Als Jörg in Rosenheim angekommen war, war es bereits Mitternacht, doch das machte ihm nichts aus. Vor 23 Uhr war ohnehin nichts los in den angesagten Bars, Pubs und Clubs.

Er steuerte das »Metropol« an, das neue Lokal im Zentrum Rosenheims. Von außen blinkende Lichter und Leuchtreklame. Schaut ein bisschen wie ein Puff aus, ist halt Provinz hier, dachte Jörg bei sich.

Am Eingang hing ein großes Plakat mit der Ankündigung eines Sängers, der heute auftreten sollte. Jörg sagte der Name nichts – irgendeine regionale Berühmtheit vermutlich.

Das Lokal bestand aus mehreren Räumen, die ineinander übergingen; es war ziemlich dunkel, laut und brechend voll.

Nach einigem Suchen fand er einen Platz bei ein paar jungen Burschen und ihren Mädchen.

»Und? Wie ist es hier so?«, begann er ein Gespräch.

»Geht schon, satte Preise halt«, meinte einer.

»Aber super Musik«, warf eines der Mädchen ein.

Jörg sah sich um. An der Bar standen ein paar Mädchen, sexy aufgehübscht, die neugierig zu ihm herübersahen, kicherten und flüsterten. Jörg grinste. Freiwild! Da könnte leicht noch was gehen heute.

Eine junge Frau kam zu ihm an den Tisch. »Was willst du trinken?«, wollte sie wissen.

Er sah sie überrascht an. Sie passte irgendwie nicht hierher, fand er. »Eine Rum-Cola«, meinte er und richtete seine Aufmerksamkeit wieder auf die kichernden Mädels an der Bar.

Kurz darauf kam die junge Bedienung wieder und stellte das Getränk für ihn auf den Tisch.

»Dich hab ich noch nie hier gesehen«, meinte er forsch.

»Ich dich auch nicht«, gab sie kurz angebunden zurück, lächelte aber.

»Stimmt, ich war auch noch nie da!«, grinste er zurück.

»Und ich bin auch neu hier!«

»Aha! Und – gefällt's dir hier?«, versuchte er, mit ihr ins Gespräch zu kommen, doch da wurde sie von der Bar aus gerufen. »Carina! Getränke für dort hinten!«

Sie eilte davon, Jörg sah ihr nach. Die passte nicht in diese Kneipe, das sah er sofort, sie wirkte viel zu ernst und seriös. Vermutlich eine Studentin, die sich ein Taschengeld verdiente.

Er durchstreifte das Lokal, das Glas in der Hand, auf der Suche nach einem netten Kontakt. Doch es schien, als ob alle Mädchen mit ihrem Freund hier waren, und die blonden Kicherliesen an der Bar waren ihm dann doch zu albern.

Jetzt stand die Kellnerin, die wohl Carina hieß, an der Bar und schenkte Getränke ein. Jörg schwang sich auf einen der Barhocker und sah ihr zu.

Sie war wirklich attraktiv. Lange dunkle Locken umrahmten ihr feines, gebräuntes Gesicht.

»Magst noch was?« Sie blickte ihn aus bernsteinfarbenen Augen an.

»Noch mal eine Cola mit Schuss!«

»Bitte sehr!« Sie schob ihm kurz darauf das Glas hin.

In einem der anderen Räume trat der auf dem Plakat am Eingang angekündigte Sänger auf, denn nun strömten fast alle Gäste aus der Bar dorthin.

Carina ließ sich auf einen Stuhl fallen und strich sich müde über die Stirn. »Endlich ein bissel Ruhe!«

Jörg sah sie an. »Ist doch gut fürs Geschäft, wenn was los ist, oder nicht?«

Sie zog ein Gesicht. »Für mich bleibt nicht viel. Ich hoffe, ich find bald was anderes!«

»Aha! Was suchst du denn?«

»Schon was in der Gastronomie, oder besser noch im Hotel, im Management. Das hab ich gelernt. Doch hier in Rosenheim sieht es schlecht aus, da werde ich wohl oder übel wegziehen müssen.«

Jörg hatte bemerkt, dass das Mädchen zwar gut deutsch sprach, doch mit leichtem Akzent. »Wo kommst denn her? Nicht aus Bayern, oder?«

»Nein, aus Italien.«

»Aus Italien? Und da kannst du so gut Deutsch?«

Carina lächelte. »Meine Mutter ist Deutsche, mein Vater Italiener – und zudem komme ich aus Südtirol, da wächst man zweisprachig auf.«

»Ach so! Und wie hat es dich hierher verschlagen?«

Carina machte ein verschlossenes Gesicht. »Das ist eine andere Geschichte. Magst noch 'nen Drink?«

»Wenn du mittrinkst!«

Sie sah ihn böse an. »Ich bin kein Barmädchen, und meine Getränke kauf ich mir selbst!«

Jörg hob abwehrend die Hände. »He, entschuldige! Ich wollte dich nicht beleidigen, nur nett sein!«

»Ist okay!« Sie sah auf die Uhr.

»Wie lange musst du noch arbeiten?«

»Noch eine halbe Stunde, den Rest macht heute meine Freundin, die Pia.«

»Und wo wohnst du?«

»Etwas außerhalb von Rosenheim.«

»Wie kommst dann heim?«

Sie sah ihn belustigt an. »Na, zu Fuß!«

Jörg sah nun seinerseits auf die Uhr. Es war kurz vor zwei. »Mitten in der Nacht? Allein? Ist das nicht gefährlich?«

Sie zuckte mit den Schultern.

»Ich bin mit dem Auto da, ich kann dich gern heimbringen!«, schlug er vor.

Sie sah ihn schelmisch an. »Und das wäre weniger gefährlich?«

Er richtete sich auf dem Barhocker auf. »Ich bin ein Ehrenmann, junge Frau!«, meinte er mit tief verstellter Stimme.

»Na, dann!« Jetzt lachte sie, und süße Grübchen erschienen in ihren Wangen. »Wenn das so ist, darfst mich natürlich gerne nach Hause bringen.«

Kurz darauf saßen sie im Auto vor dem Miethaus am Stadtrand, in dem Carina wohnte.
Jörg hatte die Standheizung eingeschaltet und fürsorglich noch eine Decke, die auf dem Rücksitz lag, über Carina gebreitet.
Carina hatte eine Flasche Wein aus dem Lokal mitgebracht, und sie tranken abwechselnd aus der Flasche.
»Besonders edel ist das hier nicht gerade«, meinte sie, »und du solltest nicht zu viel trinken, du musst ja noch fahren!«
»Das geht schon! Aber erzähl, wie du nach Rosenheim kommst, in diese Bar.«
Die junge Frau sah hinaus auf die schwach erleuchtete Straße und schwieg.
»Na, komm! So was Schlimmes wird es nicht sein, oder?«
»Doch, für mich ist es schlimm!« Ernst sah sie ihn an. »Es ist alles blöd gelaufen, und jetzt bin ich auf der Suche nach einer Anstellung. Das in der Bar ist ein Notbehelf, den Job hat mir meine Freundin Pia beschafft. Sie wird Geschäftsführerin dort, und ich wohne bei ihr – hier, in ihrer Wohnung.« Sie deutete zu dem schäbigen Miethaus. »Nur vorübergehend.«

»Und warum bist weg aus Südtirol?«

Sie seufzte. »Meine Eltern hatten dort ein Hotel, in der Nähe vom Jaufenpass, auf dem Weg nach Meran. Eigentlich sagen sich da Fuchs und Hase gute Nacht, doch wir hatten viele Stammgäste. Es war ein schönes Haus!« Sie seufzte wieder und schwieg. Jörg wartete geduldig, bis sie fortfuhr.

»Es war ausgemacht, dass ich mit meinem Bruder Gianni das Hotel betreibe, weil sich meine Eltern zurückziehen wollten. Mein Bruder ist Koch, ein guter sogar, und alles hätte gepasst. Er hätte die Gastronomie und ich das Hotelmanagement übernommen. Wir hatten Pläne für einen Umbau, mit Wellnessbereich und so. Das braucht man heutzutage, wenn man vier oder fünf Sterne haben will.« Sie schwieg und sah traurig vor sich hin.

»Und? Was ist draus geworden?«

»Nichts!«

»Wie das, wenn ihr euch einig wart?«

Carina verbarg das Gesicht in den Händen und schüttelte den Kopf. »Was wir nicht wussten, war, dass Gianni spielsüchtig ist. Natürlich hatten wir uns gewundert, dass er an seinen freien Tagen verschwand und erst spät nachts nach Haus kam, doch an so was hätten wir nie gedacht! Mein Vater meinte, er hätte vielleicht eine nicht standesgemäße Freundin …« Sie lachte bitter. »Das kam noch dazu: Die hat ihn richtig ausgenommen! Na ja«, sie winkte ab. »Das Ende vom Lied war, dass meine Eltern das Hotel weit unter Wert verkauften, um Giannis Schulden bezahlen zu können. Meine Zukunftsträume waren damit ausgeträumt; unter einem neuen Besitzer im früher eigenen Hotel angestellt zu sein, das wollte ich nicht. Gottlob blieb meinen Eltern noch eine Wohnung bei Meran, wo sie jetzt wohnen.«

»Und dein Bruder? Was macht der jetzt?«

»Er hat eine Anstellung in einem Gasthof gefunden, wie lange das geht, weiß man nicht. Auch jetzt ist er noch nicht von seiner Sucht geheilt und will sich nicht helfen lassen. Er ist völlig uneinsichtig, wie das bei Suchtkranken eben so ist.«

» Oje! Das ist eine verdammt scheußliche Geschichte!«

»Das kann man sagen!«

Sie lächelte Jörg zaghaft an, und er sah, dass ihre Augen feucht schimmerten. Zu gern hätte er sie tröstend in die Arme genommen, doch er spürte instinktiv, dass sie das nicht gewollt hätte. »Aber warum bist du jetzt hier – gäbe es in Südtirol keine Arbeit für dich, bei dem Tourismus dort?«

»Ich hatte mit meinem Bruder einen schlimmen Streit. Ich hab ihm Vorhaltungen gemacht, war böse auf ihn. Das hat meine Eltern in Rage gebracht. Gianni ist ihr Sohn, auf den sie große

Hoffnungen gesetzt hatten! Zum Schluss habe ich mich noch mit meinen Eltern zerstritten. Sie sehen ihm alles nach, doch damit helfen sie ihm nicht!« Jetzt kullerten Tränen über ihre Wangen.

Jörg ergriff ihre Hand und drückte sie.

»Zum Glück hatte ich Pia. Mit ihr war ich in der Hotelfachschule, sie war oft zu Gast bei uns und hat den ganzen Schlamassel mitbekommen. Ihr Freund Franco, auch ein Italiener, hat das ›Metropol‹ hier aufgemacht, es lief von Anfang an gut. Sie hat mich hierher mitgenommen, damit ich erst mal weg bin von zu Hause.«

Jetzt begann Carina leise zu weinen, Jörg legte mitfühlend den Arm um sie. »Tut mir echt leid, Carina. Das wird wieder gut, irgendwie«, versuchte er, sie zu trösten.

Carina wühlte in ihrer Tasche, zog ein Taschentuch heraus, wischte sich die Tränen ab und schnäuzte sich. »Vielleicht. Irgendwann und irgendwie!«

»Du hast einen guten Beruf, und wenn es hier nichts gibt für dich: Hotelfachleute sind gesucht, mehr als Architekten, das kann ich dir sagen!«, fügte er hinzu. »Weißt was, Carina? Da ist meine Nummer«, er schrieb seine Handynummer auf ein zerknittertes Stück Papier, das er aus der Ablage vor sich zog. »Wenn du magst, ruf mich einfach mal an. Dann machen wir an einem deiner freien Tage einen schönen Ausflug zusammen. Nach Salzburg oder München, irgendwohin, wo du auf andere Gedanken kommst! Was meinst du?«

Carina lächelte unter Tränen. »Das wäre schön! Pia fühlt sich immer verpflichtet, mich überallhin mitzunehmen. Aber sie und Franco wollen sicher mal was alleine machen, in ihrer ohnehin kargen Freizeit.«

»Also dann ... Ich warte, dass du mich anrufst! Oder willst du mir deine Nummer geben?«

»Nein, nein, ich ruf dich an, an einem meiner nächsten freien Tage! Und danke, Jörg, dass du mich heimgebracht und mir zugehört hast.« Sie lächelte ihn an. »Ich hab hier außer Pia niemanden, mit dem ich reden kann! Das hat mir gut getan!«

Normalerweise würde ich ein Mädchen jetzt küssen oder sogar auf mehr hoffen, dachte Jörg bei sich, aber hier schien ihm das nicht angebracht. Er legte ihr nur leicht die Hände auf die Schultern und hauchte ihr einen flüchtigen Kuss auf die Wange. »Kopf hoch, Carina! Das wird wieder, wirst sehen!«

Er sah ihr nach, bis sie hinter der Haustür verschwand, dann startete er den Wagen und fuhr nach Hause.

Auf dem Weg nach Gmain gingen ihm das Mädchen und ihre Geschichte nicht aus dem Kopf. Es war 5 Uhr morgens, als er endlich daheim ankam, und er wusste, dass sich seine

Mutter Sorgen gemacht hatte. Was für himmlische Zeiten waren das während seiner Studienzeit gewesen, wo er unkontrolliert hatte ausgehen können, solange er wollte und konnte!

Als er endlich im Bett lag, konnte er nicht einschlafen. Immer wieder stand das Bild Carinas vor ihm, ihr verweintes Gesicht mit den großen traurigen Augen!

Ob sie ihn anrufen würde, wie versprochen? Er hoffte es inständig! Und wenn nicht? Würde er den Mut aufbringen und sie in der Bar aufsuchen?

Er wunderte sich über diese Gedanken, bisher hatte er an flüchtige Frauenbekanntschaften wie diese hier keine große Überlegung verschwendet. Tief in seinem Innersten machte sich ein Gefühl breit, das er so noch nie gespürt hatte. Er spürte sein Herz klopfen. Hatte er sich womöglich verliebt?

Jörg wachte auf, als heftig an seine Zimmertür geklopft wurde.

»Was ist denn los?«, brummte er.

»Was los ist? Es ist fast Mittag! Willst nicht aufstehen?« Es war die verärgerte Stimme seiner Mutter.

»Ich komm schon!« Missmutig schwang er sich aus dem Bett und sah auf die Uhr. Verdammt, schon nach elf! Er schlurfte ins Bad und duschte, dann ging er hinunter in die Küche.

»Jörg! Schämst dich nicht? Bis in den helllichten Tag schlafen? Du bist nimmer im Studium, das musst dir merken, hörst!«, schimpfte seine Mutter. »Der Vater und der Andreas, die arbeiten seit sieben. Gleich werden's zum Essen kommen, und du – du bist grad aufg'standen!«

»Ja, ja, ist gut! Ich geh rüber in den Betrieb!« Er flüchtete vor dem weiteren Gezeter der Mutter.

Jörg hatte es nicht weit zum Betriebsgelände. Die Eltern hatten am Rande des Gewerbegebietes ein stattliches Wohnhaus gebaut, und Andreas war gerade dabei, das oberste Geschoss als Wohnung für sich und seine Verlobte auszubauen.

»Ach, der Herr Architekt! Auch schon auf?«, empfing ihn sein Bruder spöttisch, als Jörg ins Büro trat. Der Vater sah nur kurz vom Computer auf, vor dem er saß.

»Ist ein bisserl spät g'worden gestern«, murmelte Jörg. »Soll nimmer vorkommen.«

»Na«, meinte der Vater, »wollen wir's hoffen. Komm mal mit, Jörg!« Der kräftige Mann stand auf und ging mit seinem Sohn über den Flur. »Da, schau! Wir haben gestern Abend noch Sachen 'rübergetragen in dein neues Büro.« Stolz öffnete Josef Reitinger die Tür, an der das messingfarbene Schild »Jörg Reitinger – Architekt« prangte.

»Ui!«, stieß Jörg überrascht aus, als er die Möblierung seines zukünftigen Arbeitszimmers sah. Braunes Spanplattenzeug, schlicht scheußlich.

»Gefällt's dir nicht?«, fragte der Vater, als er Jörgs entsetzte Miene sah.

»Äh, ehrlich gesagt …«, stotterte der, »ehrlich gesagt, hab ich mir da was anderes vorgestellt. Moderner! Hättest mich ruhig vorher fragen können, Papa! Soll ja mein Büro sein, oder nicht?« Er war sauer und enttäuscht.

»Wenn du gestern da gewesen wärst, hättest noch was sagen können. Jetzt haben Andreas und ich es eben zusammenmontiert, als Überraschung. Ich find, es schaut gut aus!«, verteidigte sich der Vater. »Jetzt fängst erst einmal mit der Arbeit an, und wenn du was verdient hast, kannst dir dein Büro einrichten, wie's dir gefällt.«

Der Vater schien enttäuscht zu sein. Jörg nickte resigniert. Das fing ja gut an!

»Übrigens – nach dem Essen fahren wir rüber zu dem Grund, den ich baureif machen lasse. Den kannst dir anschauen und dir Gedanken machen, was man da alles bauen könnte, wenn der Bebauungsplan genehmigt ist. Das wird eine große Sache! Wirst sehen!«, begeisterte sich der Vater, Jörg nickte lahm.

Der Vater sah auf seine Armbanduhr. »Mittagszeit! Die Mama wartet mit dem Essen! Einen Mordshunger hab ich. Du auch, oder? Oder hast grad erst gefrühstückt?«

»Nein! Ich hab nicht gefrühstückt!«, gab Jörg gereizt zurück.

»Also, dann! Anschließend fahren wir das Grundstück anschauen. Die Siedlung, die da entstehen soll, muss auf jeden Fall was Gediegenes, Solides werden, gell! Nix G'spinnertes, wie man es jetzt manchmal sieht, sondern etwas, was nach Gmain passt!«

Jörg nickte ergeben. Genau so hatte er es befürchtet!

Am Abend zog es ihn hinauf in den »Schlossberg«. Wohin sonst sollte man in diesem Kaff hingehen? Für einen kurzen Moment hatte er daran gedacht, ins »Metropol« zu fahren, doch dann den Gedanken verworfen. Zum einen konnte er es sich nicht schon wieder erlauben, spät nach Hause zu kommen, zum anderen wollte er dieser Carina nicht hinterherlaufen. Den ganzen Tag hatte er insgeheim auf ihren Anruf gewartet und war nun enttäuscht, weil sie nicht angerufen hatte. Ein paar Tage würde er sich noch gedulden und sie dann im »Metropol« besuchen, wenn sie sich bis dahin nicht gemeldet hatte. Das Mädchen ging ihm nicht aus dem Kopf.

»Und? Wie war's gestern in Rosenheim?«, begrüßte ihn Hubertus, der gerade aus dem Wald gekommen war und noch in seiner Jagdkleidung war und den Jägerhut aufhatte.

Wieder fiel Jörg auf, wie gut der Freund aussah, geradewegs wie einem Heimatfilm entstiegen. »Ach, ist schon gegangen.«

»Wann warst dann daheim?«

»Fängst jetzt auch noch an?«, gab Jörg aufgebracht zurück. »Hab schon daheim jede Menge Ärger g'habt!«

Hubertus lachte. »Jetzt pfeift ein anderer Wind. Jetzt ist's vorbei mit dem Lotterleben!«

»Lotterleben! Ihr meint alle, ein Studium macht man mit links, da müsste man nix tun!«

»Nein, das weiß ich schon, Jörg!«, meinte Hubertus begütigend. »Hast es gut gemacht! Das wird, wirst sehen!«

»Ich hoff's! Wenn ich an das grässliche Büro denk, wird mir schlecht!« Er erzählte Hubertus von der Büromöblierung.

»Oje!«, Hubertus lachte schallend. »Der Jörg in braunen Spanplatten! Das richtet sich alles, wirst sehen, irgendwie!«

Der Ausspruch erinnerte Jörg an den Abend mit Carina und daran, wie auch er zu ihr gesagt hatte: »Das wird wieder, irgendwie!«

»Was schaust so nachdenklich?«, holte ihn Hubertus aus seinen Gedanken.

»Ach, nix!«, wehrte Jörg ab.

»Hast den Winterblues? Weißt was, am Samstag gehen wir zusammen auf den Rosskopf. In der Natur draußen, da kommst auch gleich auf ganz andere Gedanken! Da vertreibt es dir deinen Frust!«

Und so war es! Als sie am Samstagmorgen, noch im Dunkeln, zusammen auf den Berg stiegen, sah die Welt gleich anders aus. Lukas, Hubertus' Jagdhund – eine schöne Tiroler Bracke, die Hubertus als Welpe bekommen und selbst abgerichtet hatte – wedelte freudig erregt mit dem Schwanz, als er die zwei Männer begleiten durfte.

Oben angekommen, ging gerade die Sonne hinter den Bergen auf. Die schneebedeckten Gipfel strahlten in schimmerndem Rosa und Gelb, unter ihnen bedeckten Nebelwolken wie Watte das Tal. Hier droben fühlte man sich, als wär man allein auf der Welt, entrückt von allem. Da musste einem das Herz aufgehen!

»Verstehst jetzt, dass ich nie von hier weg möchte?«, fragte Hubertus leise, fast schon andächtig und unterbrach Jörgs Gedanken.

Der Freund nickte, in diesem Moment fühlte er genauso, fühlte sich seinem Freund und der Natur verbunden.

Beim Abstieg, kurz bevor sie zum Schlossberg kamen, meinte Hubertus: »Schau, jetzt weißt, was ich mein, wenn ich sag, dass ich die Natur und die Tiere brauch. Da gäb ich alles andere dafür – wahrscheinlich liegt mir das im Blut. Das hab ich vom Großvater! Ob du es glaubst oder nicht: Die Mutter war als junges Madl auch so, hat mir der Großvater früher erzählt. Bis sie meinen Vater kennengelernt hat und Wirtin geworden ist!«

»Und? War sie damit glücklich?«, hakte Jörg nach.

Hubertus zuckte mit den Schultern. »Da hat man früher, glaub ich, nicht viel gefragt! Da hat man gemacht, was man hat machen müssen. Aber den Vater, den hat sie gern gehabt und er sie! Glaub ich wenigstens, sonst würd sie nicht immer noch so um ihn trauern!« Er blieb stehen und sah Jörg an. »Sie hat's nicht leicht, so allein – immer mit dem kranken Vater um sich! Was mit der Wirtschaft wird, wenn sie nimmer kann, das geht ihr sicherlich im Kopf rum!«

Sie waren am Gasthaus »Zum Schlossberg« angekommen, Margret hantierte in der Küche. Der alte Großvater saß am Küchentisch, vor sich ein Haferl Kaffee, in das er Brot einbrockte.

»Wie war's droben?«, begrüßte Margret die beiden, als sie in die Küche kamen.

»Schön! Überwältigend schön!«

Margret nickte, wehmütig, wie es Jörg schien. Er zog seine Jacke aus und schnupperte.

»Magst einen Kaffee? Ein paar Rohrnudeln hab ich auch, die hast du doch gern!«

»Freilich, immer!« Jörg hockte sich zum Großvater auf die Bank.

»Wie geht's, Opa?«, fragte er den Alten.

Der sah ihn aus wässrigen Greisenaugen an. »Wer bist jetzt nachher du?«, murmelte er.

»Der Jörg bin ich, kennst mich nimmer?«

»Der Jörg! Mhm, jaja!« Er nickte, tunkte weiter Brot in seinen Kaffee.

Margret sah liebevoll zu ihm hin und dachte an die Zeit, als sie als junges Mädchen mit dem Vater auf die Jagd gegangen war. Was für ein schneidiger und bildschöner Mann er gewesen war, der Hubertus hatte viel von ihm! Er war ein rechter Hallodri gewesen, im Gegensatz zu seinem Enkel Hubertus. Jetzt saß er hier: ein alter, hilfloser Mann, der auf sie angewiesen war.

»Wie geht's daheim, Jörg?« Margret drängte die wehmütigen Gedanken zurück.

»Geht schon! Muss mich erst dran gewöhnen, dass ich kontrolliert werd und unter der Fuchtel von der Mutter steh!«

»Ach, geh! So schlimm wird's nicht sein! Sie meint es doch gut!« Margret kannte Maria Reitinger und wusste: Die konnte Haare auf den Zähnen haben, sie führte ein strenges Regiment daheim! Schaden würde es dem Jörg aber nicht, dachte sie bei sich. Sie sah ihn an, wie er da auf der Bank saß, betrachtete sein offenes Gesicht, das wirre blonde Haar, das widerborstig vom Kopf abstand und nicht zu bändigen war, so oft er es auch zurückstrich. Sie mochte ihn gern; er war ein netter Kerl – wie ein Bruder für Hubertus, der ihr einziges Kind geblieben war. Ein bisschen kindlich schien er ihr noch zu sein, im Gegensatz zu Hubertus, der trotz seiner jungen Jahre ein gefestigter junger Mann war. Geordnete Bahnen und ein bisschen Führung würden Jörg nicht schaden.

»Soll ich morgen raufkommen zum Helfen?«, schlug Jörg plötzlich vor.

»Wenn du magst, ich könnt dich beim Ausschank brauchen! Was meinst, Hubertus?«

»Wenn er möchte, und wenn er nicht lieber auf d' Strawanz geht«, grinste Hubertus und knuffte Jörg freundschaftlich in die Rippen.

»Strawanz! Ich fürchte, bei mir hat sich's ausstrawanzt! Für immer!«

»Ja, ja, die Strawanzerei! Die war schön!«, ließ der Großvater von der Eckbank her vernehmen. Die Augen in dem faltigen Gesicht strahlten selig, wohl in der Erinnerung an längst vergangene Zeiten.

Carina stellte den Schrubber in die Ecke und strich sich übers Gesicht. Montags war das »Metropol« geschlossen, was Pia und sie zum gründlichen Saubermachen des Lokals nutzten.

Die Freundin wischte gerade mit einem feuchten Lappen die Glasregale an der Bar aus. »Was machst heut Abend, wenn wir hier fertig sind, Carina? Hast Lust, mit ins Kino zu gehen?«

»Gehst du mit Franco?«

»Nein, allein. Der Franco hat keine Lust auf eine Liebesschnulze!« Sie zog ein enttäuschtes Gesicht.

»Mhm, dann geh ich mit!« Carina griff wieder nach dem Schrubber. »Eine Plackerei ist das hier!«

»Muss aber sein!«, gab Pia knapp zurück.

»Wie geht's dir mit Franco?«

»Geht schon. Er ist halt ein typischer Italiener, will bedient werden wie bei Mama! Aber sonst ist alles gut mit ihm! Ich lieb ihn halt«, seufzte sie.

»Wollte er dich nicht zur Geschäftsführerin ernennen?«

»So ist's vereinbart.« Pia ließ den Wischlappen sinken. »Wird schon werden! Auf Dauer will ich mich jedenfalls nicht mit der ganzen Arbeit an der Bar rumschlagen und auch noch putzen! Dafür hab ich keine Hotelfachschule gemacht!«

»Mir geht es genauso! Sobald ich etwas andres find, bin ich hier weg!«

»Da hast du's gut, ich hab mich in Franco verliebt, da kann ich nicht weg.« Sie wedelte mit dem Wischtuch. »Er will, dass ich meine Wohnung aufgebe und zu ihm ziehe – aber das hieße, mein letztes bisschen Selbstständigkeit aufzugeben.«

»Oh! Dann müsste ich ausziehen, allein kann ich mir die Wohnung nicht leisten.« Carina sah die Freundin erschrocken an. »Ich meine, leisten könnt ich es mir, meine Eltern haben mich ausbezahlt, als sie das Hotel verkauften. Es ist nicht viel, immerhin ein bisschen, doch das will ich auf keinen Fall verbrauchen! Mein Traum ist ein eigenes kleines Hotel, und dazu brauche ich Kapital.«

»Ah, ein eigenes kleines Hotel! Wir zwei – das wär wundervoll, Carina!«

»Wir beide könnten zusammen was Tolles auf die Beine stellen. Klein, aber fein!«, schwärmte Carina.

Pia sah auf die Uhr. »Beeil dich und hör auf zu träumen, sonst geht uns noch der Film durch die Lappen.«

Nach der Kinovorstellung saßen die beiden jungen Frauen noch bei einem Drink beisammen.

»Wie steht's um deine Eltern, Carina?«, wollte Pia wissen.

»Ich glaub, es geht. Ich hab nicht viel Kontakt zu ihnen nach dem Riesenkrach. Natürlich wissen sie nicht, dass ich in einer Bar arbeite und putze! Ich hab ihnen gesagt, ich wäre in einem Hotel an der Rezeption, mit guten Aufstiegschancen. Ich wollt ihnen nicht noch mehr Kummer machen, als es Gianni schon tut.«

»Gianni, so ein Idiot – hat alles vermasselt mit seinen Spielschulden!«

»Irgendwie tut er mir schon leid. Es ist ja eine Krankheit …«

»Ach geh, Krankheit! Und damit anderen das Lebenswerk zerstören, und dir deine Zukunft!«, entgegnete Pia wütend. Carina seufzte. »Sag mal«, wechselte die Freundin das Thema, »neulich hat dich so ein Typ heimgebracht, ich hab euch wegfahren sehen. Ist da was zwischen euch?«

»Nein! Es war ein neuer Gast, er hat mich bloß heimgebracht, damit ich in der Nacht nicht allein unterwegs bin!«

»Wie nett!« Pia klang spöttisch.

»Er war wirklich nur nett! Wir haben uns gut unterhalten.«

»Und weiter?«

»Was – weiter?«

»Seht ihr euch wieder?«

»Ich weiß nicht! Er hat mir seine Nummer gegeben und würde gern mit mir einen Ausflug machen, hat er gesagt – irgendwohin!«

»Dann ruf ihn an! Sonst hockst du nur rum, wenn du frei hast, und bläst Trübsal!«

»Vielleicht!« Carina schien noch unschlüssig.

»Also, hör mal! Du rufst ihn morgen an, ein bisschen Abwechslung tut dir gut!«

»Okay, ich ruf ihn an! Aber sag mal, willst du wirklich zu Franco ziehen?«

»Hm, ich weiß nicht ….«

»Ich würde verlangen, dass er dich erst wie vereinbart zur Geschäftsführerin macht. Wenn du erst bei ihm wohnst, hat er dich voll im Griff!«

»Da hast du recht. Ach, diese Männer!« Pia stieß verärgert die Luft aus.

»Ach was, zum Glück sind nicht alle gleich«, Carina dachte dabei an Jörg, der sich so verständnisvoll ihre Geschichte angehört hatte und nicht versucht hatte, sie anzubaggern. Wenn Männer ein Mädchen an der Bar kennenlernten, glaubten sie sonst immer, die wäre leicht zu haben. Doch sie war ganz sicher kein billiges Barmädchen, dachte sie trotzig.

Jörg saß in seinem Büro, der Vater war bei ihm, um mit ihm einen Plan für eine Doppelgarage zu besprechen. Da läutete Jörgs Handy. Umständlich nestelte er es aus der Hosentasche und starrte auf das Display. Es war Carina!

»Ah, du!«, stammelte er. »Du, ich ruf dich gleich zurück, ich bin grad in einer Besprechung!«

Der Vater sah kurz auf, dann sprach er weiter. »Ist nur was Kleines, Jörg. Bisher hab ich diese Pläne selbst gemacht. Wirst sehen, die größeren Aufträge kommen noch. Das braucht seine Zeit, ein Geschäft aufzubauen. Wenn erst der Bebauungsplan durch ist, geht's richtig los!«

»Schon klar, Vater!« Jörg konnte kaum erwarten, dass sein Vater endlich das Zimmer verließ, denn er wollte unbedingt Carina zurückrufen.

»Carina! Ich freu mich wahnsinnig, dass du anrufst, ehrlich! Hast du's dir überlegt mit einem Ausflug? Wir zwei?«

»Grüß dich, Jörg, genau deshalb ruf ich an. Das klingt wirklich gut!«

»Sag, wann es dir passt!«

»Am nächsten Montag, ginge das bei dir?«

Jörg überlegte fieberhaft, Montag war für ihn ein Arbeitstag, und er konnte es sich nicht leisten, gleich am Anfang blauzumachen. »Geht's nicht am Wochenende?«

»Nein, auf keinen Fall! Da ist im ›Metropol‹ Hochbetrieb!«

»Dann am Montag. Wann soll ich dich daheim abholen?«

»So gegen 10 Uhr? Passt das?«

»Klar, ich bin da! Du, ich freu mich riesig!«

»Ich mich auch, Jörg! Ciao!«

»Ciao, Carina.«

Montag! Das war saudumm, aber irgendwie musste er es hinkriegen! Irgendeine Ausrede musste ihm einfallen, um dann verschwinden zu können. Am besten, er würde sagen, er müsste noch mal in die Uni – nach München, um einen Freund zu treffen, der im Examen stand. Irgend so etwas.

Sein Herz klopfte wild vor Freude und Aufregung. Carina hatte sich gemeldet!

Der Montag war ein traumhafter Wintertag. Jörg hatte Carina wie vereinbart vormittags daheim abgeholt. Heute, bei diesem schönen Wetter, wollte er mit ihr zum Chiemsee fahren, dort einen schönen langen Spaziergang machen und sie hinterher zum Essen ausführen.

»Ich darf nicht zu spät heimkommen«, hatte Carina lächelnd gemeint. »Pia ist so nett, einen Teil meiner Putzarbeit zu übernehmen, aber alles kann ich ihr nicht aufhalsen!«

»Was für eine Putzarbeit? Und wer ist Pia?«

»Meine beste Freundin. Ich kenne sie aus der Hotelfachschule. Sie ist eine echte Italienerin, nicht nur halb wie ich!« Carina lächelte. »Sie hat einen Freund, Franco, auch ein Italiener. Er hat sie im ›Metropol‹ untergebracht, sie soll dort Geschäftsführerin werden. Sagt er jedenfalls!« Der letzte Satz klang eher skeptisch. »Pia hat mich hierhergeholt, nachdem ich mich zu Hause mit allen verkracht hatte! Die Arbeit dort ist eine Notlösung, nur für kurze Zeit«, fügte sie schnell hinzu. »Und du? Was machst du?«

»Ich bin gerade mit meinem Architekturstudium fertig. Und jetzt hat mir mein Vater in seinem Betrieb, einem Bauunternehmen, ein Büro eingerichtet. Letzte Woche war mein erster Arbeitstag!«

Carina sah ihn von der Seite an. »Klingt gut. Sehr glücklich siehst du aber nicht aus.«

Jetzt war es an Jörg, seine Geschichte zu erzählen: Er berichtete ihr von seinem Traum, ein guter Architekt zu werden und den Vorstellungen seines Vaters, die so gar nicht zu seinen Plänen passten.

»Ach, Jörg! Sieh das nicht so negativ! Immerhin hast du eine gute Startposition!«

»Da hast du recht, vielleicht bin ich wirklich zu kritisch und ungeduldig!«

Sie waren am Seeufer entlanggegangen und stehengeblieben, jetzt fegte Jörg den Schnee von einer Bank, damit sie sich auf der nassen Kante setzen konnten.

Carina reckte das Gesicht der Sonne entgegen. »Tut das gut! Dieser Job, der Krach, die vielen Leute – das nervt! Das hat mit dem, was ich mir vorgestellt hatte, nichts zu tun! Immerhin darf nicht mehr geraucht werden, sonst würde ich es nicht aushalten!«

»Hast du nicht manchmal Heimweh nach Zuhaus?«, fragte Jörg.

Carina schwieg eine Weile, dann erwiderte sie leise: »Wo ist mein Zuhause? In der Wohnung meiner Eltern in Meran nicht, und unser Hotel gibt's nicht mehr, zumindest nicht für mich!«

»Aber … nach deiner Heimat, mein ich! Südtirol ist eine schöne Gegend!«

»Eine schöne Gegend ist das hier auch!« Sie blickte verträumt über den See. »Im Sommer muss es hier traumhaft sein!«

»Ist es! Wenn die Segelboote mit ihren weißen Segeln auf dem See fahren und man mit dem Schiff hinüber zur Fraueninsel mit dem Kloster oder zur Herreninsel mit dem Königsschloss fahren kann – das ist wie ein kleines Versailles. König Ludwig, der bayrische Märchenkönig, hat es gebaut; und stell dir vor, er hat nicht ein einziges Mal dort gewohnt! Das werden wir alles anschauen im Sommer, Carina!«

Sie sah ihn schalkhaft von der Seite an. »Wenn ich noch hier bin … Weißt du, ich hab alle möglichen Bewerbungen laufen, und ich bin für alles bereit! Für *fast* alles!«, den letzten Satz fügte sie schnell hinzu. »Viel schlimmer als im ›Metropol‹ kann es kaum werden.«

»Bist du auch für einen Kuss bereit?«, wagte er mutig zu fragen.

Sie sah ihn überrascht an. »Das hat mich noch keiner gefragt!«

»Jetzt sag nur, du bist noch nie geküsst worden!«

Sie lachte. »Natürlich schon, doch gefragt hat vorher noch keiner. Aber ich … also, ich fände es schon schön …«

Sanft legte Jörg einen Arm um sie und beugte sich zu ihr. Was folgte, war ein langer, inniger Kuss – der Beginn ihrer Liebesbeziehung.

2

»Was hast denn für eine dabeigehabt, neulich, am Baugrund draußen?«, fragte Andreas seinen Bruder, als sie über den Betriebshof gingen. »Bist wegen der so wenig daheim?«

»Spionierst mir nach, oder was?«, gab Jörg gereizt zurück.

»Da hab ich nicht spionieren müssen! Ich war mit der Andrea dort, ich wollt' ihr zeigen, wo die neue Siedlung gebaut wird, für die du die Planung machst. Außerdem musst du nicht immer gleich so aggressiv sein, wenn man dich was fragt.«

»Ich bin nicht aggressiv«, verteidigte sich Jörg. »Aber mir geht alles hier auf die Nerven – diese ewige Kontrolle.«

»Ach, was! Der Vater ist doch wirklich umgänglich, und die Mama, die ist halt, wie sie ist! Ich schalte da einfach auf Durchzug.«

So war es schon immer gewesen, dachte Jörg. Er selbst hatte sich oft mit der Mutter angelegt, Andreas hatte einfach weggehört, wenn sie schimpfte. Das war sicher einer der Gründe gewesen, warum er, Jörg, so viel Zeit im »Schlossberg« bei seinem Freund Hubertus und Margret, die immer nett und mütterlich zu ihm gewesen war, verbracht hatte.

»Jetzt sag schon! Hast eine Freundin?«, bohrte Andreas weiter.

»Kann man sagen!«

»Nettes Mädel, soweit ich es hab sehen können!«

»Mhm«, gab Jörg einsilbig zurück.

»Und? Was ist das für eine? Woher kennst du sie, was macht sie?«

Jörg schwieg. Es war unmöglich, zu erzählen, dass Carina in einer Bar arbeitete, deshalb antwortete er ausweichend: »Sie hat in der Gastronomie zu tun!«

»Ah, eine Bedienung!«

»Nein, schon was Besseres!«, log Jörg.

»Und? Ist es was Ernstes?«

»So fragt man d' Leut' aus!« Jörg sah seinen älteren Bruder verärgert an, doch dann meinte er versöhnlich: »Ich glaub schon. Aber so gut kennen wir uns noch nicht, dass ich sie daheim vorstellen kann. Wann ist jetzt eigentlich eure Hochzeit?«, lenkte er vom Thema ab.

»Am 30. August! Eine richtige schöne, bayrische Hochzeit, mit Mahlgeld und allem Drum und Dran – da kannst deine Freundin mitbringen, dass wir sie kennenlernen. Wenn du sie bis dahin noch hast …«

»Schau'n wir mal! Wo ist denn die Feier?«

»Im ›Goldenen Lamm‹ in Traunstein!«

»Was? Gleich so nobel!«

»Ach, da lassen wir uns nicht lumpen! An die zweihundert Leut' werden's werden! Die Andrea hat eine große Verwandtschaft, und ich werd' Geschäftsfreunde einladen, den Fußballverein und die Schützen und so weiter! Das ist wichtig fürs Geschäft, weißt!«

»Klar! Und eine Menge Geld gibt's auch, oder?«

Andreas grinste. »Wenn's genug ins Kuvert stecken, dann schon!« Er tippte sich an den Bauhelm und ging hinüber zu den Lagerhallen.

Jörg schlenderte in sein Büro. Viel war nicht zu tun bis jetzt, immerhin hatte er begonnen, für das neue Baugebiet Entwürfe zu machen. Er lehnte sich in seinem Bürostuhl zurück.

Die Hochzeit von Andreas! Zu gut konnte er sich diese Festivität ausmalen, oft genug hatte er schon an solchen Hochzeiten teilgenommen. Es war echter Stress: essen und trinken von morgens bis in die Nacht hinein. Sicherlich hatte Andreas einen Hochzeitslader engagiert, der durch das Programm führte: Zuerst, nach der kirchlichen Trauung, gab es üblicherweise ein Weißwurstessen, dann die ersten Ehrentänze, darauf das opulente Mittagessen. Später ging es weiter mit der »G'stanzlsingerei«, bei der die Brautleute und die Gäste vom Hochzeitslader auf mehr oder weniger humorvolle Art durch den Kakao gezogen wurden. Dann folgte das »Ehren« der

Brautleute, bei dem das Mahlgeld – der Preis für das Essen, inklusive Aufschlag fürs Geschenk – dem Paar persönlich in einem Umschlag übergeben wurde. Am späten Nachmittag wurde die Braut traditionell »entführt«; heutzutage meist in einen Nebenraum der Gastwirtschaft, da sich der Wirt das »Auslösen« durch den Bräutigam mit Freibier und Wein nicht durch die Lappen gehen lassen wollte.

Früher hatten sich ganze Dramen abgespielt beim Entführen der Braut – bis hin zum Ehebruch der gerade erst verheirateten Braut mit ihrem »Entführer« in irgendeinem Stadel –, und die obligatorische Rauferei der jungen Burschen hatte auch noch auf fast keiner Hochzeit gefehlt, so erzählte man sich. Da ging es heute weitaus gesitteter zu: Heiter ging es durch den Tag bis zum Kaffee am Nachmittag und dem Abendessen am Abend. Dann spielte die Kapelle nochmals zum Tanz auf, bis sich um Mitternacht das Brautpaar heimlich, still und leise verdrückte – das Ende eines anstrengenden Tages.

Für das Brautpaar war so eine bayrische Hochzeit meist ein einträgliches »Geschäft«; Jörg stellte sich belustigt vor, wie sein Bruder und seine frisch angetraute Frau in der Nacht noch im Bett das Geld zählten. Die »Hochzeitsnacht« hatten sie eh schon lange hinter sich.

Seine Gedanken schweiften zu Carina. Wie sie sich wohl ihre eigene Hochzeit vorstellte? Er würde jedenfalls nicht so heiraten wollen! Erschrocken hielt er inne. Carina und er und heiraten? War er sich so sicher, dass er mit ihr zusammenbleiben wollte?

Bisher hatte er sie seinen Eltern nicht vorgestellt, zu viele Fragen würden auf sie niederprasseln. Dass sie im »Metropol« arbeitete, würden sie nicht verstehen, geschweige denn akzeptieren. Bisher hatten sie meist zu zweit etwas unternommen, gelegentlich auch mit Pia und Franco.

Pia konnte er gut leiden, sie war eine patente junge Frau und die beste Freundin von Carina. Aber dieser Franco! Der war in Jörgs Augen ein echter Zuhältertyp mit seinen gegelten Haaren und den Goldkettchen. Was Pia an dem fand? Jörg war sicher, dass dieser Kerl sie nur ausnutzen und garantiert nie zur Geschäftsführerin machen würde, dafür hatte er einen Blick!

Doch das sollte sein Problem nicht sein. Ihn bedrückte die Sorge, Carina könnte eine Stelle finden, weit weg von hier. Das wäre schrecklich! Er hatte sich in sie verliebt, und auch sie hatte ihm gesagt, wie sehr sie ihn mochte. Nein, er wollte sie auf keinen Fall verlieren.

Er wusste, dass seine Freundin darauf wartete, seinen Eltern vorgestellt zu werden, doch Jörg hatte das Gefühl, das wäre noch zu früh. Lieber wollte er Carina erst seinem Freund Hubertus und der Margret vorstellen. Die verfügten über gute Menschenkenntnis und waren nicht so voreingenommen wie seine Mutter.

Jörg wälzte sich in dem schmalen Bett, in dem er mit Carina lag. Sie schien noch zu schlafen – kein Wunder nach der anstrengenden Nacht!

Bis zwei waren sie im »Metropol« gewesen – Carina an der Bar – und danach in Carinas Wohnung gefahren, die sie mittlerweile allein bewohnte. Pia war, trotz aller Bedenken, zu Franco gezogen.

Jetzt streckte sich Carina und blinzelte, dann fuhr sie erschrocken hoch. »Wie spät ist es?«

Jörg sah auf die Uhr. »Erst 10 Uhr!«

»Gottlob«, stöhnte Carina. »Ich hab gedacht, ich muss los!«

»Aber geh! Du musst doch erst abends wieder in die Bar.«

Carina nickte und gähnte. Wie süß sie in ihrem Nachthemdchen aussah! Jörg zog sie an sich.

»Nein, nicht jetzt, Schatz – schau, wie schön es draußen ist. Ich will raus, an die frische Luft!«

Jörg schmollte. »Das hat noch Zeit ...«

»Nein!« Carina war aus dem Bett gesprungen. »Ich mach uns Frühstück, und dann geht's raus in die Natur. Tut dir auch gut!«

Maulend stieg Jörg aus dem Bett. Er sah aus dem Fenster, ein wunderschöner Maitag war das! Nach einem langen, strengen Winter war das Frühjahr mit Macht hereingebrochen. Carina hatte recht, zu schön war es draußen, um weiter im Bett zu faulenzen.

»Weißt du was?« Jörg biss in sein Brot. »Heut fahren wir nach Gmain zum ›Schlossberg‹. Ich hab dir doch von den Gmainers erzählt: von meinem Freund Hubertus und seiner Mutter, der Margret, und vom alten Großvater?«

Carina nickte. Sie freute sich, dass Jörg sie seinen Freunden vorstellen wollte. Gern hätte sie seine Eltern kennengelernt, doch das schien er noch aufzuschieben. Warum, darüber machte sie sich so manche Gedanken. Sie hätte Jörg längst ihren Eltern vorgestellt, wäre da nicht diese dumme Situation nach dem Streit gewesen.

Am späten Mittag kamen sie am »Schlossberg« an. Gerade war der Ansturm des Mittagessens vorbei. Heute, bei diesem herrlichen Wetter, war zum ersten Mal der Biergarten geöffnet. Die Tische unter den prächtig blühenden Kastanien waren vormittags sicher voll besetzt gewesen, jetzt saßen nur noch wenige Gäste da.

Margret, Hubertus und die beiden Bedienungen Kathie und Hilde nutzten die ruhige Phase, um etwas zu essen. Der Großvater hatte in der Küche den obligatorischen Schweinsbraten vertilgt und sich zu einem Mittagsschläfchen ins Bett gelegt. Unter dem Tisch lag Lukas, der freudig aufsprang, als er Jörg sah, und ihn mit wedelnder Rute begrüßte.

»Lukas, alter Spezl!« Jörg klopfte dem Hund, der ihn und Carina neugierig umrundete, liebevoll den Hals.

»Schön, dass du da bist! Heut hätten wir dich gut brauchen können, so einen Ansturm hab ich lange nicht erlebt. Bei dem schönen Wetter, da treibt's alle Leut' hinaus!« Margret winkte Jörg herbei. »Da, setz dich her zu uns. Magst was essen?« Sie musterte neugierig das Mädchen, das Jörg mitgebracht hatte.

»Nein, danke, Margret! Wir haben gerade erst gefrühstückt.«

Das sagte Margret alles – gemeinsam gefrühstückt! Jörg hatte eine Freundin!

»Darf ich euch meine Freundin vorstellen?«, sagte Jörg just in dem Moment, nicht ohne Stolz.

Carina lächelte. »Grüß Gott, ich bin die Carina!«

Hubertus sah das Mädchen interessiert an. Da hatte Jörg, dieser Casanova, was Hübsches aufgegabelt. Vom Dorf oder aus der näheren Umgebung war die jedenfalls nicht.

»Für eine Tasse Kaffee habt ihr Zeit, oder? Ich hab Apfelstrudel und Schokotorte gemacht«, lud die Wirtin die beiden ein.

Alle rückten zusammen, als sich Jörg und Carina an den Tisch setzten, und alsbald drehten sich die Gespräche um alles Mögliche: die Gäste, Dorftratsch, das Wetter, sogar über Politik wurde diskutiert.

»Sag, Carina: Wo kommst du eigentlich her?«, fragte Margret endlich.

»Aus Südtirol, aus der Nähe von Meran!«

»Ah, eine schöne Gegend! Da war ich manchmal mit meinem Mann in Urlaub, als er noch gelebt hat!«

»Und was machst hier bei uns?«, wollte nun Hubertus wissen.

»Ich such' eine Stelle, in der Gastronomie!«

Margret horchte auf. »Als Bedienung? Wir könnten an den Wochenenden eine Aushilfe brauchen, wenn du nichts anderes hast.«

Bevor seine Freundin antworten konnte, schaltete sich schnell Jörg ein. »Die Carina hat die Hotelfachschule gemacht, die will in einem Hotel arbeiten, möglichst als Geschäftsführerin!«

»Ach so, Na dann …« Margret schien enttäuscht zu sein.

Carina sah sich um. Das hier war ein wunderschöner Biergarten, auch das Haus gefiel ihr. Und erst die Lage! Daraus könnte man etwas machen. Gerade, als sie etwas erwidern wollte, stand Hubertus auf.

»Ich glaub, wir müssen uns an die Arbeit machen!« Er deutete den Hügel hinunter, wo sich eine Reihe von Spaziergängern näherte. »Kaffee und Brotzeit! Da kommt die Meute schon!«

Die Bedienungen deckten den Tisch ab, seufzend stand Margret auf. »Für eine Tasse Kaffee muss die Zeit schon noch reichen, sonst stehe ich den Tag nicht durch!«

Es war, wie Hubertus gesagt hatte. Nach kurzer Zeit war der Biergarten gut besetzt: zu Kaffee, Kuchen und den obligatorischen Brotzeiten. Margret werkelte in der Küche, ihr Sohn gab abwechselnd Essen aus oder stand am Ausschank. Kathie wie auch Hilde hatten zu tun, die langen Wege von der Küche in den Garten zu bewältigen, denn heute, bei diesem Prachtwetter, wollte niemand in der Gaststube sitzen.

Jörg und Carina saßen an einem der Tische. »Ich glaub', ich muss den Hubertus unterstützen am Ausschank! Macht's dir was aus, wenn ich ein bisschen mithelfe? Du kannst, wenn du willst, einen kleinen Spaziergang auf den Felsen hinterm Haus machen!«, schlug Jörg vor.

»Oder mithelfen«, gab sie zurück.

»Wenn's dir nicht zu viel ist, du musst heut Abend in der Bar sein«, meinte er fürsorglich.

»Ich werd Pia anrufen, dass ich erst um elf komme. Vorher ist nicht viel los, und ich hab noch jede Menge Überstunden abzubummeln.«

»Gut! Aber sag hier lieber nicht, dass du im ›Metropol‹ arbeitest. Weißt, dafür haben die Leut' nicht allzu viel Verständnis.«

Carina schoss das Blut in die Wangen. Das war es also – Jörg schämte sich wegen ihres Jobs in der Bar! Für einen Moment ärgerte sie sich gewaltig, dann beschloss sie, es allen zu zeigen. Sie ging zu Margret in die Küche.

»Ich kann helfen! Was ist zu tun, Frau Gmainer?«

Die Wirtin sah überrascht auf. »Gern! Ich bin die Margret – für alle, die hier arbeiten! Weißt, wir sagen alle ›du‹ zueinander. Am besten lässt dich vom Hubertus einweisen, der weiß, wo Not an der Frau ist«, sie lachte herzlich.

Hubertus staunte nicht schlecht, als Carina zu ihm kam, um ihre Hilfe anzubieten. Er sah erst das zierliche Mädchen an und dann zu Hilde, die gerade mehrere Maßkrüge, an ihren üppigen Busen gepresst, aus dem Haus trug. Das konnte man Carina nicht zumuten!

»Am besten, du kümmerst dich um die Gäste hinten im Garten, die mit den Kindern! Die wollen sicher nur Kaffee und Kuchen und Limo!«

Carina blitzte ihn aus ihren dunklen Augen an. »Ich bin ein Profi, Hubertus, du brauchst mich nicht zu schonen!«

Endlich war auch der nachmittägliche Ansturm vorüber, eine kurze Ruhepause im Garten für die Wirtin und ihre fleißigen Helfer war bis zum Abendessen angesagt.

»Ich muss schon sagen, Carina, das hätte ich dir nicht zugetraut – wie geschickt du beim Bedienen bist und wie freundlich zu allen Gästen, selbst zu den Grantigen und Ungeduldigen!«

Die alte Kathie sah Carina anerkennend an. »Du bist so, wie ich in jungen Jahren gewesen bin, deswegen bin ich heut noch beliebt bei den Gästen!« Sie blickte stolz in die Runde.

»Kathie, du bist ein Phänomen! Bedienen, das kann keine so gut wie du! Aber die Carina macht dir Konkurrenz!« Alle lachten, doch Margret meinte ernst. »Jemanden wie dich könnten wir brauchen! Wenigstens am Sonntag, wenn schönes Wetter ist. Hättest nicht Lust?«

Bevor Jörg wieder für sie antworten konnte, beeilte sich Carina zu sagen: »Ich würde schon wollen, aber ich hab da ein Problem!« Sie schaute Jörg provozierend an.

»Ich arbeite nämlich im ›Metropol‹ in Rosenheim, an der Bar!« Trotzig sah sie in die Runde. Sollten sie doch denken, was sie wollten! Es war nichts Unehrenhaftes.

Jörg rutschte verlegen auf seinem Stuhl hin und her. Aha, daher kennt er sie, dachte Hubertus bei sich.

Für einen Moment war es still, dann meinte Margret: »Schade! Ich hätt dich gern hier bei uns gehabt! Aber ich versteh' schon, da ist mehr verdient als bei uns für die paar Stunden.«

»Das ist es nicht«, gab Carina zurück. »Ich suche eine Vollzeitstelle im Hotelmanagement, doch das ist schwierig. Bis jetzt hab ich nur Absagen bekommen«, bekümmert sah sie von einem zum andern. »Meine Freundin hat mir vorerst den Job im ›Metropol‹ vermittelt. Gefallen tut's mir da nicht, aber …«, sie zuckte mit den Schultern, »ich muss heute um 11 Uhr dort antreten, das hab ich versprochen. Bis dahin kann ich aber gern hier noch helfen!«

»Nein, nein, Carina, das kann ich nicht annehmen! Du hast ja noch die halbe Nacht an der Bar vor dir!«

»Ach was, das schafft sie schon«, ließ sich die Kathie vernehmen. »Als ich noch ein junges Madl war, da hab ich ganze Nächte durchg'macht!« Sie steckte eine Nadel an ihrem dünnen Haarkranz fest, den sie tagein, tagaus trug und ohne den man sie sich gar nicht vorstellen konnte.

»Kathie, du bist was ganz Besonderes!«

Hubertus sah Carina an. Es imponierte ihm, was sie eben gesagt hatte – ebenso, dass sie kein bisschen zimperlich und sich für die Arbeit an der Bar im »Metropol« nicht zu gut war.

Margret fing wieder an. »Wenn sich da irgendetwas ändern sollte: Zu uns kannst jederzeit kommen, ich bräuchte längst eine tüchtige Hilfe. Dann hätt ich mehr Zeit für den Großvater.« Sie sah hinüber zu dem alten Mann, der aus dem Haus gekommen war: Der Reißverschluss seiner Hose, die gerade noch von den Hosenträgern gehalten wurde, stand offen, der Hemdzipfel hing hinten heraus. In seinen unvermeidlichen Filzpantoffeln, das weiße Haar wirr um den Kopf stehend, schlurfte er daher.

»Komm, Vater!« Margret stand auf und führte ihn zurück ins Haus. »Jetzt machen wir dich fein, damit du bei uns sein kannst, bei dem schönen Wetter, gell!«

Carina sah Margret und dem Greis nach. Es war schön, zu sehen, wie liebevoll die Wirtin mit dem alten, verwirrten Mann umging. Die Frau schien ein Herz aus Gold zu haben!

Als Jörg seine Freundin später nach Hause brachte, war diese recht schweigsam.

»Was ist, Carina, warum sagst du nichts? Hat's dir im ›Schlossberg‹ nicht g'fallen?«

»Doch, wirklich gut!«

»Mhm – und der Hubertus? Wie gefällt der dir?«

»Ich finde ihn nett, gutaussehend –«

»Das ist er! Die Madln sind schwer hinter dem her, aber er macht sich nichts draus. Solltest am Donnerstagabend auf dem ›Schlossberg‹ sein, da ist der Mädelstammtisch. Ich glaub', die gehen alle nur wegen dem Hubertus hinauf. Dabei ist er meist gar nicht da, der verdrückt sich lieber bei so viel Frauenüberschuss!«

»Aha.« Carina blieb einsilbig.

»Du hast doch was! Warum sagst denn nichts?«

Carina schwieg erst, doch dann brach es aus ihr heraus. »Ich hab das Gefühl, dass du dich schämst wegen mir!«

»Was!? Wieso das?«

»Weil es dir offensichtlich unangenehm war, als ich gesagt habe, dass ich im ›Metropol‹ arbeite. Ist das der Grund, warum du mich deinen Eltern nicht vorstellst?«

Jörg schwieg betroffen, sie hatte den Nagel auf den Kopf getroffen.

»Weißt, das musst du verstehen. Für meine Eltern wäre es schwierig, wenn meine Freundin in einer Bar arbeitet.« Schnell fügte er hinzu: »Ich weiß ja, wie das alles gekommen ist, ich finde das ganz in Ordnung.« Er atmete tief durch. »Okay, ich stell' dich demnächst meinen Eltern vor, versprochen!« Carina schwieg.

»Ich hab dich lieb, das weißt du doch!«, versuchte er, sie zu besänftigen.

»Liebst du mich wirklich?«, fragte sie.

»Ja, natürlich! Lass mir noch ein bisserl Zeit. Weißt, ich hab es nicht einfach daheim. Das ist alles nicht so, wie ich es mir erhofft habe.«

»Glaubst du, dass ich mir erhofft hab, in einer Bar zu arbeiten?«, gab sie böse zurück.

Jörg lenkte den Wagen seitlich in eine Parkbucht. »Schatz, das tut mir leid, wenn du den Eindruck hast, dass ich mich wegen dir schäme, das stimmt überhaupt nicht! Gib mir noch Zeit, alles zu regeln!«

»*Was* zu regeln?«

»Ich will, dass du meine Frau wirst, Carina! Aber erst muss ich noch Fuß fassen, verstehst du?« Er legte einen Arm um sie und zog sie an sich. »Hab ein bisschen Geduld mit mir, bitte!«

Carina seufzte. »Ti amo«, sagte sie leise. »Ich liebe dich!« Seufzend fuhr sie mit der Hand durch sein struppiges Haar. »Dass das mit euch Männern so schwierig sein muss!«

Wieder einmal waren Hubertus und Jörg zusammen mit Lukas auf die Jagd gegangen, ganz wie früher. Auch wenn sie heute kein großes Jagdglück gehabt hatten, denn außer zwei Hasen hatten sie nichts erlegt, war es ein schöner Tag gewesen.

»Die Mama wird sich freuen über die zwei Stückl, es gibt auf jeden Fall einen guten Hasenbraten«, meinte Hubertus, als er die zwei erlegten Tiere nach Hause brachte.

Als sie später auf der Hausbank saßen, fragte Jörg: »Was hältst du eigentlich von der Carina, Hubertus?«

Der Freund sah auf. »Was meinst du damit?«

»Na, ich meine, ob sie dir gefällt!«

»Mir muss sie nicht gefallen, aber wenn du es wissen willst: Ich finde, sie ist eine patente junge Frau. Und hübsch noch dazu!«

»Geh, Hubertus! Dass du dafür einen Blick hast«, frotzelte Jörg.

»Warum sollt' ich dafür keinen Blick haben?«

»Ich meine, weil du so weibsscheu bist! Dabei hättest alle Chancen!«

»Also, ich bin nicht weibsscheu, die Richtige war nur noch nicht dabei! Und als Dorfcasanova, wie du einer bist, taug' ich nicht.« Hubertus grinste und puffte Jörg freundschaftlich in die Seite.

»Hör auf! Ich und ein Dorfcasanova, pah! Ich war jahrelang kaum da!«

»Aber wenn du da warst, hast alle schön aufgemischt. Was ist übrigens mit der Anita Schröll? Auf die hast du ja mal ein Auge gehabt! Die von der Zimmerei Schröll – da hätten deine Eltern ihre Freude gehabt, wenn das was geworden wär!«

»Die Anita! Tja, das hätt' was werden können, wenn ich nicht die Carina kennengelernt hätte. Den Eltern hätte das sicher gefallen: Eine Bauunternehmung und eine Zimmerei, das passt!«

»Jetzt hast ja die Carina! Wie ernst ist das eigentlich?«

»Schon ziemlich ernst. Aber es ist noch so vieles unklar: wie es mit mir weitergeht und was die Carina für Pläne hat. Weißt, ein gewisses Fundament muss schon sein!«

Hubertus lehnte sich zurück und kniff die Augen vor der blendenden Sonne zu. »Da hast recht, Jörg. Leichtfertig darf man nicht sein in einer echten Beziehung. Das ist was anderes als ein Techtelmechtel!« Beide schwiegen und genossen die wärmenden Strahlen.

»Der Carina hat es hier gut gefallen, die tät gern öfter herkommen«, meinte Jörg.

»Mama war auch recht angetan von ihr, sie würd sich freuen!« Und nach einer Weile setzte Hubertus hinzu: »Meinst, deine Freundin würde herkommen, vielleicht auch in Vollzeit? Ich wäre recht froh für die Mama! Platz genug hätten wir hier im Hause, Carina könnte hier wohnen. Mutter und sie müssten einen Arbeitsvertrag schließen, damit alles seine Ordnung hat. Besser als die paar Stunden nachts im ›Metropol‹ wär' das alleweil. Aber das muss natürlich die Carina wissen!«

Jörg überlegte. Er würde Carina auf alle Fälle Hubertus Vorschlag unterbreiten. Sicher war das die beste Lösung. Diese Fahrerei nach Rosenheim war lästig, und die Arbeitszeiten im »Metropol« schlecht für ihre Beziehung. Je mehr er darüber nachdachte, umso besser gefiel ihm die Idee.

Wenige Tage später sprach er mit Carina. Die kam gerade erschöpft und müde aus dem »Metropol« zurück.

»Was meinst du? Wär' es nicht besser, du würdest nach Gmain ziehen? Wir zwei hätten es auch leichter, uns zu sehen. Und Margret würde sich freuen, wenn du kommst. Das hat sie mir selbst gesagt!«

Carina ließ den Kopf hängen. »Ich weiß nicht mehr, was ich machen soll. Das ›Metropol‹ geht mir mehr und mehr auf den Geist. Gerade habe ich eine Absage von einem Hotel im Schwarzwald bekommen, es ist zum Verzweifeln! Ich hab schon daran gedacht, heim nach Südtirol zu gehen. Da hätte ich sicherlich bessere Chancen. Es war dumm, mit Pia hierher zu kommen, aber ich war so verzweifelt, ich wollte nur weg von daheim!«

»Carina, wenn du dort geblieben wärst, hätten wir uns nie kennengelernt! Stell dir das mal vor!« Er umarmte sie, drückte sie an sich und küsste zärtlich ihr Haar.

»Stimmt, das wäre schade!« Sie schmiegte sich an ihn. »Vielleicht sollte ich mit Margret reden. Allzu gut wird der Verdienst nicht sein, aber vermutlich nicht schlechter als im ›Metropol‹.« Sie seufzte. »Wie lange das mit Pia und Franco noch gehen wird? Ich habe da meine Bedenken. Und ohne Pia würde ich nie in dieser Bar bleiben! Außerdem ist mir die Wohnung hier auf Dauer ohnehin zu teuer!«

»Dann red' mit der Margret, vielleicht werdet ihr euch einig!«

Tatsächlich kündigte Carina kurz darauf den alten Job. Franco war stocksauer und auch Pia war nicht begeistert. »Du kannst mich dort nicht alleine lassen! Wie soll ich das schaffen?«, regte sich die Freundin auf.

»Sag deinem Franco, dass du endlich Geschäftsführerin werden willst, wie versprochen.

Dann kannst du ein oder zwei Mädchen einstellen. Für den Barbetrieb brauchst du keine ausgebildete Kraft, das kann man schnell lernen, und es gibt genügend junge Frauen, die sich gern ein Taschengeld verdienen. Schau, wie viele Mädchen sich dort jede Nacht tummeln, da ist sicher die eine oder andere dabei, die gerne an der Bar arbeiten würde!«

So zog Carina am nächsten Ersten nach Gmain. Margret hatte ihr ein schönes Zimmer im ersten Stock zugewiesen, mit einem eigenen Bad und herrlichem Ausblick in die Berge.

»Ich möchte, dass du dich wohlfühlst bei uns, Carina!«, hatte die Wirtin gesagt. »Schau, ich hab dir eine kleine Kochplatte und ein bisserl Geschirr hingestellt, damit du nicht wegen jeder Tasse Tee oder jeder kleinen Brotzeit runter in die Küche musst. Essen wirst mit uns, mit dem Großvater und dem Hubertus, gell?«

Carina nickte.

»Montags und dienstags haben wir Ruhetag! Das sind auch deine freien Tage. Saubermachen können wir zwischendurch, unter der Woche ist nicht allzu viel los.« Sie schüttelte der neuen Helferin die Hand. »Ich freu mich, dass du uns unterstützt! Der Hubertus ist nicht oft hier, er muss seiner Arbeit nachgehen – aber er hilft, wenn's brennt, und der Großvater ist verträglich. Zwar ist er verwirrt und redet manchmal ein bisserl dumm daher, aber ein lieber Mensch ist er, mein

Vater!« Sie rückte die Vase mit Blumen zurecht, die sie zur Ankunft Carinas ins Zimmer gestellt hatte. »Ich glaub', wir beide werden einen guten Zusammenstand haben! Und wenn's mal Probleme gibt, dann sag's einfach. Das sprechen wir dann in Ruhe aus, gell?«

Die junge Frau nickte. »Ich denke auch, dass es mir hier gefällt. Es erinnert mich an die Gegend, in der ich aufgewachsen bin, wo meine Eltern das Hotel hatten. In der Stadt, das ist nicht mein Leben! Ich brauch Luft und Sonne und die Natur – am liebsten noch ein paar Tiere dazu.«

»Wie der Hubertus!«, stimmte ihr Margret zu. »Übrigens, wenn du gern gärtnerst, nur zu. Ich hab früher einen kleinen Gemüse- und Kräutergarten gehabt, den aber aufgegeben, als mein Mann gestorben ist. Das wär zu viel Arbeit gewesen. Wenn du Lust dazu hast, freue ich mich, wenn wir das wieder aufleben lassen. Frische Kräuter aus dem Garten und ein paar Tomaten oder Pflücksalat, das ist was Feines! Jetzt lass ich dich in Ruhe auspacken. Wenn du fertig bist, kommst runter, dann trinken wir zum Einstand ein Glaserl Prosecco!«

Carina räumte ihre Habseligkeiten in den Schrank, viel hatte sie nicht. Aus dem Rucksack holte sie die Bergstiefel und stellte sie ins unterste Fach. Endlich würden die wieder zum

Einsatz kommen – sie hatte es so vermisst, in den Bergen zu wandern, wie zu Hause, in Südtirol! Hier würde sie es wieder genießen können. Vielleicht würde Hubertus sie einmal mit hinauf in den Wald nehmen, zur Pirsch. Auch ihr Vater war Jäger gewesen, so manches Mal hatte sie ihn begleitet. Es kam ihr vor wie vor ewigen Zeiten.

Sie öffnete das Fenster und atmete tief ein und aus, als die frische Luft in ihre Lungen strömte. Wie viel schöner als in dem Mietshaus in Rosenheim war es hier!

Sie fühlte sich wohl in diesem Haus, mit Margret und dem etwas einsilbigen Hubertus würde sie sicher gut zurechtkommen! Gut gelaunt ging sie nach unten in die Küche.

»Ich hab alles eingeräumt, Margret, und meine Bergschuhe, die werde ich hier auch wieder brauchen können«, meinte sie lächelnd.

»Freilich, wo wir die Berge direkt vor der Nase haben! Der Jörg geht auch gern in die Berge und gelegentlich mit dem Hubertus auf die Jagd. Weißt, die zwei sind die besten Freunde, noch von der Schulzeit her.« Die Wirtin schenkte aus einer kleinen Flasche Sekt in die bereitgestellten Gläser. »Jetzt trinken wir einen Schluck auf deinen Einstand, auf dass es dir gut gefällt bei uns, Carina!«

»Ich bin sicher, dass es das wird, ich fühl mich jetzt schon heimisch!« Sie prosteten sich zu.

»Wenn es dir recht ist, geh' ich runter ins Dorf, mich ein bisschen umschauen!«, meinte Carina nach einer Weile.

»Mach nur. Morgen hast auch noch frei, und am Mittwoch, da geht es los. Ich freu mich drauf!« Man konnte Margret die Freude im Gesicht ablesen.

Carina ging hinab ins Dorf. Viel gab es nicht zu sehen: Zuerst schlenderte sie in die Kirche: eine kleine Dorfkirche, ursprünglich romanisch, später barockisiert, mit hübschen Deckengemälden. Es war kühl hier drinnen, und es roch nach Weihrauch und Kerzenwachs.

Sie streifte über den Friedhof. Friedhöfe hatte sie schon immer gemocht; das hatte sie von ihrer Mutter, die sie bereits als kleines Kind an diese Orte der Besinnung und Erinnerung mitgenommen hatte. Anfangs war es der kleinen Carina unheimlich gewesen, bis die Mutter meinte: »Vor den Toten brauchst du dich nicht fürchten, fürchte dich eher vor den Lebenden!«

So vieles konnte man aus den Inschriften auf den schmiedeeisernen Grabkreuzen lesen, wenn man sich die Zeit nahm, sie aufmerksam zu studieren. Sie kam am Familiengrab der Gmainers vorbei. Generationen waren hier begraben, als letzter »Johannes Gmainer – Gastwirt ›Zum Schlossberg‹«. Das musste Margrets Mann gewesen sein, Hubertus' Vater!

Nicht weit davon entfernt befand sich das Familiengrab der Reitingers. Auch hier konnte man an den vielen Inschriften erkennen, dass es sich um eine alteingesessene Familie handelte. Der neueste Schriftzug hier war für einen gewissen »Franz-Josef Reitinger – Maurermeister allhier«, der vor elf Jahren gestorben war, wohl Jörgs Großvater.

Sie wanderte weiter durchs Dorf, am »Postwirt« mit angeschlossener Metzgerei vorbei, die Dorfstraße entlang. Es gab nur wenige Geschäfte hier: eine Bäckerei und einen kleinen Krämerladen mit Zeitschriften und allerlei Waren für den alltäglichen Gebrauch. Für die Großeinkäufe fuhren die Dorfbewohner in den nächstgelegenen größeren Ort, wo sich ein großer Supermarkt befand, wie Margret Carina erzählt hatte.

Das Neubaugebiet ließ sie linkerhand liegen und wandte sich dem Gewerbegebiet am anderen Ortsrand zu. Auf dem Weg kam sie an einem kleinen Lokal vorbei, es war mehr ein Schuppen als ein Haus: »Pub und Disco Wahnsinn« stand in roten und gelben Lettern auf einem Holzschild über dem Eingang. Carina schmunzelte, das schien ein Jugendtreff für die jungen Gmainer zu sein, die noch nicht motorisiert waren und hier ihre ersten Erfahrungen mit Alkohol und dem anderen Geschlecht machten.

Das Gewerbegebiet streifte sie nur am Rande, doch die großen Hallen und Garagen der

»Bauunternehmung Reitinger« waren nicht zu übersehen. Gerade schoss ein großer Laster aus dem Gelände und hätte sie fast überfahren, so ein Tempo hatte er drauf. »Franz-Josef Reitinger« stand groß auf der Fahrertür.

Am Rande, zum Betrieb der Reitingers gehörend, stand ein größeres Wohnhaus im bayrischen Stil, einige Autos parkten davor, darunter Jörgs Wagen. Das musste das Haus seiner Eltern sein, hier wohnte er also!

Soeben kam eine Frau aus dem Haus und stieg in eines der Autos. Sie musste um die sechzig sein, vermutlich Jörgs Mutter. Schnell ging Carina weiter, sie wollte nicht gesehen werden – nicht, bevor Jörg sie seinen Eltern selbst vorgestellt hatte!

Abends kam Jörg hinauf auf zum »Schlossberg«. »Schön hast es«, meinte er anerkennend, als er ihr Zimmer sah. »Schöner auf jeden Fall als in Rosenheim. Hast dich schon ein bisserl eingelebt?

»Ja, und ich hab einen kleinen Rundgang durchs Dorf gemacht«.

» Oje! Das muss interessant gewesen sein«, schmunzelte er.

»Immerhin hab ich deine Mutter gesehen.«

»Was, meine Mutter?«, fragte er entgeistert.

»Keine Angst, ich hab nicht mit ihr gesprochen«, gab Carina spitz zurück. »Nur mit deinem Großvater, auf dem Friedhof!«

»Mit dem Großvater?« Nun sah er sie verdutzt an, und Carina musste über sein Gesicht lachen. »Jetzt hast mir einen Schrecken eingejagt, ich hab schon gedacht, der Opa wäre aus dem Grab auferstanden!«

»Du, sei nicht respektlos!« Sie verpasste ihm einen kleinen Stups.

Er hob sie hoch, legte sie unsanft auf dem Bett ab und stürzte sich auf sie, doch sie entwand sich ihm.

»Nein, Jörg, das geht hier nicht!«

»Was? Wie soll ich das verstehen?«

»Ich will das nicht, hier im Haus –«

»Wo dann?«, er starrte sie entsetzt an.

»Nun warte mal, ich bin heut erst angekommen!«

Jörg wollte heftig widersprechen, da klang von unten eine Stimme herauf. »Carina, Jörg – das Essen ist fertig!«

» Oje!« Jörg raufte sich die Haare. »Das ist ja wie daheim! Ich glaub', ich bin vom Regen in die Traufe gekommen!«

Carina nahm ihn an die Hand und rappelte sich auf. »Komm, wir wollen die Margret nicht warten lassen. Und nachher machen wir noch einen schönen Abendspaziergang«, sie sah ihn schalkhaft an.

»Einen Abendspaziergang«, Jörg atmete tief durch. »Das ist mein absoluter Traum! Bleiben wir jetzt keusch bis zur Hochzeit?«

»Vielleicht!« Carina lachte und zog ihn aus dem Zimmer hinunter in die Küche.

Im Dorf hatte es sich schnell herumgesprochen, dass droben im »Schlossberg« jetzt eine Neue war, eine recht Geschickte und Fleißige.

»Hat er endlich eine, der Hubertus!«, sagte eine Nachbarin zur anderen. »Da wird die Margret froh sein, nicht dass er gar noch ledig und kinderlos bleibt!«

»Ach was! Der könnt an jedem Finger zehn haben, aber er ist recht eigen, der Hubertus. Nein, die Neue hat mit ihm nix zu tun, die soll eine Freundin vom Reitinger-Jörg sein!«, meinte die andere.

»Guter Gott, vom Jörg! Was sagen da die alten Reitingers dazu? Der Jörg und eine Bedienung! Da haben sie ihn extra studieren lassen, und jetzt bringt er eine Kellnerin daher … Die stellen sich für ihren studierten Buben sicher was anderes vor. Ich hab gedacht, mit der Schröll-Anita hätt er was. Das hätt den Reitingers besser geschmeckt. Aber eine Bedienung?«

»Du kennst den Jörg, das hat nicht lang Bestand«, gab die Nachbarin mit einer herablassenden Handbewegung zu bedenken.

»Ein netter Bursch ist er ja, der Jörg, das muss man ihm lassen. Immer lustig und freundlich und zur Gaudi aufgelegt. Jetzt ist er fertig mit seinem Studium. Die Arbeit wird ihm seine

Flausen schon austreiben«, kam es zur Bekräftigung zurück.

»Und seine Mutter auch!«, kicherte die andere.

Auch die Reitingers hatten gehört, dass ihr Sohn eine Freundin droben im »Schlossberg« habe; im Dorf geschah nichts, was nicht sofort herumgetratscht wurde.

»Was ist da dran, Jörg?«, fragte ihn seine Mutter eines Tages.

Der druckste erst herum, dann gab er zu: »Ja, das ist meine Freundin. Carina heißt sie!«

»Carina? Wo hast die denn her? Aus Gmain und Umgebung ist die wohl nicht.«

»Nein, sie ist aus Südtirol, vorher hat sie in Rosenheim gearbeitet.«

»Und als was?«

»In der Gastronomie, im weiteren Sinne.«

»In der Gastronomie!« Maria Reitinger überlegte einen Moment. »Aha, da will sie sich droben bei der Margret ins gemachte Nest setzen, wo ihr Hubertus kein Interesse an der Gastwirtschaft zeigt!«

»Geh, Mama, was du denkst! Die Carina war unglücklich in ihrem Job, da hab ich sie an den ›Schlossberg‹ vermittelt. Die Margret ist glücklich darüber, und der Carina gefällt es dort droben. Es ist also alles in Butter!«

»Na, dann pass nur auf, dass der Hubertus sie dir nicht ausspannt, einschichtig, wie er noch ist!«

»Jetzt hör' aber auf! Hubertus und ich sind die besten Freunde, das weißt doch! Der würde das nie tun!«

»Geh, hör mir auf mit der Freundschaft! Wenn es um Frauen geht, ist die Freundschaft schnell beim Teufel!«

»Ich werd' die Carina mal mitbringen und euch vorstellen. Sie wird euch sicher gefallen!« Jörg hatte allen seinen Mut zusammengenommen.

»Nein, nein, lass das vorerst! Wenn du jede dahergebracht hättest, mit der du ein Techtelmechtel gehabt hast, wär jede Woche eine andere da gewesen!«

»Mama, mit der Carina ist das was Ernstes!«

»So? Und die Schröll-Anita, was ist mit der?«

Jörg sah genervt zur Decke. »Die Anita war ein Techtelmechtel, wenn du so willst! Aber mit Carina, das ist was anderes! Schau sie dir einfach mal an!«, bat er.

»Des mach ich, das darfst glauben. Aber deswegen musst du sie nicht gleich herbringen. Der Papa und ich gehen mal rauf auf zum ›Schlossberg‹, da sehen wir sie, deine Auserwählte«, fügte sie spitz hinzu.

Jörg ging niedergeschlagen und genervt hinüber in sein Büro. Das war anders gelaufen, als er es sich vorgestellt hatte. Er hätte wissen müssen, dass in diesem Kaff nichts verborgen blieb! Lustlos setzte er sich an seinen PC, um am

Garagenanbau des Jakob Deuter in Winkel weiterzuarbeiten. Eine Scheißarbeit war das, völlig uninteressant. Und dafür hatte er Architektur studiert!

Gut, die Siedlung würde kommen, doch bis ein Bebauungsplan durch war, bei der Bürokratie in den Ämtern, das konnte dauern!

Er wollte sich in bessere Stimmung bringen und begann, auf dem Papier ein Haus zu entwerfen, nur zum Spaß. Etwas Modernes sollte es werden, vielleicht mit einem Flachdach. Flink zeichnete er eine Skizze nach der anderen, als sein Vater hereinkam.

»Ist der Plan für den Deuter-Jackl fertig?«, fragte er.

»Äh, noch nicht ganz!«

»Dann mach zu, Jörg, das ist doch nicht schwer. Das hab ich bisher nebenher g'macht! Am Dienstag ist die Bauausschuss-Sitzung, da muss der Plan rein! Wir haben schon angefangen zu bauen, nicht, dass es Schwierigkeiten gibt, von wegen Schwarzbau und so!« Er war zum Zeichentisch gekommen und sah die Skizzen liegen.

»Was ist das?« Interessiert nahm er eine der Skizzen in die Hand. »Wofür ist das denn?«

»Das sind ein paar Ideen für die neue Siedlung!«

»Aha! Für unsere neue Siedlung?« Ungläubig sah er den Sohn an, als dieser ihm das bestätigte.

»Mhm, recht modern! Glaubst, dass wir so was hier verkaufen können? Mit einem Flachdach?«

»Das glaub ich schon, so baut man heut, Papa!«

Der Reitinger schnaufte tief auf. »Na ja, da müssen wir noch mal reden, Bub! Aber ein Flachdach, das kommt auf keinen Fall in Frage! Weißt, das bringt man nie ganz dicht, das gibt immer Schwierigkeiten, bei unseren Witterungsverhältnissen. Das Wasser hat einen kleinen Kopf – das ist ein alter Maurerspruch, den kannst dir gleich merken.«

»Ich wollt mir halt ein paar Gedanken drüber machen, weißt!«

»Ist in Ordnung. Da müssen wir uns noch zusammenraufen; ich versteh', dass sich manches ändert, aber ein Flachdach – in unseren Breiten!« Er schüttelte den Kopf, dann tätschelte er die Schulter seines Sohnes. »Jetzt mach' erst den Garagenplan! Das hat Vorrang, verstehst?«

Jörg ließ den Kopf hängen, als der Vater aus dem Raum war. Er konnte anscheinend niemandem etwas recht machen, kam sich vor wie ein kleiner gescholtener Schulbub, mit dem man nachsichtig umgehen und den man kontrollieren musste. Missmutig packte er seine Jacke und stapfte aus dem Gebäude.

»Gehst du zum Essen?«, rief ihm Andreas nach, der gerade mit Arbeitern einen Lastwagen belud.

»Sag der Mama, ich komm heut nicht zum Essen! Ich geh' 'nauf zum ›Schlossberg‹!«

»Ich sag's ihr!«, rief ihm Andreas nach und dachte bei sich: Au weh, da wird sie grantig sein. Wenn man nicht zum Essen kam, ohne vorher was zu sagen, das konnte sie nicht leiden, da wurde sie fuchsteufelswild!

Beim Mittagessen fing die Mutter an: »So geht das nicht. Ich stell mich den ganzen Vormittag in die Küche für euch, und der Herr Architekt kommt nicht!« Sie stellte den Topf mit Gulasch und die Knödln schwungvoll auf den Tisch.

»Jetzt sei nicht immer so hantig, Frau!«, meinte ihr Mann besänftigend. »Vielleicht war er sauer, weil ich eine kleine Differenz mit ihm g'habt hab. Er braucht noch Zeit, sich an alles bei uns zu gewöhnen.«

»Und wo ist er hin?«, giftete die Mutter.

»Zum ›Schlossberg‹, hat er g'sagt!« Andreas nahm sich einen weiteren Knödl.

»Ach, zu seinem Flitscherl«, kam von der Reitingerin.

»Zu was für einem Flitscherl?«, wunderte sich ihr Mann.

»Er hat was mit der Neuen, droben beim ›Schlossberg‹. Die, die bei der Margret wohnt und arbeitet.«

Der Reitinger zuckte mit den Schultern. »Ich geh' zum ›Postwirt‹, und davon weiß ich nix! Weißt du was, Andreas?«

»Ja, ich hab g'hört, dass die Gmainer-Margret jetzt jemanden hat für die Wirtschaft. Wird gut sein so, das ist ihr alles über den Kopf g'wachsen nach dem Tod vom Hannes. Und dazu noch der alte Opa –«

»Und der Hubertus, der sich um nix kümmert!«, moserte die Reitingerin weiter.

»Der Hubertus, der ist nicht zum Wirt geeignet, Mama.«

»Geeignet, geeignet! Wird man da g'fragt? Man muss das machen, wo man hing'stellt wird im Leben! Mich hat auch keiner g'fragt, ob mir hier alles passt!«

»Na, na, schlecht geht's dir da nicht, oder?«, fragte ihr Mann ärgerlich.

»Das hab ich auch nicht g'sagt! Hast du die da droben schon g'sehen?« Sie sah Andreas streng an.

»Freilich! Ich bin doch regelmäßig am Stammtisch oben.«

»Und? Was ist das für eine?«

»Sie ist recht nett, flink, und schaut auch noch gut aus, die Carina!«

»Aha! Du steckst also mit dem Jörg unter einer Decke!«

»Geh, Mama, hör auf! Ich hab gerüchteweise gehört, dass sie Jörgs Freundin sein soll. Mir hat er bis jetzt nix Genaues erzählt. Das Mädl ist in Ordnung.«

Er stand auf. »Ich muss wieder 'nüber. Gleich kommt eine Fuhre mit Ziegeln!«

»Dass du immer gleich so heftig sein musst, Maria!« Franz-Josef schüttelte missbilligend den

Kopf, als Andreas draußen war. »Die Buben haben ein Recht auf ihr eigenes Leben und ihre eigenen Vorstellungen. Und erinnere dich: Grad du hast dir von deinen Eltern gar nix sagen lassen, damals, als wir uns verliebt haben!« Er nahm versöhnlich ihre Hand. »Streich dir's Blut zurück, Maria! Unsere Buben sind in Ordnung. Der Andreas sowieso, und das mit dem Jörg, das biegt sich noch zurecht! Wenn du willst, gehen wir mal hinauf zum ›Schlossberg‹ und schauen uns das Madl unauffällig an.«

Maria nickte, recht bekümmert. »Vielleicht hast recht, Franz-Josef. Ich mach mir halt immer gleich Sorgen, ich will, dass alles gut geht!«

»Das geht schon gut! Du bist eine gute Frau und eine gute Mutter, nur manchmal ein bisserl heftig!« Er stand auf, stellte sich hinter sie, legte ihr die Hände auf die Schultern und drückte sie sanft. Dann gab er ihr ein Bussl.

Das hat er lange nicht mehr getan, dachte Maria, als er draußen war, und rieb sich verwundert die Wange.

Tage später kam das Ehepaar Reitinger auf den »Schlossberg«. Es war Sonntagmittag, ein herrlicher Tag im August. Wie jeden Sonntag gab es Margrets berühmten Krustenbraten, mit zwei Knödeln, Salat und einer halben Maß Bier für 9,80 Euro. Das Lokal und der Biergarten waren brechend voll.

Als Erstes registrierten die beiden, dass ihr Jörg draußen am Ausschank arbeitete. Sie suchten sich einen Platz, an dem er sie nicht sehen konnte, sie waren quasi inkognito da.

Die Arbeit schien ihm Freude zu machen. Er scherzte mit den Gästen, wusch flink die Krüge aus und schenkte ein. Franz-Josef Reitinger beobachtete seinen Sohn und dachte bei sich, dass Jörg der geborene Wirt war.

Ganz anders der Hubertus! Der war offensichtlich zuständig, die Speisen aus der Küche zu bringen für die Serviererinnen; gelegentlich servierte er auch. Er war freundlich zu den Gästen, aber reserviert. Man merkte ihm an, dass es nicht seine Arbeit war.

Dass die zwei so gute Freunde waren, der Hubertus und der Jörg! Sie waren so unterschiedlich, doch vielleicht gerade deshalb, dachte der Reitinger bei sich. Bei ihm und seiner Frau war es ähnlich: Er war der Ruhige, Besonnene und sie immer hektisch und aufgeregt. Nur die Freundlichkeit und das Liebe von früher, das hatte sich fast verloren bei ihr.

Nachdenklich sah er seine Frau an, die neugierig herumspähte. Vielleicht lag es auch an ihm, dass sie so geworden war, grübelte er. Vernachlässigte er sie zu sehr? Das Geschäft, das Geschäft und immer nur das Geschäft, für nichts anderes war Platz! Vielleicht sollte er mit ihr – jetzt, wo der Andreas mit im Betrieb war – den lange geplanten Urlaub nach Südtirol antreten. Dorthin hatten sie ihre Hochzeitsreise gemacht. Bald würden sie ihren dreißigsten Hochzeitstag feiern, das wäre eine passende Gelegenheit!

Die junge Bedienung riss ihn aus seinen Gedanken. »Was darf ich Ihnen zu Trinken bringen? Entschuldigen Sie, dass es gedauert hat, aber Sie sehen ja, dass es sehr voll ist heute!«

Er sah das Mädchen verdutzt an. So hatte die Bedienung beim »Postwirt« noch nie mit ihm geredet! »Ach, macht nix! Ich hätt' gern euren berühmten Schweinebraten – und du, Maria?«

»Für mich auch, bitte!«

Längst hatte Maria Reitinger mit flinken Augen die anderen Kellnerinnen ausgemacht. Eine war die alte Kathie, die jeder kannte, und die andere eine gestandene Frau mittleren Alters. Dann musste das die Carina sein!

Maria Reitinger musterte das Mädchen. Hübsch war sie, das blau-weiß karierte Dirndl mit der weißen Bluse stand ihr ausgezeichnet, das musste man ihr lassen!

»Gern! Ich bringe es, so schnell es geht!«

»Pressiert nicht, wir haben Zeit!«, gab Franz-Josef zurück. »Des muss sie sein, die Carina«, flüsterte er seiner Frau verschwörerisch zu. »Nett schaut's aus, was meinst du?«

»Nett schon, da kann man nichts sagen. Aber eine Bedienung als Schwiegertochter? Die Anita

Schröll schaut auch nicht schlecht aus, und der ihre Eltern haben eine Zimmerei!«

Geh', Maria! Denk dran, was wir gewesen sind, als wir jung waren! Ich war Maurer und du Verkäuferin!«

»Immerhin in Mode!«, gab sie schnippisch zurück.

Franz-Josef konnte sich ein Schmunzeln nicht verkneifen, doch er sagte nichts. Er erinnerte sich gut an den Laden, in dem die Maria als Verkäuferin in der Abteilung für Unterhosen, Kittelschürzen und ähnliches gearbeitet hatte.

»Vielleicht sollten wir dem Jörg sagen, er soll die Carina mal mit heimbringen, damit wir sie näher kennenlernen!«

Maria zog ein Gesicht. »Jetzt warten wir erst mal, wie sich das weiterentwickelt, der Jörg ist ja recht unbeständig. Vielleicht tut er sich doch mit der Anita Schröll zusammen, die wär mehr nach meinem Geschmack!«

»Nach deinem Geschmack muss sie nicht sein«, meinte Franz-Josef. »Dem Jörg muss sie gefallen, er muss mit ihr auskommen!«

»Schon – aber sagen darf man schon was, oder? Schließlich haben wir die bessere Menschenkenntnis!«

Franz-Josef Reitinger wiegte bedenklich den Kopf. »Ich weiß nicht, so vieles verändert sich in der jetzigen Zeit. Ob wir Alten immer recht haben? Wenn ich nur an die ganze Technik denke, an die Computer und das Internet …«

»Kann schon sein«, gab Maria schnippisch zurück. »Aber die Menschen, die ändern sich nie. Die bleiben immer gleich.«

3

Es war Herbst geworden, Jagdzeit. Der Besitzer der Jagd, Herr von Donnersberg, plante wie jedes Jahr für seine Freunde ein herbstliches Treiben. Dies vorzubereiten, das zum Abschuss geeignete Wild zu sichten, die Jagdstrecke auszumachen und die Jagdhelfer einzuteilen war viel Arbeit; Hubertus legte größten Wert darauf, dass alles funktionierte und Herr von Donnersberg zufrieden war. So war er noch weniger zu Hause als sonst.

Die Biergartensaison neigte sich dem Ende zu, doch die Wirtschaft zum »Schlossberg« florierte weiter.

»Das hab ich dir zu verdanken, Carina, dass es so gut läuft hier oben! Sonst war um diese Zeit nicht mehr viel los.«

»Aber geh, Margret! So viel hab ich nicht verändert.«

»Doch! Die italienische Küche, die du reingebracht hast, das mögen die Leute! Der Pizzaofen, den wir haben einbauen lassen, der hat sich fast amortisiert. Gerade die jungen Leute kommen jetzt zuhauf zum Pizzaessen. Und seit wir auch noch Pizzen zum Mitnehmen anbieten, kommt so mancher Familienvater, um eine große zu holen!«

Hubertus saß am Tisch beim Essen. »Dabei warst du am Anfang nicht begeistert, Mama, als Carina den Vorschlag gemacht hat«, erinnerte er sie.

»Na ja, das stimmt. Man muss sich erst an Neuerungen gewöhnen. Und auch daran, dass die Leut' heute gern mal einen Wein trinken und nicht nur Bier.«

»Wir müssen uns vom ›Postwirt‹ unten abgrenzen, Margret! Die bayrische Küche ist gut, aber die Leute wollen auch mal was anderes essen.«

»Da hast recht, Carina! Das Bayrische, das kochen's daheim. Selbst der Opa mag Pizza, auch wenn er den harten Rand nimmer beißen kann!«

Carina lächelte Hubertus verschwörerisch zu. »Ich hätte noch so manche Idee! Wir könnten mal eine italienische Woche machen. Mit Musik und italienischem Essen, nicht nur Pizza!«

»Ich weiß nicht«, Margret zögerte.

»Du kannst es probieren, Mama«, riet Hubertus nun, »und wenn es nach zwei bis drei Mal nicht funktioniert, dann lässt du es wieder!«

»Ja, schon –«

»Und in der Adventszeit könnten wir draußen ein großes Feuer machen, da helfen Hubertus und Jörg sicher mit. Dann gibt es Plätzchen und Stollen und schöne, feierliche Adventsmusik! Das kommt sicher gut an!« Carinas Begeisterung war deutlich zu hören.

»Mhm …« Margret war noch immer nicht so sicher.

»Vielleicht ein paar Stände mit Adventssachen, einen kleinen Adventsmarkt – wir haben doch so viel Platz draußen im Biergarten!«

Gerade kam der Opa in die Küche, das Wort »Biergarten« hatte er noch gehört. »Freilich, heut geh'n wir 'naus in den Biergarten«, er strahlte.

»Geh, Opa, es ist viel zu kalt draußen«, lachte Hubertus.

»Sie hat's g'sagt«, er deutete mit dem Stock auf Carina, »und wenn sie des sagt, mach ich das!«

Margret schüttelte den Kopf. Schon vor einer Weile war ihr aufgefallen, dass der Großvater sehr an Carina hing. Immer, wenn er sie sah, strahlte er übers ganze Gesicht. Auch Carina mochte den Alten offenbar gut leiden und ging sorgsam und liebevoll mit ihm um.

Hubertus stand auf. »Ich geh' noch 'nauf in den Wald.« Beim Hinausgehen beugte er sich zu Carina: »Du machst alles gut!«, lobte er sie.

Das Mädchen errötete sanft. Ein Lob von Hubertus, dem Schweiger, war etwas Besonderes, und sie freute sich darüber.

Es hatte sich alles gut eingespielt, droben am »Schlossberg«.

Gegen Abend kam Jörg, wie fast an jedem Tag. Wenn in der Gaststube nicht viel los war, was oft unter der Woche der Fall war, meinte Margret meist gutmütig: »Kannst ruhig Feierabend machen für heut, Carina. Macht es euch gemütlich.«

Wenn die beiden nicht ins Kino oder ausgingen, verbrachten sie die Abende in Carinas Zimmer.

Manchmal begegneten sie auf dem Weg nach oben Hubertus, dessen Zimmer ebenfalls im ersten Stock lag. Carina war das peinlich, doch Jörg ging ganz selbstverständlich in Carinas Zimmer ein und aus.

»Demnächst stell' ich dich meinen Eltern vor«, sagte Jörg eines Abends zu seiner Freundin, als sie in deren Zimmer auf der Bettkante saßen. »Ich glaub', es wird höchste Zeit!«

Carinas Wangen färbten sich rot vor Freude, lange hatte sie darauf gewartet.

»Sie waren sogar schon mal hier, zum Essen, und haben dich angeschaut!«

»Was!? Ich bin doch keine Kuh, die man wie auf dem Markt besichtigt!«, empörte sich Carina.

»Jetzt sei nicht gleich eingeschnappt. Sie haben gehört, dass du meine Freundin bist, und ich hab ihnen gesagt, dass das was Ernstes ist mit uns. Da waren's halt neugierig. Ist doch nicht schlimm, oder?«

»Schlimm nicht, aber gewusst hätte ich es schon gern! Wann war das denn?«

»Irgendwann im August.«

»Ich kann mich gar nicht erinnern!«
»Woher denn auch, Schatz? Es war brechend voll an dem Tag. Du hast ihnen gut gefallen. Vor allem dem Vater«, er grinste.
»Und deiner Mutter?«
»Der auch! Sie ist halt ein bisserl kritisch. Mit der Andrea, der Verlobten meines Bruders, hat es auch erst gedauert, jetzt haben sie sich auch noch verkracht.«
»Was? Wieso das?«
»Genau weiß ich es nicht; aber stell dir vor, die beiden haben ihre Hochzeit, die im August sein sollte, aufs Frühjahr verschoben. Und das, obwohl bereits alles geplant war!«
» Oje!«
»Das war ein ziemlicher Skandal! Andrea will nicht in unser Haus einziehen, wie sich Andreas das vorgestellt hat. Sie will eine eigene Wohnung, Andreas baut im Neubaugebiet ein Reihenhaus, da können sie aber erst im Frühjahr einziehen. Jetzt ist wieder Ruhe im Karton, vorerst«, Jörg lachte.
»Lieber Himmel, ist deine Mutter so schlimm?«
»Schlimm nicht, doch sie führt ganz klar das Regiment im Haus. Aber Andrea ist auch nicht ohne, die lässt sich nichts gefallen, wie man sieht!«
»Und wenn wir mal heiraten?«, fragte Carina zaghaft.
»Wir ziehen sicher nicht bei meinen Eltern ein. Aber es fließt noch viel Wasser den Inn hinunter

bis die neue Siedlung fertig sein wird. Dann ziehen wir in ein von mir geplantes Haus nach unseren Vorstellungen!« Er sah sie triumphierend an.

»Und wann wird das sein?«

»An die zwei, drei Jahre dauert es mindestens noch, vielleicht vier!«

»So lange?« Carina war enttäuscht.

»Ein paar Jahre sind schnell vorbei. Bis dahin verdiene ich hoffentlich genügend Geld!« Er sah sich in Carinas gemütlichem Zimmer um. »Es eilt nicht, wir haben alles, was wir brauchen – vorerst!« Die junge Frau ließ enttäuscht den Kopf hängen. »Komm schon«, drängte er. »Jetzt machen wir es uns gemütlich.« Er streckte sich nun längs auf dem Bett aus und zog sie zu sich hinab.

»Zwei, drei, vier Jahre! Das kommt mir wahnsinnig lang vor«, stöhnte Carina, doch Jörg erstickte all ihre Einwände unter Küssen.

Einige Tage später brachte Franz-Josef Reitinger seinem Sohn einen Brief ins Büro.

»Der ist heute mit der Post gekommen für dich: was Ausländisches.« Er legte ein weißes Kuvert mit fremdländischen Briefmarken auf den Schreibtisch.

Irgendein Werbeschreiben, dachte Jörg bei sich und wollte den Briefumschlag bereits in den Papierkorb werfen, dann sah er den Absender und erschrak.

»Damian and Partner!«, murmelte er. Das englische Architekturbüro, bei dem er sich beworben hatte – er hatte es fast vergessen! Das war sicher eine Absage, immerhin nett, dass sie antworteten.

Als er den Brief gelesen hatte, wurde ihm schummerig vor Augen. Das Unternehmen bot ihm doch glatt eine Stelle an – ihm, dem praktisch Unerfahrenen! Eine Architektengemeinschaft, die in der ganzen Welt plante und baute!

Er musste den Brief, der in Englisch abgefasst war, einige Male lesen, bis er das Geschriebene gänzlich verstand. Man lud ihn zu einem Gespräch nach Berlin ein, wo ein Zweigbüro war, um Näheres zu verhandeln. Am Dienstag nächster Woche, um 15 Uhr. Seine Hände wurden nass vor Aufregung. Was sollte er tun, sollte er diese Chance ergreifen? Noch vor einem halben Jahr wäre das für ihn keine Frage gewesen, doch jetzt?

Er hatte gerade ein eigenes Büro eröffnet, wenn auch unter der Obhut seines Vaters, der große Hoffnungen in ihn setzte! Und Carina! Was würde sie sagen? Ob sie damit einverstanden war? Und wohin würde ihn die Firma schicken? Vermutlich nach Berlin, wenn sie ihn dorthin einluden. Berlin war eine einzige Baustelle, auch lange Zeit nach der Wende noch. Er wusste, dass »Damian and Partner« in Berlin interessante Projekte verfolgte.

Würde Carina mitkommen? Könnte sie in Berlin eine Stelle finden? Vermutlich schon, die Großstadt boomte. Was aber wäre mit dem »Schlossberg«, wo sie sich doch so wohlfühlte?

Fragen über Fragen türmten sich vor ihm auf wie ein riesiges Gebirge. Wieder nahm er den Brief zur Hand und las ihn zum sicherlich fünften Mal. Heute war Montag, bis Mittwoch musste er den Termin telefonisch bestätigen, und nächsten Dienstag sollte das Vorstellungsgespräch sein. Er musste sich also schnell entscheiden.

Je länger er darüber nachdachte, umso sicherer war er, dass er diesen Termin wahrnehmen wollte. Er würde nach Berlin fahren, sich das Ganze anhören und dann entscheiden. Schließlich wollte er sich später keine Vorwürfe machen, diese Chance verpasst zu haben.

Am Nachmittag hatte er sich etwas beruhigt, seine anfängliche Begeisterung gedämpft, und erneut kamen Zweifel auf. Die luden sicherlich eine Menge von Bewerbern ein, da war er garantiert nicht der Einzige. Fast musste er lachen. Er, der gerade sein Examen gemacht hatte, aus dem kleinen Dorf Gmain! Da hatten sich bestimmt auch ganz andere Kaliber beworben als er.

Er musste mit jemandem sprechen, er brauchte einen Rat. Aber mit wem? – Mit seinen Eltern auf keinen Fall. Wenn er nur an seine Mutter dachte, wie die sich aufregen würde! Mit Carina wollte er nicht reden, eventuell wurde ja aus allem gar nichts. Weshalb sollte er sie unnötig beunruhigen? Hubertus fiel ihm ein. Er war der Richtige, besonnen und aufrichtig: Der könnte ihn am besten beraten. Jörg wollte noch heute mit ihm reden.

Er rief im »Schlossberg« an. Margret war am Telefon.

»Margret, hier ist der Jörg! Ist der Hubertus da?«

»Der Hubertus, der ist nicht da! Willst mit der Carina reden?«

»Nein! Mit dem Hubertus, es ist dringend!«

»Der Hubertus ist noch unterwegs, ich kann ihn am Handy erreichen, wenn es so wichtig ist!«

»Nein, das mach' ich selbst. Und sag der Carina nicht, dass ich angerufen hab!« Er legte auf, bevor Margret noch etwas fragen konnte.

Hastig wählte Jörg die Handynummer des Freundes. »Ich bin's, Jörg. Ich muss dich dringend etwas fragen! Könnten wir uns gleich treffen? Hast du Zeit? Am besten wär, du tätest zu mir in mein Büro kommen. Geht das?«

Hubertus sah verdutzt auf das Handy. Der hatte es aber eilig, was war da passiert?«

»Okay, ich bin eh' auf dem Heimweg nach Gmain!«

»Gut! Ich warte hier auf dich!«

Hubertus schüttelte den Kopf. Was war mit dem los? So aufgeregt kannte er ihn gar nicht. Klar, der Jörg war immer ein Hitzkopf gewesen, im Gegensatz zu ihm, doch in der letzten Zeit hatte er sich verändert, war viel ruhiger und überlegter geworden. Anscheinend hatte Carina einen guten Einfluss auf ihn.

Kurz darauf fuhr Hubertus auf das Betriebsgelände der Reitingers. Jörg kam ihm auf dem Parkplatz entgegen.

»Komm, gehen wir in mein Büro!« Er zog den Freund mit sich. »Setz dich hin! Ich muss dir was erzählen, das wird dich umhauen!«

Hubertus sah sich in dem kleinen Büro um. An den Wänden hatte man einige Pläne angepinnt, ansonsten war die Einrichtung so, wie sie Jörg ihm vor Kurzem beschrieben hatte.

Jörg hielt einen Brief in der zitternden Hand.

»Ich hab dir doch erzählt, dass ich mich nach dem Examen bei einer internationalen Architektengemeinschaft beworben habe, nur so aus Jux! Und jetzt ...«, er hielt Hubertus den Brief hin, »jetzt haben die mir geschrieben und wollen ein Vorstellungsgespräch mit mir, in Berlin!« Er sah Hubertus gespannt an. »Was sagst jetzt?«

Hubertus nahm den Brief, las die Adresse. »Was soll ich sagen? Ist doch gut, oder?«

»Ich frag dich, was ich machen soll!«

»Das weiß ich nicht, Jörg! Willst denn weg von hier? Hier in Gmain wird »Damian und Partner« sicher nix bauen, oder?« Er grinste.

»Natürlich nicht, du Depp!«, gab Jörg unwirsch zurück. »Ich denk, die suchen jemanden in Berlin, weil ich mich da vorstellen soll.«

»Mhm, Berlin – aber vielleicht auch England oder Amerika?«

»Blödsinn, das glaub ich nicht.«

Hubertus sah erneut auf den Brief. »Die erste Überlegung muss sein, ob du weg willst von hier. Wenn nicht, kannst ihnen gleich eine Absage geben, und der Käs ist gegessen! Wenn's dich juckt, fahr hin und hör dir an, was die vorschlagen. Vorher tät ich an deiner Stelle niemandem etwas sagen. Da weckst du nur schlafende Hunde.« Jörg nickte. »Vielleicht kommt was raus, was du eh nicht möchtest. Dann hast wieder deinen Frieden. Wenn es anders ist, kannst immer noch überlegen, du wirst ja nicht sofort zusagen müssen.«

Jörg nickte wieder. »Aber wenn's was Interessantes wäre, was dann? Vor einem halben Jahr wäre ich vor Freude noch an die Decke gesprungen, aber jetzt?«

»Was ist jetzt anders?«

»Na, du bist gut! Die Carina und das Büro hier!«

Hubertus atmete tief durch. »Wart erst mal ab, was die sagen. Hör es dir an. Und dann überleg weiter!«

Jörg nickte wieder. »Du hast recht. Anhören sollte ich es mir auf alle Fälle, sonst ärgere ich mich vielleicht ein Leben lang.«

»Na also! Außerdem, Berlin ist nicht aus der Welt. Und bis euer Siedlungsbau beginnt, dauert es eh noch. Vielleicht bist dann wieder daheim, weil es dir doch nicht gefällt bei denen, da ist alles offen. Auf jeden Fall hast du eine Menge Erfahrungen gemacht, in jeder Beziehung.«

»Wie meinst du das?«

»So, wie ich es gesagt hab. Zum einen wirst du berufliche Erfahrungen sammeln, das schadet ja nie. Zum anderen kommt so deine Beziehung zu Carina auf den Prüfstand. Dann siehst, ob sie es ohne dich so lange aushält, wenn sie hierbleibt.«

»Na hör mal! Das ist doch wohl klar, oder?«

»Weiß man's? Sie ist eine attraktive Frau und hat sicher auch anderweitig Chancen«, grinste Hubertus. »Aber nein, ich glaub schon, dass sie dir treu bleibt.«

»Da bin ich ganz sicher, so was Tolles wie mich kriegt sie nicht mehr so leicht«, Jörg lachte spitzbübisch. »Und kein Wort, zu niemandem, Hubertus«, bat er, als sie sich zum Abschied die Hand gaben.

Der tippte sich an den Hut. »Kein Wort, das versprech' ich dir!«

In der Nacht fand Jörg keinen Schlaf. Alle möglichen Gedanken und Überlegungen drehten sich wie eine Schallplatte in seinem Kopf. Endlich, gegen Morgen, schlief er ein.

Am nächsten Tag rief er bei »Damian und Partner« an und bestätigte den Termin.

Am Montag darauf fuhr er mit dem Auto nach Berlin. Zu Hause und zu Carina hatte er gesagt, er wolle einen Studienfreund besuchen, der in Berlin eine Anstellung hatte.

»Kann ich nicht mitfahren?«, hatte Carina gebeten. »Ich hab Montag und Dienstag frei, und Mittwoch gibt mir Margret sicher einen Urlaubstag, ist nicht viel los zurzeit.

»Nein, Schatz, das wäre nix für dich, lauter Gespräche über seinen Job und so! Ich glaub, da wäre es dir nur langweilig«, wimmelte er sie ab.

»Schade! Berlin muss eine tolle Stadt sein, da würde ich gern mal hin«, schmollte sie.

Wer weiß, vielleicht sind wir schneller dort, als du denkst, dachte er, doch er sagte: »Wir machen mal einen kleinen Urlaub dorthin, eine Städtereise, wie wär das?«

Carina flog ihm an den Hals. »Das wäre super! Du bist der Allerliebste, Jörg! Ich hab dich so lieb!«

»Ich dich auch, ich dich auch!«

Ein bisschen nagte das schlechte Gewissen an ihm, weil er ihr nicht die Wahrheit gesagt hatte.

Die Fahrt nach Berlin zog sich hin, eine solche Strecke war Jörg noch nie alleine mit dem Auto gefahren. Gottlob hatte er das Navi von Andreas mitgenommen, sonst hätte er die Adresse nie gefunden! Selbst so war es schwierig genug: Berlin schien eine einzige Baustelle zu sein, Umleitung über Umleitung.

Am Dienstagnachmittag stand er vor dem riesigen gläsernen Stahlbau. Im neunten Stock lag das Büro von »Damian and Partner«. Während er mit dem Aufzug hinauffuhr, spürte er sein Herz klopfen. Er sah an sich hinunter. Hoffentlich war er richtig angezogen! Anzug und Krawatte tragen zu müssen, hasste er, doch für den heutigen Tag hatte er sich in Schale geworfen; er wollte schließlich nicht zu leger auftreten.

Eine elegant angezogene, gewandte Dame saß an der Rezeption. Als er sich vorgestellt und sie den Terminkalender des Chefs geprüft hatte, bat sie ihn, kurz Platz zu nehmen. Sie zeigte auf eine kleine moderne Sitzgruppe am Fenster.

Jörg setzte sich und sah hinaus. Er war mitten im Zentrum Berlins, in der Nähe des Potsdamer Platzes. Ein Hochhaus am anderen, er sah über viele Dächer hinweg. Hier also würde er vielleicht bald arbeiten und leben. Etwas bang wurde ihm schon bei diesem Gedanken.

Ein Herr um die fünfzig, in Anzug und Krawatte, trat auf ihn zu.

»Herr Reitinger? Freut mich, dass Sie gekommen sind!«

Erleichtert stellte Jörg fest, dass der Mann deutsch sprach und ihm somit sicher nicht gleich auffiel, dass Jörg keinesfalls perfektes Englisch sprechen konnte.

Der Mann, der sich als Herr Müller-Kahn vorstellte, ging voraus zu seinem Büro. »Ich hoffe, Sie hatten eine gute Fahrt?«

Jörg nickte.

Das Büro war modern eingerichtet, genau so hatte sich Jörg sein eigenes Büro ausgemalt. Das gefiel ihm schon mal, die schienen hier den gleichen Geschmack zu haben wie er.

»Bitte setzen Sie sich!« Herr Müller-Kahn deutete auf einen Stuhl am Besprechungstisch. »Am besten, wir fangen gleich an!«

Als Jörg nach einer guten Stunde das Gebäude verließ, schwirrte ihm der Kopf. Er war unfähig, einen klaren Gedanken zu fassen, geschweige denn, sich ins Auto zu setzen und sein Hotel am Rande Berlins aufzusuchen.

Er ging in ein kleines Bistro im Erdgeschoss des Stahl- und Glaspalastes und bestellte ein Weißbier. Toll, dass es das auch in Berlin gab! Er lehnte sich im Stuhl zurück und nahm einen tiefen Schluck.

Es war der Hammer: »Damian and Partner« boten ihm eine Stelle für vorerst ein Jahr in Dubai an. Dubai in den arabischen Emiraten! Eine Verlängerung der Anstellung stellten sie in Aussicht.

Sie bauten dort ein riesiges Hotel, nicht so riesig wie das »Burj al Arab«, das größte Hotel dort, aber annähernd so groß. Absoluter Luxus! Das Gebäude war längst geplant, der Bau bereits gestartet. Sein Arbeitsbereich wäre neben der Bauaufsicht auch Abrechnung und dergleichen, zunächst unter Aufsicht erfahrener Bauleute und Architekten.

Herr Müller-Kahn hatte ihm eine Woche Bedenkzeit gegeben, der Arbeitsantritt wäre der 1. Januar nächsten Jahres, in drei Monaten schon!

Was die sich gedacht hatten, ihm, dem noch unerfahrenen Architekten aus Gmain, diese Stelle anzubieten? Jörg konnte es nicht fassen!

Nachts, in dem kleinen Hotelzimmer, fand er keinen Schlaf. In einem Moment war er sicher, dass es besser war, abzusagen. Im nächsten lockte ihn der Gedanke, diese unglaubliche Chance, die sich ihm bot, anzunehmen. Ein Jahr in einer völlig fremden Welt, ein Arbeitsgebiet, wie es sich ihm nie wieder bieten würde!

Er dachte daran, wie viele seiner Kollegen sich um diesen Job reißen würden und er zweifelte. Was würden seine Eltern sagen, und erst Carina?

Andererseits – ein Jahr war schnell vorüber, und er musste nicht länger bleiben, wenn er nicht wollte, beruhigte er sich. In nur einem Jahr würde aus dem Siedlungsbau in Gmain nichts werden, und die Ehe hatte er seiner

Liebsten sowieso nicht eher als in zwei bis drei Jahren versprochen. Eigentlich, dachte er bei sich, war er frei und unabhängig. Es war ein unglaublich erleichternder Gedanke. Endlich schlief er ein.

Zu Hause in Gmain angekommen, erzählte er den Eltern von dem imaginären Freund, den er »getroffen« hatte, und davon, wie verrückt es in Berlin zuging. Carina tischte er die gleiche Geschichte auf. Hubertus verzog amüsiert den Mund, als er es hörte, denn er war gerade zugegen, und zwinkerte ihm zu.

»Ich muss noch mal mit dir reden, Hubertus«, flüsterte Jörg ihm in einem unbeobachteten Augenblick zu.

Sie trafen sich zu einer herbstlichen Wanderung hinauf zum Wald.

»Was soll ich machen?«, fragte Jörg, nachdem er dem Freund sein Berliner Erlebnis geschildert hatte.

Hubertus sah ihn von der Seite an. »So, wie du redest, hast dich schon entschieden, oder?«

»Wie meinst du das?«

»Na, wenn ich deine glänzenden Augen seh' und wie begeistert du bist!«

Jörg schwieg. Dann, nach einer Weile, erwiderte er: »Du hast recht, es reizt mich ungemein! Wenn da nicht die Eltern wären und vor allem die Carina –«

»Es gibt nichts, was nicht zwei Seiten hat. Das musst du natürlich erst regeln. Wenn es für dich wichtig ist, musst du da durch. Und ein Jahr geht schnell vorbei!«, gab Hubertus zu bedenken.

»Ich weiß! Das mit den Eltern steh ich durch, aber die Sache mit Carina …«

»Vielleicht kannst du sie mitnehmen?«

Jörg sah Hubertus entgeistert an. »Mitnehmen? Nein, das geht auf keinen Fall, das ist eine andere Welt, vor allem für Frauen! Hast du die Araberinnen gesehen, die in München rumspazieren? Alle mit langen schwarzen Gewändern und tief verschleiert, manche sogar mit Masken vor dem Gesicht! Und ich könnte mich nicht um sie kümmern, wie es vielleicht nötig wäre. Nein, das geht definitiv nicht.« Hubertus atmete wie erleichtert auf und nickte, als Jörg fortfuhr. »Bei euch ist sie gut aufgehoben. Und ein Jahr ist schnell vorbei, wie du sagst, vor allem bei den heutigen Kommunikationsmitteln, schließlich gibt es SMS und E-Mail. Da kann man dauernd in Kontakt bleiben. Und in einem Jahr bin ich wieder da, das versprech ich ihr – länger bleib ich dort auf keinen Fall!«

»Dann ist die Sache ja entschieden.« Sie waren an einem Ausblick angelangt und sahen ins Tal hinab.

»Schwer ist es schon, den Schritt zu tun«, meinte Jörg fast wehmütig, als er hinunter nach Gmain schaute.

»Für mich wär's nix, ich wollt' nicht von hier weg«, meinte Hubertus. »Aber du, du bist halt eher ein Abenteurer als ich; das war schon so, als wir noch Buben waren! Weißt noch, wie wir die Höhle drüben in der Wand entdeckt haben? Und wie du gesagt hast, da steigst du rauf, ungesichert, und dabei beinahe verunglückt wärst?«

Jörg lachte. »Da hast du mich gerade noch vor einem Unglück bewahrt, vielleicht täten wir heut nicht zusammen hier sitzen.«

»Aber in die Höhle sind wir doch noch raufgeklettert«, meinte Hubertus.

»Nur, weil du Seile und Haken mitgebracht hast und wir so einigermaßen sicher hinaufkonnten!«

Beide blickten hinüber zu der felsigen Wand mit der Höhle und spürten wie so oft, welch besondere Freundschaft sie verband.

Am nächsten Tag fasste sich Jörg ein Herz und berichtete nun auch der Familie von seinem Plan.

»Nach Dubai? Bub, weißt du, wo das ist, wie es dort zugeht? Hast du dir das genau überlegt?«, prasselten die entsetzten Fragen seiner Mutter auf ihn ein. »Und wie soll es hier weitergehen? Dafür hat dich der Papa nicht studieren lassen! Ich find, du bist recht undankbar!«

»Ganz recht ist es mir auch nicht, Jörg, das musst du verstehen«, warf der Vater ein. »Sollen wir uns denn einen fremden Architekten für den

Siedlungsbau nehmen? Wo du doch extra Architektur studiert hast, und das hat lange genug gedauert!«, meinte er vorwurfsvoll.

»Ich hab mir die Entscheidung nicht leicht gemacht, das müsst ihr mir glauben! Aber für mich und meine Karriere ist das eine riesige Chance!«

»Was für eine Karriere?«, fragte die Mutter erregt. »Wenn du hierbleibst, brauchst keine Karriere! Da hast immer dein sicheres Auskommen, dafür sorgt der Papa schon.«

Jörg verzog das Gesicht. Genau das war es, was er nicht wollte! Er wollte nicht immer abhängig sein!

»Na ja, Maria! Ein bisserl versteh' ich den Jörg, das ist eine besondere Gelegenheit. Und er hat gesagt, dass er nicht länger als ein Jahr bleibt. Das werden wir schon überleben. Bis Januar sind es noch ein paar Wochen. Da kann er ein paar Ideen für die Siedlungshäuser aufs Papier bringen. Gell?« Jörg nickte dem Vater dankbar zu.

»Und deine Freundin? Was sagt die dazu?«, ließ sich Andreas vernehmen, der bei der Unterredung dabeisaß.

»Der hab ich noch nichts gesagt, ich wollt erst mit euch reden!«, gab Jörg unsicher zu.

»Aha! Vielleicht ist das Mädel gescheit genug, dir den Kopf zurechtzurücken«, geiferte die Mutter. »Wir werden sie in den nächsten Tagen mal zu uns einladen.«

»Nein«, wehrte Jörg entsetzt ab. Das hätte ihm gerade noch gefehlt: Die Carina zum ersten Mal hier bei den Eltern, und dann dieser Konflikt und das Gezeter der Mutter! Das wollte er auf keinen Fall!

»Ich werde morgen mit ihr reden. Ein Jahr ist schnell vorüber, im ›Schlossberg‹ bei der Margret, ist sie gut aufgehoben.«

»Und beim Hubertus«, konnte die Mutter sich nicht verkneifen, zu sagen.

Jörg stöhnte auf. »Du immer mit deinen Verdächtigungen!«

»Ich kenn die Menschen, Jörg – besser als du.«

»Ist gut, Mama. Dann red ich morgen mit der Carina, und wenn sie das Okay gibt, sag ich zu bei ›Damian and Partner‹.«

»Jetzt wird sich zeigen, ob das Madl einen Verstand hat oder nicht«, meinte Maria Reitinger zu ihrem Mann, als Jörg draußen war. »Wenn die ihn gehen lässt, dann ist da nicht viel Liebe.«

Franz-Josef Reitinger schüttelte den Kopf. »Geh, Maria! Das ist heutzutage anders als früher. Und ein Trennungsjahr ist eine gute Prüfung für die zwei. Da zeigt sich, ob eine Liab' Bestand hat oder nicht.«

Am nächsten Montag, an ihrem freien Tag, wollte Jörg mit seiner Freundin reden, denn am Mittwoch musste er in Berlin seine Entscheidung bekanntgeben.

Es war ein herrlicher Spätherbsttag, und sie wanderten hinauf zum Rosskopf, Carinas liebste Tour. Sie hatte in den Rucksack eine Brotzeit und eine Flasche Weißbier mit einem Glas für ihren Liebsten gepackt.

Jörg war, ganz gegen seine Art, beim Aufstieg recht schweigsam gewesen, und auch oben, als sie unterm Gipfelkreuz saßen, redete er nicht viel.

»Hast du was? Du bist so schweigsam heute?« Carina packte die Brotzeit aus.

»Ich muss mit dir reden«, gestand Jörg.

Sie sah ihn erstaunt an, er klang so ernst.

»Ich werde für ein Jahr weggehen von hier«, begann Jörg, und Carina, die gerade das Weißbier einschenkte, ließ vor Schreck den Schaum überlaufen.

»Weggehen? Wohin denn?«, fragte sie erschrocken und wischte den Glasrand vorsichtig an der Hose ab.

»Ich gehe für ein Jahr nach Dubai!«

»Nach Dubai?« Ungläubig sah sie ihn an und wiederholte: »Nach Dubai? Ich glaub', du spinnst!«

Jörg sah zu Boden. »Nein, so ist es. Ich bin fest entschlossen. Ich hab für ein Jahr ein Angebot von einer großen englischen Architektengemeinschaft gekriegt.«

»Davon hast du mir nichts gesagt!«, rief sie vorwurfsvoll. »Und ich?«

»Du bleibst hier, bei der Margret. Da bist du gut aufgehoben!«

»Aufgehoben?« Carina hatte das Glas abgestellt und war aufgebracht aufgesprungen.

»Bin ich ein Gegenstand, den man *gut aufheben* muss? Du entscheidest einfach über mich!« Sie starrte ihn fassungslos an.

»Ach, Schatz!« Er zog sie an der Hand zu sich. »Lass dir alles erklären.«

Widerwillig hockte sie sich neben ihn. Dann erzählte er ihr, wie es dazu gekommen war und auch, dass er mit seiner Familie bereits gesprochen hatte.

»Jetzt musst nur noch du dein Okay geben. Nach Dubai mitnehmen kann ich dich nicht, das geht nicht!« Er sah sie flehentlich an.

Carina hatte sich wieder gesetzt, sie schwieg.

»Ich versteh', dass dich das jetzt umwirft. Aber es ist so eine unglaubliche Chance für mich. Und ich verspreche dir, in einem Jahr bin ich wieder da!« Jörg schloss seine Liebste in die Arme und küsste die Tränen weg, die ihr über die Wangen rollten. »Glaub mir, es ist halb so schlimm. Bitte, gib mir die Chance! Wenn du Nein sagst, bleib ich hier!«, meinte er einlenkend, aber es klang trotzig.

»Wie könnt ich Nein sagen, wenn es für dich so wichtig ist?«, murmelte sie traurig. »Du würdest es mir später vielleicht einmal zum Vorwurf machen.«

Jörg sah sie erfreut an. »Du bist einverstanden?« Er zog sie an sich.

»Was bleibt mir anderes übrig?« Sie seufzte ergeben. »Ich werde dieses Jahr schon überleben, irgendwie.«

»Ich hab gewusst, dass ich mich auf dich verlassen kann!«, jubelte Jörg und drückte sie wieder an sich. »Außerdem gibt's heutzutage doch E-Mail und SMS, und Telefon auch für den Notfall, auch wenn das recht teuer sein wird. Ich verspreche dir hoch und heilig, dass ich dir jeden Tag schreiben werde, oder zumindest jeden zweiten!«

Hoffentlich kann ich mich auf deine Versprechungen verlassen, dachte Carina bei sich.

Nachdem die Entscheidung endgültig gefallen war, gingen die beiden zum »Schlossberg« zurück. Jörg erzählte allen voll Begeisterung von seinem Vorhaben.

Margret fiel wohl auf, wie blass und traurig Carina aussah, doch sie war insgeheim heilfroh, dass ihr die junge Frau blieb. Was war schon ein Jahr für eine große Liebe?

Als Jörg zu Hause berichtete, dass Carina mit seinem Entschluss einverstanden war und somit seiner Reise nichts mehr im Wege stand, meinte Maria Reitinger zu ihrem Mann: »Ich hab es gleich gewusst, dass die nichts ist. Es dauert nicht lang, dann hat die einen anderen oder ist gleich weg. Wirst es schon sehen, Franz-Josef!«

Dieser Herbst war besonders schön, eine wahrlich goldene Zeit. Das Laub der Bäume hatte sich in herbstlichen Farben geschmückt, von dunklem Grün über Gelb-Orange hin zu flammendem Rot. Der große Tag der Jagdeinladung von Herrn von Donnersberg war gekommen. Hubertus hatte alle Hände voll zu tun gehabt mit den Vorbereitungen. Wie immer, wenn Herr von Donnersberg eine Jagd veranstaltete, gab es die anschließende Feier und das Wildessen im »Schlossberg«.

Margret war nervös, es lag ihr besonders am Herzen, dass alles bestens funktionierte und schmeckte, das war sie ihrem Hubertus schuldig. Heuer konnte sie sich auf die Mithilfe von Carina verlassen, die sich einiges hatte einfallen lassen und sich auf das Jagdessen für die Gäste freute.

»Ein Jagdessen haben wir bei uns im Hotel auch manchmal gehabt, Margret!«, hatte sie sich gefreut. »Wir werden das Nebenzimmer schön dekorieren und Kathie, Hilde und ich werden unsere allerschönsten Dirndl tragen!«

Margret freute sich über die Begeisterung, war ihr doch aufgefallen, wie still und grüblerisch das Mädel geworden war, seit sie wusste, dass ihr Jörg sie für ein Jahr verlassen wollte. »Ein Jahr ist schnell vorüber«, hatte sie die junge Frau getröstet. »Und Weihnachten, wenn wir unseren Advent im Biergarten draußen machen, wie du es dir ausgedacht hast, ist der Jörg noch da. Schau, er fliegt ja erst am 28. Dezember.«

»Ich kann den Satz, ein Jahr ist schnell vorüber, nicht mehr hören, Margret! Jeder will mich damit trösten: Der Jörg, du, die Pia – sogar der Hubertus hat es neulich zu mir gesagt! Mir kommt es vor wie eine Ewigkeit.«

»Komm schon!« Margret hatte einen Arm um Carina gelegt. »Du wirst sehen, alles wird gut. Vielleicht tut dem Jörg das Jahr ganz gut; vielleicht merkt er dann, wie schön er es hier hat und wie sehr er dich vermisst.«

»Wollen wir es hoffen!«, seufzte Carina.

Der große Tag der Jagd war gekommen. Früh am Morgen, es war noch neblig, trafen die Jagdgäste des Herrn von Donnersberg mit ihren Jeeps und Geländewagen beim »Schlossberg« ein.

Mit »Waidmannsheil« begrüßte man sich laut, die Jagdausrüstungen wurden abgeladen, die Hunde wuselten zwischen den Jägern und Treibern umher. Lukas, Hubertus' Jagdhund, war außer sich vor Freude und Begeisterung, wusste er doch, dass es heute auf zur Jagd ging.

Als sich alles etwas beruhigt hatte, führte Jörg die Treiber an, die ihre Warnwesten angelegt hatten, hinauf ins Jagdgebiet des Herrn von Donnersberg. Kurz darauf folgten die Jäger, angeführt von Hubertus.

»Jetzt ist erst mal Ruh«, Margret atmete erleichtert auf, als die Horde weg war. »Bis sie zurückkommen, haben wir genügend Zeit, alles herzurichten.«

Immer wieder lauschte Carina hinauf in die Berge, hörte ab und zu einen Schuss, es schien alles gut und erfolgreich zu laufen.

Am späten Nachmittag kam die gesamte Jagdgesellschaft zurück. Auf dem Hof hinten legten sie die Strecke aus: 12 Hasen, einige Fasane, drei Böcke und ein Reh, sogar eine Wildsau war dabei. Die Jäger hatten das erlegte Wild, wie es der Brauch war, auf die rechte Seite auf den Bruch gelegt und sich andächtig darum versammelt, zu Ehren der getöteten Tiere. Dann reichte Herr von Donnersberg jedem erfolgreichen Jäger den Bruch von einer Tanne, mit dem Schweiß des getöteten Tieres benetzt, auf einem Waidblatt. Ein herzliches »Waidmannsheil« von Herrn von Donnersberg folgte sodann, woraufhin der stolze Jäger »Waidmannsdank« zurückgab. Schließlich wurde die Strecke verblasen, aus dem Jagdhorn ertönte das Halali. Die Jagd war beendet, und der Erfolg mit einem oder mehreren Gläsern Schnaps, den Carina herumreichte, gefeiert.

Nachdem die »rote Arbeit«, das Ausweiden der Tiere, beendet und die Hunde versorgt waren, kamen die Jäger und Treiber in die Jagdstube zum Mahl. Carina hatte den Raum schön dekoriert und auch die Tische mit Kiefernzweigen, herbstlichem Laub und Früchten des Waldes, vor allem Eicheln und Kastanien, geschmückt.

Zu Beginn wurde die Suppe serviert: eine Pfannkuchensuppe mit reichlich grünem Schnittlauch darauf, frisch aus dem Garten. Danach hielt Herr von Donnersberg seine Ansprache, darauf folgten die Dankesreden, und endlich konnte weiter serviert werden. Es gab Rehrücken und Wildschweinbraten zur Auswahl, dazu Spätzle, Knödl und Blaukraut. Alles wurde in großen Platten unter dem beifälligen Gemurmel der Gäste von Carina, Kathie und Hilde aufgetragen.

Carina war für den Tisch zuständig, an dem Herr von Donnersberg mit seinen Ehrengästen und auch Hubertus saßen.

Geschickt und freundlich servierte sie, Herr von Donnersberg war sichtlich angetan. »Ein neues Gesicht bei Ihnen im ›Schlossberg‹, Hubertus?«, fragte er.

Der nickte. »Carina ist seit ein paar Monaten bei uns und der Mutter eine große Hilfe!«

Herr von Donnersberg zwinkerte ihm verschwörerisch zu. »Da haben Sie ja etwas besonders Hübsches und Tüchtiges gejagt, Hubertus. Das freut mich für Sie! Lassen Sie das Mädel nicht mehr los, das ist die richtige Frau für Sie!«

Er prostete dem jungen Mann zu, und bevor

Hubertus das Missverständnis aufklären konnte, hatte sich Herr von Donnersberg bereits seinem Gast zur Linken zugewandt.

Das Jagdessen war ein voller Erfolg, es wurde kräftig zugegriffen und getrunken, die Stimmung war bestens. Immer wieder erschallte lautes Gelächter, wenn jemand einen Jagdwitz erzählt hatte oder Waidmannsgarn gesponnen worden war. Auch am Tisch der Treiber, an dem Jörg saß, ging es ausgelassen zu. Erst spätabends löste sich die Gesellschaft auf.

Herr von Donnersberg verabschiedete sich im Gastraum, in dem die Helfer und Treiber verköstigt worden waren, von Margret. »Schade, Frau Gmainer, dass Sie keine Hotelzimmer hier im ›Schlossberg‹ haben. Nun müssen wir leider zum ›Postwirt‹ hinunter – und diese Räume sind alles andere als angenehm, das kann ich Ihnen versichern. Aber sonst war alles wieder sehr schön, ja ich möchte fast sagen, schöner als bisher. Auch zu Ihrer künftigen Schwiegertochter kann ich Sie nur beglückwünschen, Frau Gmainer! Das ist eine besonders hübsche und tüchtige junge Frau!«

Margret sah ihn irritiert an und wollte antworten, doch Herr von Donnersberg, leicht angetrunken, fuhr fort: »Da möchte man selber noch mal jung sein, ich gönne es ihrem Hubertus! So einen guten Jagdaufseher wie ihn hab ich noch nie gehabt, auf ihn kann ich mich voll verlassen.

Sehr umsichtig ist er, trotz seines noch jungen Alters. Sie können stolz auf ihn sein.« Dann fügte er vertraulich hinzu. »Es ist doch gut, wenn man sein Sach' einmal in guten Händen weiß, nicht wahr?«

»Ja, das schon, aber –«, setzte sie an, doch er fiel ihr ins Wort.

»Nichts aber, liebe Frau Gmainer! Es war alles wunderbar, noch schöner als die Jahre zuvor, wie ich schon gesagt habe, und ich möchte mich herzlich bei Ihnen und dem jungen Paar bedanken. Die Rechnung schicken Sie wie gewohnt an meine Düsseldorfer Adresse, ja?«

Margret nickte. Es hatte keinen Sinn, das Missverständnis zu berichten, Herr von Donnersberg hatte sich schon umgewandt, und war hinaus zu seinem Wagen gegangen.

»Was hör ich da?« Jörg stand plötzlich neben ihr. »Die Carina und der Hubertus ein Paar?«

»Ach, geh', Jörg. Das hat sich der Herr von Donnersberg nur so vorgestellt«, wehrte Margret ab. »Brauchst nicht eifersüchtig sein!«

»Ich und eifersüchtig?« Er lachte etwas zu laut, auch er hatte dem Bier reichlich zugesprochen. »Ich bin mir der Carina sicher! Da fehlt sich nix«, plusterte er sich auf.

»Dann ist es gut, Jörg. Da kannst auch sicher sein«, beschwichtigte sie ihn. An Hubertus gewandt, der gerade von der Verabschiedung der Jagdgesellschaft in die Stube kam, sagte sie nur:

»Der Herr von Donnersberg hat dich sehr gelobt. So einen guten Jagdverwalter wie dich hätte er noch nie gehabt!« In ihrer Stimme schwang mütterlicher Stolz.

»Ist gut, Mama«, wehrte der bescheiden ab, doch man sah ihm an, wie ihn das Lob freute.

»Aber die Carina, die ist immer noch meine und bleibt das auch!«, mischte sich Jörg ein.

Hubertus sah ihn irritiert an. »Was meinst denn jetzt damit?«

»Ich mein', dass die Carina *meine* Freundin ist, verstehst?« Jörg baute sich bedrohlich vor seinem Freund auf, der sich kopfschüttelnd abwandte.

Carina kam gerade aus der Küche, Jörg umschlang ihre Taille und versuchte, sie zu küssen, doch sie machte sich energisch frei. »Jörg, lass mich los! Wir haben jede Menge zu tun. Kannst helfen, wenns'd magst«, fügte sie schnippisch hinzu. »Besser wäre allerdings, du gingst heim, zu Fuß! Nüchtern bist ja nicht mehr!«

Jörg sah sie verärgert an, doch da ging Margret dazwischen. »Verderbt den schönen Abend nicht, Kinder! Und du, Jörg, gehst wirklich besser zu Fuß heim, oder der Hubertus fährt dich!«

Jörg gestikulierte wild. »Ich geh' ja schon!« Er wandte sich verärgert dem Ausgang zu.

Carina lief ihm nach. »Schatz, jetzt sei doch nicht so!« Sie hielt ihn an der Jacke fest. »Kommst morgen rauf?«, bat sie.

»Mal schauen, muss noch eine Menge erledigen, bevor ich flieg'!«

Es traf Carina wie ein Stich; bei all der Arbeit hatte sie fast vergessen, dass Jörg bald abreisen würde. Es machte ihr das Herz schwer.

Die Adventszeit nahte, und Carina hatte mit Hubertus', Jörgs und Hildes Hilfe den Biergarten in ein weihnachtliches Märchenland verwandelt. Der Himmel hatte ein Einsehen gehabt und den ersten Schnee geschickt, der das Ganze wie in einem Wintermärchen verzauberte.

Sie hatten ein paar Buden aufgestellt und festlich dekoriert, Feuerkörbe sowie Fackeln aufgestellt, die das Gelände romantisch beleuchteten und für etwas Wärme sorgten. Es gab Glühwein und Punsch, Plätzchen und Stollen; auf dem großen Grill wurden Würstl und Koteletts gebraten. Verschiedene Musikgruppen spielten besinnliche Weisen, und die Schulkinder vom Dorf sangen Weihnachtslieder, zum Stolz ihrer Eltern. An jedem Wochenende strömten die Leute nur so herbei, solch einen stimmungsvollen Advent hatte es in Gmain noch nie gegeben.

»Das macht alles die Italienische«, sagte die eine zu ihrer Nachbarin.

»Mit der hat die Margret echt Glück!«, pflichtete ihr die andere bei.

»Die tät gut zum Hubertus passen, besser als zum Reitinger-Jörg! Da hätt' die Margret eine tüchtige Schwiegertochter«, sinnierte wiederum die erste.

»Da hast recht! Ich am Jörg seiner Stelle, ich tät das Mädel nicht ein ganzes Jahr allein lassen!«, kritisierte die zweite.

»Allein ist sie nicht«. Kichern folgte. »Die Margret und der Hubertus, die werden schon auf sie aufpassen!«

»Womöglich spannt der sie dem Jörg aus!«

»Nein, so was macht der Hubertus nicht. Das glaub ich nicht!«, entrüstete sich die eine.

»Weiß man's? Er hat keine, wie man hört!«

»Recht g'schleckert ist er, der Hubertus. Der wartet wohl auf was ganz Besonderes!«

»Wenn er es nur erwarten kann! Irgendwann mag ihn keine mehr …«

»Ach geh, dem rennen's doch die Bude ein – mit *dem* Gasthaus!«

»Was nutzt ihm des Gasthaus, wenn er kein Wirt ist?«

»Eben drum braucht er eine wie die Italienische, wirst es schon noch sehen!«, prophezeite die eine und wandte sich dem Stand mit dem Glühwein zu.

Weihnachten im »Schlossberg«! Das Gasthaus hatte am Heiligen Abend geschlossen. Margret, Hubertus, Carina und der Großvater feierten zusammen.

Obwohl sich die Wirtin alle Mühe gemacht hatte, den Abend schön zu gestalten und kräftig an Speisen aufgefahren hatte, war es Carina schwer ums Herz. Zum einen, weil Jörg unten in Gmain mit seiner Familie – ohne sie – feierte und erst später kommen wollte, zum anderen dachte sie voll Wehmut an ihre Familie in Meran.

Vor einiger Zeit hatte sie wieder Kontakt zu den Eltern aufgenommen, nachdem sie nach dem bösen Streit außer der Nachricht, dass es ihr gut ginge und sie in einem Hotel arbeite, nichts mehr von sich hatte hören lassen. Eigentlich hatte sie vorgehabt, mit Jörg nach den Feiertagen zu ihren Eltern zu fahren, doch das hatte sich nun zerschlagen; in vier Tagen würde Jörg nach Dubai fliegen. Seinen Eltern hatte er sie immer noch nicht vorgestellt, das lag Carina wie ein Schatten auf der Seele.

Endlich, am späten Abend, kam Jörg. »Ich konnte nicht früher weg!«, begrüßte er sie. »Mama hat es heuer besonders aufwendig gemacht. Andreas und seine Braut waren auch da.« Nur ich war nicht eingeladen, dachte Carina bitter.

Nachdem sie zusammen mit Hubertus, Margret und dem Großvater Punsch getrunken hatten, gingen sie hinauf in ihr Zimmer. Carina hatte für Jörg einen Hirschfänger gekauft, ein Jagdmesser mit Hirschhorngriff. Es war ein edles Stück in einer Lederscheide, Jörg freute sich wie ein Kind darüber.

Dann zog er ein kleines Kästchen aus der Hosentasche. »Das ist für dich«, meinte er fast feierlich, als er es ihr überreichte.

Carinas Herz klopfte. Ob es Verlobungsringe waren? Ein bisschen veraltet mochte das vielleicht sein, doch sie hätte es schön gefunden. Vorsichtig öffnete sie das Kästchen. Nein, es waren keine Ringe. Ein Bernsteinanhänger an einer Silberkette lag darin, auf blauem Samt.

»Gefällt's dir?«, fragte Jörg gespannt.

Sie nickte, nahm die Kette heraus und betrachtete sie. Es war ein schönes Stück.

Jörg nahm es ihr aus der Hand und legte es ihr um. »Passt zu dir, der Bernstein, der hat die gleiche Farbe wie deine Augen!« Er küsste sie zärtlich. Sie ließen sich aufs Bett fallen.

»Weißt du, dass das unser erstes gemeinsames Weihnachten ist?« Carinas Augen schimmerten feucht.

»Mhm«, stimmte er zu. »Und es werden noch viele folgen, das versprech ich dir. Wenn ich erst zurück bin, beginnt unser gemeinsames Leben!«

Carina schmiegte sich an ihn. Sie liebte ihn, und gerade deshalb musste sie ihn ziehen lassen, doch ihr Herz war schwer.

Die Weihnachtstage verbrachten sie wandernd in den Bergen, im Schnee, oder im »Schlossberg«. Sie genossen die letzten Tage, die sie noch zusammen waren.

»Was hast daheim bekommen, als Weihnachtsgeschenk?«, wollte Margret von Jörg wissen, als sie beim Essen zusammensaßen.

»Der Vater war recht großzügig. Große Geschenke sind bei uns eigentlich nicht üblich«, meinte Jörg. »Aber heuer hat er mir eine Jagdflinte geschenkt, bisher habe ich immer eine von seinen genommen, wenn wir auf der Jagd waren, der Hubertus und ich.«

Der Freund horchte auf. »Eine Jagdflinte? Was für eine denn?«

»Eine S. Classic Repetierbüchse, mit Holzschaft und Einlegearbeiten.«

»Nobel, nobel«, Hubertus nickte anerkennend. »Die tät mir auch gefallen! Die hat garantiert über dreitausend Euro gekostet, oder?«

»Ich glaub schon. Die Büchse, die wartet auf dich, hat der Vater gemeint, als er sie mir gegeben hat.«

Margret lachte laut. »Ich glaub, da wartet noch was anderes auf dich! Was Wichtigeres als eine Jagdflinte«, und sie sah zu Carina hin, die sie glücklich ansah.

Der 28. Dezember war Jörgs Abreisetag, Carina brachte ihn zum Flughafen.

Als sich Jörg von seinen Freunden vom »Schlossberg« verabschiedete, hatte er Hubertus zugeraunt: »Pass mir schön auf die Carina auf!«

»Die kann ganz gut auf sich selbst aufpassen, glaub ich«, hatte der gelassen erwidert.

Am Flughafen mussten sich Jörg und Carina trennen.

»Mach's gut und vergiss mich nicht«, schluchzte Carina unter Tränen.

»Ich werde dich nie vergessen, mein Schatz.« Er küsste sie innig. »Wir bleiben in Kontakt, wir mailen uns, jeden Tag mindestens einmal, wenn nicht mehr! Außerdem – nach frühestens einem halben Jahr habe ich zum ersten Mal Urlaubsanspruch, wenn auch nur ein paar Tage. Dann komm ich her, auf alle Fälle. Ich vermisse dich jetzt schon!«

»Wirklich?« Sie lächelte ein wenig.

»Klar! Aber ich muss los, das Flugzeug wartet nicht auf mich«, er hatte den jungenhaften Schalk im Gesicht, den sie so liebte, schnappte sich seinen Rucksack und wandte sich dem Abflug-Gate zu.

Er winkte ein letztes Mal, dann war er in der Menge verschwunden.

4

Der Winter zog sich dieses Jahr lange hin, Carina kam es wie eine Ewigkeit vor. Sie vermisste Jörg, seine Fröhlichkeit, die Zärtlichkeiten und seine manchmal recht ungestüme, jungenhafte Art. Täglich ging sie ins Arbeitszimmer an den Computer und schrieb Jörg eine Mail. Auch wenn es nichts Besonderes zu berichten gab, hier nahm alles seinen gewohnten Gang, mailte sie ihm.

Jörg hatte ihr auch geschrieben, kaum dass er in Dubai angekommen war. Er hatte viel zu erzählen: vom Flug, der Ankunft, von der riesigen, hochmodernen Stadt. Vorerst war er in einem Hotel untergekommen, im 26. Stock.

Stell dir das vor, Carina, hatte er gemailt, *Höhenangst darfst du keine haben, wenn du 'runterschaust! Es ist der totale Wahnsinn* hier!

Carina beneidete ihn um seine Erlebnisse, doch sie gönnte sie ihm und freute sich über seine Begeisterung.

Später berichtete er über seine Arbeit, die Kollegen, das Hotel, an dem sie bauten: *Oft weiß ich nicht wo ich bin, so anders ist hier alles. Nicht zu vergleichen mit Deutschland! Die Kollegen sind alle nett, bis auf einen, der ist ein echter Stinkstiefel, ein typischer Engländer halt. Mit der Sprache, wir reden natürlich alle Englisch, geht es schon viel besser! Die Sitten und Gebräuche hier sind recht komisch. Die arabischen Männer laufen alle in ihren weißen, langen Gewändern mit den Tüchern auf dem Kopf herum, und die Frauen sind tief verschleiert, außer den wenigen Europäerinnen, die hier arbeiten. Aber auch die ziehen sich sehr züchtig an. Brauchst also keine Angst vor irgendwelchen Versuchungen haben. Hier geht nix! Ich bleib' dir treu!*

Carina freute sich über jede Mail, auch wenn Jörg nicht wie versprochen jeden Tag schrieb. Doch das konnte man nicht erwarten, tröstete sie sich. Er hatte sicher viel zu tun und musste die vielen Eindrücke verarbeiten. Vermutlich fiel er abends todmüde ins Bett.

Das Frühjahr kam, und Jörgs Mails wurden spärlicher. Auch Carina schrieb nur noch jeden zweiten bis dritten Tag, es gab nicht allzu viel zu berichten, und dass sie ihn liebte und vermisste, schrieb sie ohnehin jedes Mal.

Auch im Gasthof war es ruhiger. »Das wird wieder mehr, wenn es wärmer wird, und jetzt, in der Fastenzeit geht eh' nicht allzu viel«, meinte die Margret. »Nutzen wir die Zeit, richtig sauber zu machen und zu stöbern.«

»Ja, es hat sich viel alter Krempel angesammelt«, meinte Carina. »Neue Vorhänge in der Gaststube wären nicht verkehrt. In Rosenheim habe ich neulich so schöne Stoffe gesehen!«, schwärmte sie.

»Wird recht teuer werden«, zögerte die Wirtin.

»Teuer sind die Stoffe, das stimmt. Aber ich kann nähen, eine Nähmaschine ist im Haus. Da sparen wir uns die Näherin, und die Vorhangstangen sind noch ganz in Ordnung!«

Am nächsten Montag fuhr Carina in die Stadt. Den Stoff hatte sie ausgemessen und beim letzten Mal ein paar Stoffproben mitgebracht.

»Schau, Margret! Hier, dieser helle Leinenstoff mit den kleinen, aufgedruckten springenden Hirschen, den fänd ich am schönsten. Das würde den Raum viel freundlicher machen als die alten braunen Vorhänge.«

»Wenns'd meinst. Dann kauf ihn halt, wenn er dir so gut gefällt.«

»Dir müssen sie auch gefallen, Margret!« Sie hielt Hubertus den Stoff hin. »Was meinst du?«

»Mhm, ja! Ich find den mit den Hirscherln auch schön. Tät gut ins Nebenzimmer passen, in die neue Jagdstube!«

Carina hatte nach dem Jagdessen im Oktober das frühere Nebenzimmer neu dekoriert. Statt des Schildes »Nebenzimmer« stand dort jetzt »Jagdstube«, und der Raum wurde gern für

Familienfeste oder Vereinsveranstaltungen reserviert.

»Du hast recht! Dann nehmen wir den mit den Blumen für die Gaststube«, Carina hielt den Kopf schief und überlegte.

»Fahr nach Rosenheim und kauf, was dir gefällt«, sagte Margret entschieden.

Carina freute sich auf die Fahrt in die Stadt – nicht nur wegen der Vorhänge, sondern auch, weil sie dort Pia wieder einmal treffen wollte.

Sie hatte den Kontakt zur alten Freundin vernachlässigt in letzter Zeit. Das lag zum Teil daran, dass sie mit Jörg beschäftigt gewesen war, aber auch an den unterschiedlichen Arbeitszeiten der beiden jungen Frauen. Pia war einige Male im »Schlossberg« gewesen und hatte Carina um ihre Arbeit und den Familienanschluss, den sie dort hatte, beneidet.

»Dieses ›Metropol‹ – ehrlich, das kotzt mich immer öfter an!«, beschwerte sie sich nun bei Carina. »Und Franco auch!«

»Was ist mit ihm, Pia?«, fragte Carina mitfühlend.

»Er tut nichts, ich bin zu Hause für alles zuständig: Putzen, kochen, waschen, bügeln und nachts die Arbeit in der Bar! Langsam reicht's mir!«

»Das versteh' ich.« Beinahe hätte sie der Freundin gesagt, dass sie sie ja davor gewarnt hatte, mit Franco zusammenzuziehen, doch das verbiss sie sich schnell. »Bist du jetzt wenigstens Geschäftsführerin?«, wollte sie stattdessen wissen.

Pia machte eine wegwerfende Handbewegung. »Ach was! Er vertröstet mich von Monat zu Monat! Das ›Metropol‹ geht echt gut, und stell dir vor, jetzt will er in der Nähe von München noch eine Bar aufmachen! Der ist verrückt, oder?«

Carina zuckte ratlos mit den Schultern. »Ich weiß nicht! Vielleicht überlässt er dir dann das ›Metropol‹. Dann kannst du schalten und walten, wie du willst.«

Sie waren inzwischen an dem Einrichtungsgeschäft angekommen.

»Du hast es gut! Die Margret lässt dir freie Hand. Was du da im ›Schlossberg‹ schon alles verändert und an Ideen umgesetzt hast – einfach spitze!«

»Ich hab noch jede Menge Ideen. Aber zu sehr überfordern darf ich die Margret nicht, immerhin ist sie die Wirtin!«

»Und was sagt der Hubertus zu allem?«

»Der Hubertus?« Carina sah Pia an. »Der sagt nicht viel, der ist froh, wenn er sich nicht um die Wirtschaft kümmern muss!«

Sie waren inzwischen in der Stoffabteilung angekommen, und Carina zeigte Pia die Stoffe, die sie ausgewählt hatte.

»Gefällt es dir?«

»Ja, für deinen Gasthof passt es!«

»Für *deinen* Gasthof«, protestierte Carina. »Das ist nicht *mein* Gasthof! Ich bin dort nichts anderes als eine Angestellte!«

»Ach, geh, das kannst du echt nicht sagen! Du hättest dich besser in den Hubertus als in den Jörg verlieben sollen, und in den Gasthof einheiraten!«

Carina lachte hellauf. »In den Hubertus? Wegen des Gasthofs? Nein, wirklich nicht! Außerdem, der Hubertus, der ist so ... so ... ach, ich weiß nicht, wie ich's beschreiben soll.«

»Ich find ihn toll! Wie der ausschaut – wie aus einem Heimatfilm! Und mir gefällt gerade das Ruhige, Schweigsame an ihm«, schwärmte Pia.

Carina lachte. »Ausgerechnet dir! Bei deinem Temperament!«

»Gegensätze ziehen sich eben an, deswegen hast du den Jörg.«

Carina verzog das Gesicht. »Und du den Franco!«, spottete sie. »Aber komm, ich muss den Stoff kaufen!«

Auf der Heimfahrt nach Gmain ging Carina das Gespräch mit Pia nicht aus dem Kopf. Was die für Vorstellungen hatte! Wie es wohl mit ihr und Franco weitergehen würde? Die Freundin tat ihr leid. Sie hatte Carina vor gut einem Jahr hierher nach Bayern gebracht, und die hatte nun das bessere Los gezogen.

Als sie den »Schlossberg« von Weitem sah, freute sie sich, denn das Gasthaus war ihr zum Zuhause geworden, mit der Margret, dem Großvater und auch dem Hubertus.

Wenige Tage später hatte Carina die Vorhänge genäht und machte sich daran, sie an den Fenstern anzubringen. Als sie auf der Leiter stand und sich abmühte, die Vorhänge an die Stangen zu hängen, kam Hubertus ins Zimmer.

»Carina, das musst du doch nicht alleine machen! Warum sagst denn nichts? Ich kann dir doch helfen«, rief er erschrocken, als er Carina, auf der Leiter schwankend, sah.

Flugs stieg er hinter ihr hinauf und nahm ihr den Vorhang aus der Hand. Ganz nah stand er bei ihr, und sie konnte den Land-Duft seiner Jagdkleidung nach Wald, Moos und irgendetwas Undefinierbarem riechen, was sie fast benommen machte.

»Besser, du steigst runter und reichst mir die Vorhänge zu«, sagte er, so nah hinter ihr.

»Dann musst du mich runterlassen«, brachte sie heraus.

»Entschuldige!« Er stieg von der Leiter und reichte ihr die Hand, um ihr beim Herabsteigen zu helfen. Wieder stand sie ganz nah bei ihm, als sie ihm den ersten Vorhang reichte. Sie spürte, wie ihr das Blut in die Wangen schoss. Hubertus schien ganz gelassen, stieg auf die Leiter, und gemeinsam brachten sie an allen Fenstern die Vorhänge an. Dann betrachteten sie ihr Werk.

»Sieht gut aus, Carina!« Er sah sie an, und sie bemerkte zum ersten Mal etwas in seinem Blick, das sie zuvor noch nie gesehen hatte. Ihr Herz begann schneller zu klopfen.

In dem Moment kam Margret herein, und der Zauber des Augenblicks zerstob.

»Ach, habt ihr die Vorhänge schon aufg'hängt. Schön ist es, der Raum wirkt viel freundlicher! Und erst in der Jagdstube – da wird es erst recht gut aussehen!«

»Die hängen wir morgen auf, gell?« Hubertus sah sie wieder mit diesem gewissen Blick an, und Carina errötete.

»Ja, morgen«, stieß sie hervor. »Jetzt schau ich, ob der Jörg endlich geschrieben hat«, und damit war sie aus dem Zimmer.

Am Abend im Bett, Jörg hatte wieder nichts hören lassen, ging ihr die Situation in der Gaststube durch den Kopf. Zu dumm, Hubertus musste bemerkt haben, wie rot und verlegen sie geworden war! Ob er sich über sie lustig machte? Und Jörg? Er hatte seit einer Woche nicht geschrieben. Doch das musste nichts heißen, beruhigte sie sich. Er war vermutlich sehr beschäftigt. Doch sie war ein bisschen traurig und auch unsicher.

Am nächsten Tag kam Margret zu ihr. »Ich hab grad Zeit, Carina. Wollen wir zusammen die

Vorhänge im Jagdzimmer aufhängen? Der Hubertus kommt heute erst spät heim, und was gemacht ist, ist gemacht!«

»Gern, Margret!«

Gemeinsam hingen sie die Vorhänge mit den springenden Hirschen auf, dabei musste Carina wieder an Hubertus und an gestern denken. Insgeheim fand sie es schade, dass Margret und nicht Hubertus ihr bei dieser Arbeit behilflich war.

Als sie am Abend beim Essen in der Küche saßen, meinte Hubertus beiläufig: »Ich hätt' dir gern geholfen heute in der Jagdstube«, und er bedachte sie wieder mit diesem gewissen Blick, der sie erröten ließ.

Endlich war es Frühling geworden!

Drei Monate war Jörg nun schon fort, und in drei Monaten würde er zu einem Kurzurlaub kommen, freute sich Carina. Jetzt, wo die Sonne wärmer schien und die Natur zu neuem Leben erwachte, schien ihr die Zeit nicht mehr gar so lange zu werden. Ostern nahte, und sie hatte eine Menge Ideen für die Feiertage im »Schlossberg«.

»Wir könnten zum Beispiel ein Eiersuchen für Kinder veranstalten. Eier sind nicht teuer, und wenn wir hundert bunte Eier verstecken, würde das jede Menge Leute mit ihren Kindern herlocken, und die verzehren alle was!«

Margret schmunzelte. »Recht geschäftstüchtig bist, Carina. Der Postwirt drunten, der ist schon sauer auf uns, wir ziehen ihm bald alle Stammgäste ab.«

»Dann muss er sich etwas einfallen lassen – bayrische Küche allein zieht halt nicht mehr! Die Carina, die macht das schon richtig.« Hubertus, der mit seiner Mutter, dem Großvater und Carina in der Stube saß, sah die junge Frau an.

Carina spürte, wie sie verlegen wurde, und ärgerte sich über sich. Seit dem Vorhangaufhängen konnte sie Hubertus nicht mehr so unbefangen wie früher begegnen.

»Und wer bist nachher du?«, fragte der Großvater sie plötzlich.

Sie sah ihn belustigt an. »Ich bin die Carina, Großvater, du kennst mich doch!«

Er nickte selig. »Ja, ja, die Margret, ich weiß schon. Meine Margret!«

»Nein, ich bin die Carina«, gab Carina zurück und beugte sich zu dem alten Mann, der auf der Eckbank saß.

»Er verwechselt dich oft mit mir, als ich noch jung war«, seufzte die Wirtin. »Er wird immer verwirrter«, sie schüttelte hilflos den Kopf. »Ich frag mich, wie lange es noch geht mit ihm hier daheim…«

»Neulich ist er, nur im Unterhemd, runter in die Gaststube gekommen und wollt' sich an den Stammtisch setzen. Ich hab ihn grad noch erwischt.« Hubertus musste lachen bei der Erinnerung. »Gut, dass nur die alten Stammtischbrüder da waren, die haben nur gegrinst, und der alte Rechenauer hat gemeint: ›Oje, wer weiß, ob es uns nicht auch mal so geht!‹«

Margret schlug vor Schreck die Hand vor den Mund. »Stell dir vor, des tät' am Sonntagmittag passieren, bei voller Stube!«

»Das wär dumm«, pflichtete ihr Hubertus bei.

Carina hatte sich zu dem Alten auf die Bank gesetzt und tätschelte seine Hand. »Musst dich immer schön anziehen, Großvater«, sie lächelte den alten Mann an.

»Freilich, du kloans Tschapperl«, er lachte und zeigte seine Zahnlücken.

»Schau, da ist dein Abendbrei, Vater«, Margret stellte einen Teller mit Reisbrei auf den Tisch, und Carina begann, den Alten zu füttern wie ein kleines Kind. Brav aß er alles auf.

»Jetzt komm, Vater, ich bring dich ins Bett!« Margret führte ihn aus der Küche. Carina und Hubertus blieben allein zurück.

»Dank dir für deine Hilfe, auch für den Großvater. Der ist ganz verliebt in dich!« Er legte kurz den Arm um sie, was er noch nie gemacht hatte und was Carina erneut die Röte ins Gesicht trieb. »Was gibt's Neues vom Jörg? Wie geht es ihm in Dubai?«

»Ich glaub', ganz gut!«

»Du glaubst? Was schreibt er denn?«

»So alles Mögliche. Ich denke, er hat viel zu tun.«

»Aha.«

Gespannte Stille herrschte in der Küche, Carina stand auf und hantierte am Herd. »Ach, übrigens, Hubertus: Ich würde gern ein paar Tage nach Südtirol fahren, zu meinen Eltern. Ich hab sie mehr als ein Jahr nicht gesehen. Vor Ostern, zum Ostergeschäft, wäre ich wieder da.«

Hubertus nickte. »Das musst mit der Margret besprechen! Willst da ganz allein hin?«

Sie sah ihn überrascht an. »Freilich, was sonst?«

»Ich könnte dich hinfahren.«

»Nein, nein, auf keinen Fall!«, wehrte sie fast erschrocken ab. »Vielleicht fährt die Pia mit, wenn ihr der Franco ein paar Tage frei gibt!«

»Mhm, na dann.« Hubertus stand auf und ging zur Tür, zögerte aber kurz davor, als wolle er noch etwas sagen. Doch dann ging er mit den Worten »Gute Nacht, schlaf gut!« hinaus.

Als Carina im Bett lag, dachte sie an Hubertus und an Jörg. Wie unterschiedlich die beiden waren! Während ersterer angeboten hatte, sie nach Südtirol zu fahren, hatte ihr Schatz seit fast 14 Tagen nichts hören lassen. Anders, als sie zu Hubertus gesagt hatte, war sie beunruhigt. Es würde ihm doch hoffentlich nichts passiert sein? So viel Arbeit, dass man an seine Verlobte nicht kurz ein paar Zeilen schreiben konnte, konnte es nicht geben!

Es wäre gut, ein paar Tage von hier wegzukommen. Ganz wohl war ihr bei dem Gedanken an ihre Eltern nicht. Immerhin hatte sie die beiden belogen, als sie ihnen gesagt hatte, sie arbeite in einem Hotel an der Rezeption. Doch diese Arbeit hier, die war mindestens so viel wert, dachte sie trotzig. Ihr würde schon noch einfallen, was sie ihnen sagen konnte. Erst wollte sie sehen, in welcher Verfassung sie waren, ob sie ihr noch böse waren und vor allem, wie es Gianni ging.

»Ich wäre gern mitgekommen, aber es geht nicht! Die Mädchen, die im ›Metropol‹ aushelfen, sind total unzuverlässig. Und Franco ist die meiste Zeit in der neuen Bar in München. Mir wächst alles über den Kopf. Lange kann das nicht mehr so weitergehen!«, hatte Pia auf den Vorschlag, die Freundin zu begleiten, gesagt.

Carina war enttäuscht. Nun musste sie allein fahren, dazu hatte sie wenig Lust. Für einen kurzen Moment überlegte sie, ob sie Hubertus' Vorschlag, mit ihr zu fahren, annehmen sollte, dann entschied sie sich dagegen. Ihr Verhältnis ihm gegenüber hatte sich verändert. Sie war nicht mehr unbefangen wie früher, wenn sie ihn sah; er jedoch war gleichbleibend gelassen und freundlich zu ihr. Was war nur los mit ihr?

Carinas Mutter hatte sich riesig gefreut, als diese telefonisch ihren Besuch angekündigt hatte. »Endlich! Wir haben dich schon ewig nicht gesehen und machen uns solche Sorgen um dich«, hatte sie am Telefon vorwurfsvoll zu ihrer Tochter gesagt. »Papa wird sich freuen. Weißt du, es geht ihm gar nicht gut. Den ganzen Tag sitzt er hier rum und weiß nichts mit sich anzufangen.«

Carina seufzte. Sie hatte ein schlechtes Gewissen, doch nach dem Streit damals war sie so frustriert gewesen, dass sie Abstand gebraucht hatte. Jetzt wollte sie allen Streit begraben und zu ihren Eltern zurückfinden.

Es war Mitte März, als sie sich nach Südtirol aufmachte. Sie hatte mit drei Stunden Fahrzeit gerechnet, doch am Brennerpass lag noch Schnee, und es ging langsam vorwärts. Gottlob waren an Margrets Auto, das diese ihr für die Fahrt geliehen hatte, noch die Winterreifen montiert, sodass sie die Strecke gut bewältigte.

Abwärts, vom Brennerpass nach Meran, wurde es wärmer und sonniger. Als sie von der Brennerautobahn bei Bozen nach Meran abbog, sah sie, dass der Frühling Einzug gehalten hatte. Die Obstbäume blühten, die Gärten und Parkanlagen Merans waren voll bunter Frühlingsblumen. Sie hatte fast vergessen, wie schön es hier war!

Etwas außerhalb von Meran hatten die Eltern eine schöne Wohnung mit Terrasse bezogen. Mit Herzklopfen drückte Carina auf die Klingel über dem Namensschild »Tornelli«, kurz darauf lagen sich Mutter und Tochter in den Armen.

»Cara mia, dass du endlich hier bist!«, rief Christine, die Mutter, ein ums andere Mal aus. »Komm rein! Papa sitzt draußen auf der Terrasse.«

Carina ging nach draußen. Sie sah ihren Vater im Liegestuhl sitzen, mit einer Decke zugedeckt, er hatte die Augen geschlossen.

»Papa? Ich bin da!« Als er sich zu ihr umdrehte, erschrak sie. Er schien um Jahre gealtert, doch nicht nur das, er sah gebrechlich aus.

»Carina!« Er streckte die Arme nach ihr aus, und sie sah, wie eine Träne aus seinen Augenwinkeln quoll.

»Papa!« Sie strich ihm über das weiß gewordene Haar. Auch sie fühlte, wie ihr die Tränen in die Augen schossen, als sie ihren früher so vitalen Vater vor sich sah. »Da bin ich!«

»Das ist gut, tesoro mio, mein Schatz«, er streichelte ihre Wangen.

Die Mutter war dazugekommen und betrachtete gerührt das Wiedersehen von Vater und Tochter. »Wie lange bleibst du, Carina?«, fragte sie später beim Abendessen.

»Nur ein paar Tage. Ich will rechtzeitig vor den Ostertagen zurück sein, wir haben einige

Veranstaltungen geplant für die Feiertage. Da ist viel zu tun!«

Stolz sah der Vater seine Frau an. »Siehst du, ich hab immer gewusst, dass sie es schaffen wird. Jetzt ist sie Managerin eines Hotels. Wie viele Betten habt ihr denn im Haus?«

Carina stockte, dann meinte sie schnell: »Es ist kein großes Haus, Papa, nur ein kleines Landhotel, doch sehr nett!«

»Na, immerhin – sammle dort deine ersten Erfahrungen, die großen Häuser, die kommen noch, carissima!«

Nun hatte sie sich wieder in ein Lügennetz verstrickt, dachte Carina schuldbewusst, doch sie hatte ihren Vater nicht enttäuschen wollen.

»Was macht die Liebe? Hast du einen Freund?«, fragte die Mutter, als sie nach dem Abendessen gemeinsam in der Küche aufräumten.

Carina atmete tief durch, ehe sie antwortete. »Ja, aber er ist zurzeit im Ausland, in Dubai. Für ein Jahr.«

»Oh! Ist er in der Hotelbranche tätig? Warum bist du nicht mit ihm gegangen? Dort gibt es jede Menge großartiger Luxushotels. Da hättest du sicherlich eine interessante Anstellung gefunden, bei deiner Ausbildung und deinen Sprachkenntnissen.«

»Jörg ist Architekt, und es ist nur für ein Jahr, danach arbeitet er wieder zu Hause.«

»Und wem gehört das Hotel, in dem du bist?«

»Es gehört einer Witwe, sie ist sehr nett und froh, dass ich bei ihr angefangen habe. Ich komme gut mir ihr zurecht.«

»Hast du Chancen, das Haus einmal zu übernehmen?«, hakte die Mutter neugierig nach.

»Vielleicht«, antwortete Carina ausweichend. Um weiteren Fragen vorzubeugen, versuchte sie, das Thema zu wechseln. »Wie geht es Gianni, was macht er?«

Sogleich legten sich Sorgenfalten über Christines Gesicht. »Gianni – er hatte erst eine Anstellung in einem Restaurant in Verona, doch das schien nicht geklappt zu haben. Was er nun macht, wissen wir nicht. Es ist schwierig, und Papa kann nicht verwinden, dass er uns in diese Lage gebracht hat.«

»Das verstehe ich, Mama. Ihr müsst dafür sorgen, dass er professionelle Hilfe annimmt. Spielsucht ist eine Krankheit, sie kann sein Leben ruinieren!«

»Das sagst du so einfach, Liebes! Immer, wenn wir darauf zu sprechen kommen, blockt er ab und geht.« Sie seufzte. »Deinen Vater macht das krank, er verlässt kaum noch das Haus, und nach Meran fährt er nur noch selten, vielleicht einmal zum Arzt. Er hat Angst, dass ihn jemand erkennt und auf Gianni und das Hotel anspricht. Er schämt sich.«

»Er muss sich nicht schämen, Mama!«, rief Carina. »Soll ich mit Gianni sprechen? Vielleicht hört er auf mich. Obwohl ... wenn ich daran denke, wie wir uns damals gestritten haben«, sie sah ihre Mutter zweifelnd an.

»Nein, besser nicht. Wir wissen ja nicht einmal, wo er zurzeit ist! Doch dass du da bist und dass es dir gut geht ist eine große Erleichterung für uns, vor allem für Papa!« Christine Tornelli lächelte ihre Tochter an. »Für ihn ist das Schlimmste, dass du für Giannis Leichtsinn büßen musst – schlimmer noch, als die Tatsache, dass er das Hotel verloren hat.«

Carina seufzte. »Macht euch wegen mir keine Sorgen, ich schaff das schon!«

»Papa bekommt noch eine Restzahlung, die legt er für dich beiseite, falls du Geld brauchst, wenn du dich irgendwo einkaufen willst«, flüsterte Christine. »Aber sprich nicht darüber mit ihm, verstehst du?«

»Nein, ich sag' nichts! Aber ich bitte dich, schaut, dass ihr selbst auskommt, Mama. Ich will nicht, dass ihr euch wegen mir etwas verkneifen müsst.«

»Das tun wir nicht, Liebes. Außerdem brauchen wir nicht viel. Und Gianni bekommt von uns kein Geld mehr, er würde es ohnehin verspielen.«

»Das ist gut, vielleicht hilft das, ihn vom Spielen abzuhalten.«

Christine Tornelli zuckte mit den Schultern. »Lassen wir es gut sein mit den alten Geschichten,

Carina! Morgen fahren wir zwei nach Meran, ein bisschen flanieren und shoppen, magst du? Ich habe das schon so lange nicht mehr gemacht!«

Als sie am nächsten Tag mit der Mutter durch Meran spazierte, unter den Laubengängen schlenderte und die schönen Auslagen besah, wurde ihr bewusst, wie schön ihre Heimat war. Wenn es mit Jörg nichts mehr wird, dachte sie trotzig, dann werde ich hierher zurückkehren.

»Es tut so gut, dass du wieder hier bist, Carina«, meinte die Mutter, als sie unter den Arkaden in einem der zahlreichen Weinlokale saßen. »Ich habe dich so vermisst. Weißt du, mit Papa wird es immer schwieriger. Wenn ich daran denke, wie vital er vor Kurzem noch war, bevor die Katastrophe über uns hereinbrach. Er war so stolz auf das, was wir uns gemeinsam aufgebaut hatten!«

»Wie hast du Papa eigentlich kennengelernt?«

Christine Tornelli lächelte. »Ich war in Urlaub hier in Meran und damals in etwa so alt wie du heute. Du weißt, dass ich aus Kassel stamme, da war Meran eine völlig andere Welt. Es hat mir hier gleich richtig gut gefallen; und als ich mich in Papa verliebt hatte, er war Koch im ›Meraner Hof‹, fiel es mir leicht, hierzubleiben. Ich habe erst als Kellnerin gearbeitet, dann kam Gianni auf die Welt und zwei Jahre später du. Dann bekamen wir die Gelegenheit, das Hotel zu kaufen, unser Traum ging in Erfüllung. Es war ein heruntergekommener Kasten, nur so konnten wir uns den Kaufpreis leisten! Wir haben viel Arbeit und Liebe hineingesteckt, immer wieder um- und angebaut, und es lief gut, obwohl es nicht die beste Lage hatte.« Sie nahm einen Schluck aus ihrem Glas, bevor sie fortfuhr.

»Wir mussten natürlich eine Hypothek aufnehmen und hatten sie fast abbezahlt, als das mit Gianni kam. Du kannst dir unsere Enttäuschung vorstellen. Ein Leben lang hatten wir geschuftet und sahen endlich Licht am Horizont, hätten endlich auch an uns denken und euch behilflich sein können bei der Leitung des Hotels.« Sie legt Carina die Hand auf den Arm. »Nicht dass wir euch bevormunden wollten, Liebes, wir hatten ohnehin vor, endlich auch zu reisen!« Sie seufzte. »Es hat keinen Sinn, über verschüttete Milch zu klagen, es hat sich eben anders ergeben.«

Carina war tieftraurig nach der Schilderung ihrer Mutter. Niemals, so schwor sie sich, wollte sie den Eltern je Sorgen machen! Deshalb fand sie es auch gerechtfertigt, dass sie ihnen über ihre etwas schwierige Situation keinen klaren Wein einschenkte.

Die wenigen Tage bei den Eltern vergingen schnell, und Ugo Tornelli, Carinas Vater, blühte auf bei den Gesprächen und Spaziergängen mit seiner Tochter. Dennoch empfand Carina den

Besuch als anstrengend. Wieder hatte sie den beiden nicht die ganze Wahrheit gesagt, auch wenn es nur eine Notlüge war, um sie nicht zu enttäuschen.

Vier Tage später machte sie sich auf nach Deutschland, und als sie die Grenze bei Kufstein passierte, fühlte sie sich fast erleichtert. Sie freute sich auf Gmain, auf den »Schlossberg«, und vor allem war sie neugierig darauf, was Jörg ihr in der Zwischenzeit geschrieben hatte.

Als sie ankam, erlebte sie eine herbe Enttäuschung. Keine Mail von Jörg, seit nunmehr drei Wochen! Sofort setzte sie sich an den Computer, um ihm zu schreiben: Sie berichtete von dem Besuch bei den Eltern, den bevorstehenden Aktivitäten zu Ostern und vor allem von ihrer Sehnsucht nach ihm. Darauf musste er antworten!

Er tat es auch. Fünf lange Tage später kam eine kurze Mail:

Schön, dass du bei deinen Eltern warst! Das Osterfest wird sicher schön auf dem »Schlossberg«. Hier gibt es viel zu tun, und abends gehe ich oft mit meinem Freund Dennis aus. In den großen Hotels bekommt man Alkohol zu trinken, was sonst hier verboten ist. (Dennis ist übrigens der »Stinkstiefel«, von dem ich dir anfangs berichtet habe. Da hatte ich mich getäuscht, er ist sehr nett, wenn man ihn mal näher kennt.) Das Leben hier ist sehr aufregend! Lass es dir gut gehen, mein Schatz!«

Kein Wort von Liebe, kein Wort von Sehnsucht. Die Mail kam ihr vor wie ein Brief unter Freunden, nicht wie einer zwischen zwei Verliebten. Es war nun Ende März, drei Monate war Jörg fort, drei Monate müsste sie noch warten, bis er zu seinem versprochenen Kurzurlaub kommen würde.

Margret war längst aufgefallen, wie enttäuscht Carina oft aus dem kleinen Arbeitszimmer kam, in dem der Computer stand. Das Mädchen tat ihr leid, und sie ärgerte sich über Jörg.

»Wie findest du das, Hubertus?«, fragte sie ihren Sohn aufgebracht, als sie wieder einmal Carinas verweinte Augen sah.

»Du kennst den Jörg, Mama! Er ist nicht der Beständigste und dann die vielen neuen Eindrücke. Er lässt sich immer schnell von etwas begeistern, das flaut schon wieder ab.«

»So kann man mit seiner Verlobten nicht umspringen«, protestierte Margret.

»Sind sie denn verlobt? Hat er sie seinen Eltern vorgestellt?«, Hubertus sah interessiert von der Zeitung auf.

»Ob sie richtig verlobt sind, weiß ich nicht. Seine Eltern kennt sie auf jeden Fall nicht, das hat sie mir gesagt!«, gab Margret zu. »Auf jeden Fall ist sie enttäuscht.«

»Mhm, das kann ich verstehen. So ist er halt, der Jörg. Wenn er wieder da ist, wird alles anders sein. Dann ist er wieder ganz verliebt, wirst sehen!«

»Kann sein, mir tut sie aber richtig leid. Vielleicht ist die Trennung ganz gut, da stellt sich heraus, ob sich eine Liebe bewährt!«

Hubertus antwortete nicht und tat, als würde er weiter in der Zeitung lesen.

Die Ostertage im »Schlossberg« waren ein voller Erfolg. Margret, Carina, Hubertus und die beiden Hilfen Kathie und Hilde hatten alle Hände voll zu tun. Hubertus hatte in weiser Voraussicht eine Hilfe für den Ausschank draußen organisiert, als Ersatz für Jörg.

»Ich frag' den Wurmanstätter-Dionys, ob er nicht Lust hat zu helfen!«, hatte er eines Abends gesagt.

»Den Dionys?«, fragte Margret zweifelnd. »Kann der das?«

Hubertus lachte. »Mit Bier kennt er sich aus!«

»Wie heißt der?«, fragte Carina.

»Dionys Wurmanstätter«, gab Hubertus grinsend zurück. »Dionys ist ein alter bayrischer Name, das heißt, eigentlich ist er griechisch. Dort, in Griechenland, wurde Dionysos als Gott des Weines verehrt. Irgendwann ist der Name nach Bayern gekommen, vielleicht hat ein alter Grieche mal hierher eingeheiratet«, er lachte.

»Ein Gott des Weines ist unser Dionys nicht, eher ein Gott des Bieres! Der Dionys ist ein Unikum, das stimmt, aber eine ehrliche Haut. Er war früher Jagdgehilfe bei mir, aber das kann er nicht mehr machen, wegen der Gesundheit. Er verdient sich sicher gern ein bisserl zusätzliches Geld zu seiner schmalen Rente und unter Leuten ist er ohnehin gern. Was meinst du, Mama?«

»Na ja, wir können es probieren mit ihm. Aber wenn er zu viel trinkt, dann ist gleich Schluss.«

»Ich werd's ihm sagen! Ich glaub', der Dionys wäre eine echte Bereicherung für uns, ein bayrisches Original!«

So kam der Wurmanstätter-Dionys auf den »Schlossberg«.

Carina musste lachen, als sie ihn zum ersten Mal sah. Er sah aus wie ein Waldschrat: Er mochte um die siebzig Jahre alt sein, genau konnte man das nicht sagen. Mit dem langen grauen Bart, geflickter Hose, einer uralten abgetragenen Joppe, derben Stiefeln und einem verfilzten, verschwitzten Jägerhut mit einem vertrockneten Blumensträußerl drauf wäre er für jeden Fotografen ein wunderbares Objekt für einen alpenländischen Bildband gewesen.

Hubertus wies ihn in den Ausschank im Garten ein, und der Neue machte dort eine gute Figur. »Schau her! Die Bierkrügerl musst so auswaschen, Dionys. Aber sauber! Und bis zum nächsten Mal putzt dir deine schwarzen Fingernägel!«

Der Dionys schaute verblüfft auf seine Hände. »Warum des?«

»Weil das unappetitlich ausschaut. Du bist ja hier nicht im Wald, verstehst?«

Der Donisl nickte und kam am nächsten Tag mit sauber geschrubbten Händen.

Hubertus hängte ihm einen grünen Schaber um. »Jetzt schaust gut aus«, lobte er, und als er sah, wie der Dionys der Carina beim Vorbeigehen kurz auf das Hinterteil klopfte, rief er streng: »Pratzen weg von den Madln!« Somit war der Dionys Wurmanstätter am »Schlossberg« eingeführt.

Auch Pia war tagsüber gekommen, um zu helfen und fuhr abends zurück in die Stadt, ins »Metropol«.

»Ich beneide dich, Carina!«, hatte sie gesagt, als die beiden Freundinnen während einer kurzen Arbeitspause draußen in der Sonne saßen. »So eine Stelle möchte ich auch, und nicht die halbe Nacht im ›Metropol‹ bedienen und den nächsten Tag verschlafen vor Müdigkeit.«

»Wenn ich dir nur helfen könnte, Pia! Aber für eine weitere Kraft ist das hier zu wenig Verdienst. Das könnte die Margret nicht bezahlen.«

»Das versteh ich. Außerdem muss ich mir schon selbst helfen!« Dann, in verschwörerischem Ton, fügte sie hinzu: »Ich schau mich gerade nach einer neuen Stelle um, aber sag Franco nichts!«

Carina sah erstaunt auf. »Natürlich nicht! Aber was wird mit Franco und dem ›Metropol‹?«

»Wenn ich was finde, trenne ich mich von Franco«, sagte Pia und seufzte.

»Wirklich? Aber du liebst ihn doch!«

»Pah, Liebe! Mir reichen seine unerfüllten Versprechungen endgültig! Im Grunde nutzt er mich nur aus.«

Wenn du es nur endlich einsiehst, dachte Carina bei sich, sagte aber nichts.

»Und wie steht es mit dir und Jörg?«, wollte Pia wissen.

Carina schwieg.

»Na komm, sag doch! Kommt er wieder nach dem Jahr?«

Carina sah sie verwundert an. »Natürlich kommt er wieder, wie kommst du auf die Idee, dass er bleiben würd?«, gab sie ärgerlich zurück.

»Ich meine ja nur«, beschwichtigte Pia. »Könnte ja sein, dass es ihm da drunten besser gefällt als hier.«

Am späten Abend, als Carina todmüde ins Bett fiel, kam ihr das Gespräch mit der Freundin in den Sinn. Wäre es möglich, dass Jörg dort unten bliebe? Und was wäre dann mit ihr? Würde er sie nachholen, und wollte sie das überhaupt?

Erstmals kamen Zweifel an Jörgs Zuverlässigkeit in ihr auf und legten sich wie ein Schatten auf ihr Gemüt.

Nach dem langen Winter kam ein herrlicher Frühling ins Land. Der Biergartenbetrieb am »Schlossberg« stand in voller Blüte, genau wie die stattlichen Kastanienbäume. Unter der Woche war es ruhiger, nur die Stammtischgäste kamen regelmäßig. Manchmal setzte sich der Großvater zu ihnen und sah ihnen beim Kartenspielen zu.

»Tu deine Finger weg, Opa, und verrat' nicht, was für Karten ich hab«, schimpfte gelegentlich einer, wenn sich der Alte in das Spiel einmischen wollte. Dann kam Carina und holte ihn hinaus in den Garten, wo er ihr gern dabei zusah, wenn sie im Gemüsegarten werkelte, grub und pflanzte.

Er war in die junge Frau geradewegs vernarrt und folgte ihr, sobald er sie sah. Auch Carina mochte den alten Mann, er erinnerte sie an ihren Großvater väterlicherseits, der starb, als sie noch ein kleines Mädchen gewesen war.

An den Wochenenden war Hochbetrieb, Pia kam immer öfter zum Helfen. Die beiden Freundinnen verstanden sich prächtig und hatten jede Menge Ideen für das Gasthaus: vom italienischen Abend zum Grillfest bis zu deftigen Schlacht- und Kesselfleischessen. Für den kommenden Herbst planten sie einen Südtiroler

Weinabend mit Musik und eine Wildwoche im Oktober, für die Hubertus das Fleisch schießen würde. Der »Schlossberg« hatte sich zu einem beliebten Lokal gemausert.

»Ihr zwei stellt mir noch die ganze Bude auf den Kopf«, protestierte Margret gelegentlich, doch sie meinte es nicht ernst. Es gefiel ihr, welchen Aufschwung der »Schlossberg« mit den beiden jungen Frauen nahm.

Alles hätte gut sein können, wenn nicht Carina unter Jörgs Schreibfaulheit gelitten hätte. Er schickte zwar ab und zu E-Mails, doch immer seltener und nichtssagender.

Carina beschloss schließlich, ihn nach langer Zeit mal wieder anzurufen, in ihrer Sorge und Ratlosigkeit. Sie wollte seine Stimme hören und wissen, wie es ihm ging.

Als er endlich abnahm, war er offenbar gerade in einer Besprechung. »Du, ich kann grad nicht, ich ruf' zurück!«, rief er.

Sie wartete ungeduldig. Erst drei Tage später kam sein Anruf.

»Du, ich hatte so viel zu tun, und das Telefonieren, weißt, das kostet ja eine Menge von hier zu euch! Gibt's denn was Besonderes?«

Carina verschlug es die Sprache. Da schrieb er, dass er oft abends ausging und hatte keine Zeit zum Telefonieren? Und die Kosten, auf die er es schob? Kostete der Alkohol in den teuren Hotels nichts?

»Nein, es ist nichts Besonderes«, begrüßte sie ihn deutlich verärgert. »Ich wollte dich nur mal wieder hören und wissen, wie es dir geht. Du schreibst so wenig und so knapp –«

»Carina! Du hast keine Ahnung, wie das hier ist: eine andere Welt! Da kann ich nicht dauernd an daheim denken, verstehst du? Aber ich hab dich lieb!«

»Wirklich? Manchmal bin ich mir da nicht mehr so sicher«, warf sie ein.

»Geh, hör auf, du Dummerl!« Er schickte ein paar Küsse durch das Telefon.

»Deine Eltern kommen immer öfter auf den ›Schlossberg‹«, erzählte sie ihm. »Denen scheint es hier zu gefallen.«

» Oje, denen müsst ich längst schreiben! Ich muss jetzt aufhören, Carina. Und mach' dir keine Sorgen um mich, bei mir ist alles okay.« Nochmals schickte er Küsse, und sie konnte gerade noch »Ciao, Jörg« sagen, da hatte er aufgelegt.

Carina starrte ihr Handy an. Bei ihm war alles okay, doch bei ihr? Das schien ihn nicht sonderlich zu interessieren. Wieder nagten Zweifel an ihr, ob er sie noch liebte und zurückkommen würde nach einem Jahr.

Auch Hubertus war aufgefallen, dass die sonst so fröhliche Carina immer stiller wurde. Sie arbeitete zwar emsig wie eh und je, doch ihre frühere Heiterkeit vermisste er an ihr, und das tat ihm leid.

»Carina, willst mal mit mir auf die Pirsch gehen?«, fragte er eines abends beiläufig.

»Auf die Pirsch?«, fragte sie überrascht. »Ich bin früher öfter mit meinem Vater auf die Pirsch gegangen, das habe ich geliebt!«

»Gut! Dann gehen wir übermorgen, in der Früh, wenn du magst.«

»Klar mag ich. Und wie!« Sie strahlte wie seit Langem nicht.

In aller Früh – es war noch dunkel – gingen sie die Treppe hinunter, um Margret nicht zu wecken, und traten hinaus in den frühen Morgen. Carina hatte sich warm angezogen, trug dunkle Hosen, einen gedeckten Anorak und ihre Bergstiefel. Hubertus hatte sich fürsorglich versichert, dass sie Mütze und Handschuhe in ihrem Rucksack dabeihatte. Es war noch dunkel draußen, am östlichen Horizont zeigte sich kaum wahrnehmbar ein schmales, helles Lichtband.

»Wir müssen erst aufsteigen, eine gute halbe Stunde. Dort droben hab ich neulich einen jungen Bock gesehen, einen zweijährigen. Vielleicht treffen wir auf ihn.«

Hubertus trug seine Jagdkleidung und ebenfalls einen Rucksack. Seine Büchse hatte er geschultert. Mit festen Schritten ging er voran, Carina hinterher. Es wurde nicht viel gesprochen, gelegentlich deutete er auf einen Vogel oder eine besondere Pflanze am Weg.

Endlich waren sie oben. Es dämmerte, als sie aus dem Wald auf eine Lichtung traten, an deren Rande ein Hochsitz stand.

»Das ist der Ansitz. Da wollen wir hinauf und schauen, ob der Bock kommt.«

Sie gingen hinüber, und behände kletterte Carina die Leiter hinauf, Hubertus hinter ihr.

Oben packte er eine Decke aus seinem Rucksack. »Es ist recht kalt da heroben. Wart, ich leg dir die Decke um, damit du nicht frierst.«

Carina war eher zu heiß vom Aufstieg, als dass sie gefroren hätte. Sorgsam wickelte Hubertus sie in die Decke, ließ aber einen Arm auf der Lehne, um ihre Schulter gelegt. Ihr wurde es noch wärmer, doch das kam nicht von der Decke oder vom Aufstieg. Ganz nah saßen sie beieinander.

»Ich hab heißen Tee dabei.« Hubertus kramte in seinem Rucksack und holte eine Thermoskanne heraus. »Da, trink, damit dir warm wird.« Er reichte ihr die Verschlusskappe, gefüllt mit dem heißen Getränk. Dann legte er wieder den Arm um die Lehne hinter ihr, Carina fühlte ihr Herz pochen.

So saßen sie und schauten in die Dämmerung hinaus. In Carina machte sich ein wohliges Gefühl breit, so gut hatte sie sich lange nicht gefühlt.

»Pst! Ich hör' was«, flüsterte da Hubertus, wandte sich zu seinem Gewehr um, nahm es und hielt es vor sich.

Carina starrte angestrengt hinaus auf die Lichtung. Dann sah sie den Bock. Sichernd, langsam, kam er mit vorgestrecktem Hals aus dem Dickicht, trat mit vorsichtigem Stechschritt auf die Lichtung. Er hatte bereits sein Sommerfell, das jetzt in den ersten Sonnenstrahlen des frühen Morgens braunrot aufleuchtete. Seine Krickl hatten zwei Enden, ein Gabelbock also. So viel verstand Carina von der Jagd. Fasziniert starrte sie auf das schöne, junge Tier.

Sie fühlte, wie sich Hubertus neben ihr anspannte, nahm seinen konzentrierten Blick wahr, das Jagdfieber hatte ihn gepackt. Das kannte sie von ihrem Vater.

Der Bock bewegte den Kopf sichernd auf und ab, trat weiter auf die Lichtung, ideal zum Abschuss. Hubertus entsicherte das Gewehr, legte an und zielte.

Da legte Carina eine Hand auf den Lauf und drückte diesen sanft nach unten. Irritiert und ärgerlich sah Hubertus sie an.

»Nicht! Nicht heute, an diesem herrlichen Morgen«, bat sie ihn leise.

Von dem Geräusch aufgeschreckt, verschwand der Bock mit langen eleganten Sprüngen im Wald; kurz noch konnte man sein Fell aufleuchten sehen, dann war er verschwunden.

»Geh'«, Hubertus stieß einen ärgerlichen Laut aus. »So was darfst nur du machen!« Er sicherte die Büchse und stellte sie ab. »Dann halt ein andermal!«

Sanftmütig sah er sie an, und Carina errötete unter seinem Blick. Er verzog das Gesicht. »Hast das bei deinem Vater auch so gemacht? Dann hätt' er dich gewiss kein zweites Mal mitgenommen!« Sie schüttelte den Kopf und schluckte. Er atmete tief durch. »Magst noch einen Tee?«

Sie schüttelte wiederum stumm den Kopf, ihre Kehle war wie zugeschnürt. Er legte den Arm um sie und drückte sie kurz. »So schlimm war es nun auch wieder nicht«, meinte er beschwichtigend.

Sie sah ihn stumm an. Nun schien er verlegen zu werden. Er packte die Thermoskanne in seinen Rucksack.

»Sollen wir gehen?«, fragte er.

Carina schüttelte den Kopf. »Noch ein paar Minuten!«

»Gern!« Schweigend saßen sie zusammen auf dem Ansitz, während die Morgensonne auf die Lichtung strahlte.

»Schön, gell?«, sagte Hubertus leise.

»Wunderschön«, gab Carina leise zurück.

»Dafür tät ich alles auf der Welt geben«, dann fügte er hinzu: »Fast alles!«

»Und was nicht?«, sie sah ihn von der Seite an.

Er schwieg, lächelte. »Das sag ich dir lieber nicht.«

Wieder schwiegen sie.

Endlich fasste sich Carina ein Herz und fragte. »Was hältst du eigentlich vom Jörg, Hubertus? Du kennst ihn besser und länger als ich!«

Er sah sie unwillig an, als hätte sie mit ihrer Frage die schöne Stimmung zerstört.

»Er ist, wie er ist. Mein bester Freund. Aber er muss seinen Platz erst noch finden!«

Carina schwieg, dann gestand sie: »Ich bin enttäuscht, weil er so wenig schreibt und wenn, dann nur Belangloses. Ich weiß nicht, was ich davon halten soll.«

»Vielleicht sind Männer so. Die schütten nicht gern ihr Herz aus!«, meinte er abwehrend. Das Gespräch schien ihm unangenehm zu sein.

»Davon rede ich nicht, aber wenigstens zwei Mal die Woche könnte er sich melden«, murmelte sie verzagt.

»Und das tut er nicht?«, es klang fast erleichtert.

Carina sah ihn verdutzt an, ein hässlicher Gedanke keimte in ihr auf. Sollte Hubertus Mails von Jörg gelöscht haben?

Als hätte er diesen Gedanken an ihrem Gesicht abgelesen, meinte er spöttisch: »Meinst gar, ich hätte die Mails von ihm gelöscht?« Sie schwieg. »Das würde ich nie tun, Carina!«, meinte er ernst. Dann zog er die Decke von ihren Schultern, legte sie zusammengefaltet in seinen Rucksack, nahm die Büchse und meinte ruhig: »Wir gehen!« Dann begann er, die Leiter hinabzusteigen.

Sie folgte ihm. Schweigend stiegen sie hinab zum »Schlossberg«. Die schöne, vertraute Stimmung des frühen Morgens war dahin. Carina war bedrückt. Sie hatte alles vermasselt. Erst den Bock verjagt und dann noch dieser, wenn auch unausgesprochene Verdacht. Es tat ihr unendlich leid, doch sie war unfähig, Hubertus um Verzeihung zu bitten. So kamen sie unten an.

»Und? Hast den Bock geschossen, Hubertus?«, fragte Margret, als sie in die Küche kamen.

»Nein!«, gab Hubertus einsilbig zurück.

Margret sah zu den beiden hin, wie sie schweigsam am Frühstückstisch saßen. Da ist doch etwas vorgefallen, dachte sie bei sich. Doch etwas Schönes war es nicht gewesen, das sah sie an den Gesichtern der beiden. Schade! Sie hätte sich so gefreut, wenn sich die zwei näher gekommen wären, Jörg hin oder her. Hubertus und Carina passten viel besser zusammen!

Carina war unglücklich. Jörg ließ weiterhin wenig von sich hören, und Hubertus schien ihr seit dem unglücklich verlaufenen Pirschgang aus dem Weg zu gehen. Sie flüchtete sich in die Arbeit. Selbst an ihren freien Tagen blieb sie im »Schlossberg« und werkelte, putzte oder war im Garten, wobei ihr der alte Großvater auf Schritt und Tritt folgte.

»Mädel, nimm dir deine Freizeit! Fahr in die Stadt oder mach' irgendeinen Ausflug. Kannst gern mein Auto haben!«, drängte Margret sie.

»Ach, nein«, wehrte diese ab. »Aber sag – der Anbau hinter dem Haus, was war denn das früher?«

»Das ist die alte Tenne. Der ›Schlossberg‹ war früher eine Landwirtschaft, später dann hat eine der Bäuerinnen ein kleines Café eingerichtet, ganz ländlich halt. ›Café Hennadreck‹ hat es geheißen, weil draußen die Hühner rumgelaufen sind und die Stühle und Bänke vollgeschissen haben.« Sie lachte herzhaft. »Erst der Vater meines Mannes – Gott hab ihn selig – hat es zu einer Wirtschaft ausgebaut und die Landwirtschaft aufgegeben. Deshalb stehen die Nebengebäude weitgehend leer, bis auf die Räume, die der Hubertus zum Zerlegen und Abhängen des Wildbrets benützt. Heute ist der ›Schlossberg‹ eine respektable Lokalität. Dank dir, Carina!«

Die freute sich über das Lob. Die Nebengebäude des Anwesens und die Tenne könnte man wunderbar ausbauen zu einem kleinen Hotel, dachte sie bei sich. Doch sie sagte nichts, bald würde Jörg auf Heimaturlaub kommen, und wenn er erst ganz hier wäre, würde sich ohnehin vieles ändern. Vielleicht würde sie die Arbeit hier aufgeben, wenn sie erst einmal verheiratet wäre. Dieser Gedanke gab ihr einen Stich ins Herz, den »Schlossberg«, den würde sie vermissen.

»Wann kommt die Pia wieder?«, riss Margret sie aus ihren Gedanken.

»Heute Abend wollte sie kommen!«

»Oh, muss sie nicht im ›Metropol‹ arbeiten?« Die Wirtin schien erstaunt.

»Stell dir vor, sie hat sich von Franco getrennt und den Job gekündigt!«

»Nein, sag! Ist sie also doch gescheit geworden. Dieser Franco, der war nichts für sie«, entrüstete sich Margret. »Was macht sie jetzt?«

»Sie hat eine Stelle in einem Hotel gefunden, ganz in der Nähe von Traunstein. Sie ist total glücklich! Es ist nicht ganz das, was sie sich erträumt hat, aber vorerst ist sie zufrieden, dass sie den Absprung geschafft hat.«

»Das freut mich für sie! Dann wird sie nicht mehr zum Aushelfen kommen, oder?«

»Vermutlich nicht, oder selten. Aber wir schaffen es auch so, Margret!«

»Die Pia, die hätt' ich gern fest hiergehabt, aber das geht nicht – finanziell, meine ich.«

»Da müsste man erst noch ausbauen, zu einem kleinen Hotel«, schlug Carina schalkhaft vor.

»Oh, nein!«, wehrte Margret ab. »Nicht mit mir, das können andere nach mir tun!« Dabei fiel ihr schmerzhaft ein, dass sie keinen Nachfolger hatte, nachdem Hubertus an der Wirtschaft kein Interesse hatte, und ob er eine passende Frau finden würde, daran hatte sie ihre Zweifel.

Zumindest schien nichts in Sicht zu sein.

Fast war das halbe Jahr um, und Carina freute sich auf Jörgs Urlaub hier in Gmain. Das würde manche ihrer Zweifel beseitigen, da war sie sicher. Es war Mitte Juni, sie hatte in Gedanken Pläne gemacht, wie sie die Tage mit ihm verbringen würde.

Da kam seine Mail, eine längere als sonst:

Liebe Carina!
Vermutlich wirst du enttäuscht sein, aber ich muss dir sagen, dass ich nicht in Urlaub nach Gmain kommen werde wie geplant. Zum einen habe ich nur eine knappe Woche frei, und zum anderen möchte ich mit Dennis, meinem Freund, nach Nepal fliegen.

Das ist von hier aus nicht so weit, auf jeden Fall näher als von Deutschland aus. Ich will wieder Berge sehen nach all der Wüste hier – und der Himalaya, das ist etwas Besonderes, lauter Achttausender! Mount Everest, Annapurna, der K2! Dazu habe ich vielleicht nie mehr Gelegenheit! Das verstehst du sicher, mein Schatz! Bis Dezember ist es nicht mehr weit, und dieses halbe Jahr ist auch wie im Flug vergangen. Ich hab dich sehr lieb, freu mich auf dich und darauf, wenn ich wieder endgültig heimkomme.
Bussi, dein Jörg

Erst konnte Carina nicht fassen, was sie da las, und als sie die Mail ein zweites Mal durchging, konnte sie vor Tränen nichts mehr sehen. So war das also! Er fuhr lieber mit einem Freund nach Nepal, als zu ihr zu kommen. Er sehnte sich nach den Bergen, als ob hier nicht die herrlichsten Berge wären! Natürlich gab es hier keine Achttausender! Und das halbe Jahr war ihm schnell vergangen? Ihr war es wie eine Ewigkeit vorgekommen, in ihrer unerfüllten Sehnsucht!

Sie saß, den Kopf in die Hände gestützt, vor dem Computer und heulte. Eine ganze Weile saß sie so, die Tränen der Enttäuschung wollten nicht aufhören zu fließen. Geräuschvoll schnäuzte sie in ihr Taschentuch.

Die Tür ging auf, und Hubertus kam herein. »Ah, entschuldige, ich wusste nicht, dass du hier bist!«

Sie schniefte und schaute an ihm vorbei, mit verweinten Augen. »Komm rein, ich bin eh fertig«, schniefte sie. Schnell schaltete sie den PC aus und stand auf.

Hubertus stand fragend da, sie drückte sich an ihm vorbei und lief die Treppe hinauf in ihr Zimmer. Dort warf sie sich aufs Bett und weinte.

Hubertus stand unschlüssig da, nachdem sie aus dem Zimmer gelaufen war. Sie schien eine schlechte Nachricht bekommen zu haben. Von Jörg?

Später beim Abendessen erzählte Carina, dass Jörg nicht kommen würde. Sie hatte sich etwas gefasst und brachte die Nachricht einigermaßen ruhig heraus. Niemand sollte wissen, wie enttäuscht sie war.

»Er fliegt mit einem Freund nach Nepal, zum Himalaya. Er will Berge sehen, hat er geschrieben«, ihre Stimme zitterte, als sie das sagte.

Margret und Hubertus sahen sich vielsagend an, nur der Großvater meinte: »Warum gehst du zum Himalaya, Mädl?«

»Ich nicht, Großvater«, lächelte Carina unter den aufkommenden Tränen.

»Wenns'd gehst«, fuhr er beharrlich fort, »nimmst den Hubertus mit, das sag' ich dir! Ich kann dich nicht begleiten, so weit kann ich nimmer!« Er sah ratlos mit seinen alten, wässrigen Augen umher.

»Vater, niemand geht zum Himalaya, und du gleich gar nicht. Du gehst jetzt am besten ins Bett!«

»Aber sie hat's g'sagt!«, beharrte er und zeigte mit dem knöchrigen Finger auf Carina.

»Weißt was, Großvater – wir zwei, wir fahren bald einmal miteinander bei uns in die Berge, magst?« Carina drückte dem alten Mann die Hand.

»Aber auf jeden Fall bis zum Himalaya.«

Margret lachte und zog ihren Vater hoch. »Auf geht's ins Bett, Vater! Da kannst vom Himalaya träumen!«

Hubertus und Carina blieben allein in der Küche zurück. Stille, nur die Küchenuhr tickte laut.

Endlich räusperte sich Hubertus. »Jetzt bist enttäuscht, oder?«

»Schon. Vielleicht ist es gut so. Dann geb' ich mich nicht weiter irgendwelchen Illusionen hin«, entgegnete Carina bitter.

»Er kommt ja wieder! Dauert halt noch. Er ist noch ein bisserl unreif, das wird schon.«

»Vielleicht kann und will ich nicht so lange warten, vielleicht bin ich nicht mehr da, wenn er kommt!«, brach es aus Carina heraus.

Hubertus sah sie erschrocken an. »Wie meinst du das?«

»Wie ich es gesagt habe. Wer weiß, ob er überhaupt wiederkommt? Vielleicht bleibt er für immer dort, und ich kann hier zur alten Jungfer werden!«

Hubertus lachte leise auf. »Zur alten Jungfer wirst du sicher nicht.« Er sah sie mit diesem gewissen Blick an, der sie immer verlegen machte.

Carina schwieg, dann sagte sie: »Vielleicht sollte ich nach Hause, nach Südtirol. In Meran gibt es viele Hotels, da finde ich schnell eine Anstellung, noch dazu, wo ich perfekt Deutsch und Italienisch kann«, überlegte sie laut.

Hubertus sah sie erschrocken an. »Das kannst uns nicht antun, der Mutter, dem Großvater und ... mir!«

Sie sah auf, ihm direkt in die Augen. »Ihr findet wieder jemanden fürs Haus. Vielleicht käme die Pia.«

Hubertus war blass geworden unter seiner Bräune. »Ich will keine Pia, ich will, dass du hierbleibst, Carina! Bitte, bleib – alles wird sich richten, glaub mir!«

Carina sah ihn an und bemühte sich, die aufsteigenden Tränen zurückzuhalten. Sie wischte sich mit der Hand über die Augen.

»Willst wieder mal mit mir auf die Jagd gehen?«, meinte Hubertus vorsichtig, um sie auf andere Gedanken zu bringen.

Jetzt musste sie wohl oder übel lachen. »Damit ich dir wieder den Bock verjage? Ich habe mich noch nicht entschuldigt bei dir, Hubertus!« Sie sah ihn zerknirscht an.

Er nahm ihre Hand. »Das musst du nicht! Und den Bock hat es gefreut, den hab ich noch manches Mal gesehen, der ist springlebendig. Den würde ich nie schießen, weil ... den Bock hast du geschossen!« Er grinste, und Carina lachte befreit und erleichtert auf.

Als Margret später in die Küche kam, saßen die beiden einträchtig beieinander, unterhielten sich und lachten dabei. Na also, geht doch, dachte sie und freute sich darüber.

Jörg war nicht nach Hause gekommen in seinem Urlaub, obwohl ihn Carina angerufen und darum gebeten hatte.

»Schatz, so eine Chance bekomme ich nie wieder! Stell dir vor, der Himalaya. Und außerdem hab ich dem Dennis versprochen, dass ich mit ihm fahre.«

»Mir hast du versprochen, dass du kommst!«

»Das ist was anderes! Für dich ist es nur noch ein halbes Jahr, dann bin ich bei dir. Aber den Dennis, den seh' ich vielleicht nie wieder, wenn ich erst von Dubai weg bin!«

»Dann ist dir der Dennis wichtiger als ich?«, hatte sie wütend in das Handy geschrien.

»Schrei nicht so, Carina! Du bist mir das Liebste auf der Welt, ehrlich! Aber wir sind noch ein ganzes Leben beisammen – da könntest mir leicht diese eine Woche gönnen.«

Carina bemühte sich, ruhig zu sein, und seufzte. »Wenn es dir so wichtig ist, dann mach' es halt«, gab sie widerwillig nach.

»Siehst, ich hab gewusst, dass du vernünftig bist und mir die Freude nicht verderben wirst.« Er schickte Küsse durch das Telefon, doch Carina erwiderte sie nicht, so enttäuscht war sie.

Jeden zweiten Donnerstag fanden sich auf dem »Schlossberg« Mädels und junge Frauen aus Gmain und den umliegenden Weilern zum Mädelstammtisch ein.

Jörg hatte damals, als Carina auf den »Schlossberg« gekommen war, gesagt, die kämen alle wegen dem Hubertus. Doch der mied den Donnerstagabend, wenn er irgendeine Möglichkeit dazu fand.

So blieb es meist an Carina, die jungen Frauen zu bedienen, da Margret in der Küche arbeitete.

Anfangs hatte sie das gern gemacht, sich gefreut, mit den jungen Frauen, die alle in ihrem Alter waren, in Kontakt zu kommen. Früher war Jörg meist am Donnerstagabend hier gewesen, hatte Carina geholfen und mit den Mädels geflirtet und gescherzt, was sich diese gern gefallen ließen. Carina war nie eifersüchtig gewesen, sie war sich seiner Liebe sicher.

Seit Jörg weg war, hatte sich das Verhalten der jungen Frauen geändert, und ihr war das schmerzlich aufgefallen. Sie waren schnippisch und unfreundlich zu ihr, behandelten sie herablassend. Carina ärgerte sich darüber, Margret meinte nur, die wären eifersüchtig auf sie, weil sie sich den Jörg »geangelt« habe.

Diesen Donnerstag war der Stammtisch der Mädels wieder einmal vollzählig, es wurde geplappert und gelacht. Carina bediente, und es war wie immer: Die Mädchen waren unfreundlich oder ließen sie links liegen. Nur eine war dabei, die sie neugierig-freundlich musterte.

Als Carina aus der Küche an die Theke kam, hörte sie die Frauen über Jörg sprechen. Wie angewurzelt blieb sie an der Tür stehen, wo diese sie nicht sehen konnten.

»Was ist mit dir und dem Jörg, Anita?«, fragte eine.

Darauf antwortete eine Brünette, die meist besonders schnippisch zu Carina war: »Was wird sein? Wir werden heiraten, sobald er wieder da ist. Das ist alles geregelt!«

Carina glaubte, nicht recht gehört zu haben.

»Und sie, die Italienische?«, fragte die andere wieder, so leise, dass Carina es kaum verstand.

»Ach, geh'! Das ist eines seiner Techtelmechtel, kennst ihn ja! Aber den bring ich schon in die Spur, wenn wir erst verheiratet sind.« Alle kicherten vor Vergnügen.

»Klar, Bauunternehmen und Zimmerei, das passt!«, ließ sich eine vernehmen.

»Das wird deiner künftigen Schwiegermutter jedenfalls besser gefallen als eine Bedienung«, kreischte eine andere schrill.

Was daraufhin gesprochen wurde, verstand Carina nicht, denn plötzlich flüsterten sie nur noch. Hatten sie die heimliche Lauscherin entdeckt? Sie zitterte vor Aufregung. Der Jörg und die Anita? Heiraten, alles wäre beschlossene Sache?

Schnell eilte sie in die Küche. »Margret, kannst du draußen weiter bedienen, mir ist nicht gut! Die Essen sind alle draußen, es geht nur noch um die Getränke und das Kassieren.«

Margret sah Carina forschend an. »Waren sie wieder recht giftig, die Weiber draußen?«, fragte sie teilnahmsvoll. »Geh nur, das schaff' ich allein. Und demnächst muss der Hubertus kommen zum Bedienen. Dann werden's recht freundlich sein«, knurrte sie.

Carina schleppte sich hinauf in ihr Zimmer. Es war keine Ausrede gewesen, dass es ihr nicht gut ging. Das Gerede hatte ihr sehr zugesetzt. Die eine war sicher die Anita Schröll gewesen, von der Jörg erzählt hatte, dass er früher einmal mit ihr zusammen gewesen war, es aber längst aus sei. Sie hatte ihm geglaubt. Heute war sie nicht mehr so sicher, ob er die Wahrheit gesagt hatte – jetzt, nachdem am Stammtisch offen über die Hochzeit von Jörg und Anita gesprochen worden war.

Sie legte sich aufs Bett und starrte an die Decke. Sollte sie sich so in ihm getäuscht haben? Waren alle seine Liebesschwüre glatte Lügen gewesen, hatte er sie seinen Eltern deshalb nicht vorgestellt, weil er mit Anita verlobt war? Je mehr sie darüber nachdachte, umso elender fühlte sie sich. Sie fühlte sich gedemütigt. Womöglich hatten alle davon gewusst, nur sie nicht, und sie hatten schon die ganze Zeit über sie gelacht?

Was konnte sie tun, wie sollte sie sich verhalten, wen könnte sie um Rat fragen?

Pia würde, nach ihrer Enttäuschung mit Franco, nur über die Männer im Allgemeinen schimpfen; am besten, sie würde sich an Margret wenden. Sie musste sich endlich Gewissheit verschaffen über Jörg!

Am nächsten Morgen kam Carina blass in die Küche, sie hatte schlecht geschlafen.

Margret warf ihr einen besorgten Blick zu. »Geht's besser, Carina?«

Die nickte. »Ich will dich was fragen, Margret«, begann sie zögernd.

»Nur zu, frag nur!«

»Der Jörg, war der ein rechter Weiberheld, früher?«, fragte sie rundheraus.

Erst sah Margret sie verblüfft an, dann lachte sie schallend. »Wenn du mich so fragst: Ein Kostverächter ist er nicht gewesen, der Jörg. Allerdings haben es ihm die Mädel leicht gemacht. Doch jetzt hat er dich, Carina, und ich glaub schon, dass er dir treu ist!«

»Aber gestern haben die am Stammtisch darüber geredet, dass er mit der Anita Schröll verlobt wär und dass sie heiraten!« Carina sah Margret verzweifelt an.

»Das mag sein, dass er mit ihr befreundet war, was Genaues weiß ich nicht. Da müsstest den Hubertus fragen, vielleicht weiß der mehr, als sein Freund.«

Carina schwieg. Den Hubertus fragen? Der Gedanke war ihr unangenehm. Doch sie musste Klarheit haben. Nach weiterem Grübeln beschloss sie, doch erst mit Pia zu reden.

»Hör mir auf mit den Männern!« Die Freundin reagierte so, wie Carina geahnt hatte. »Wie oft lässt er was hören von sich, der Jörg?«

»Immer seltener, und das i-Tüpfelchen war jetzt, dass er lieber in den Himalaya fliegt als hierher zu mir. Er will mal wieder Berge sehen, meint er. Als ob es hier keine Berge gäbe!«, presste sie wütend heraus. Dann erzählte sie Pia vom Gerede der Mädels am Stammtisch und von Anita Schröll, der angeblichen Verlobten von Jörg.

»Das wäre ja das Letzte! Das hätte ich ihm nicht zugetraut! Und was machst du, wenn das wahr ist?«

»Dann bin ich schnell weg von hier! So eine Demütigung kann ich nicht ertragen.«

Pia wiegte nachdenklich den Kopf. »Wie findest du eigentlich den Hubertus?«

»Den Hubertus? Was hat der denn mit meinem Problem zu tun?«, gab Carina schroff zurück.

»Ich meine nur, der tät gut zu dir passen! Und noch dazu das Gasthaus … Mit der Margret und dem Großvater verstehst du dich auch gut, bist wie daheim hier, hast fast Wurzeln geschlagen. Meine Mutter sagt immer: ›Der Baum schlägt dort Wurzeln, wo er am besten gedeihen kann!‹«

Carina schüttelte ärgerlich den Kopf. »Geh, hör mir mit solchen Sprüchen auf. Ich hab geahnt, dass ich mit dir darüber nicht reden kann, Pia! Es geht nicht um den Hubertus, sondern um Jörg!«

»Schon, aber Hubertus und du, ihr würdet viel besser zusammenpassen – und ich glaub', der mag dich!«

Carina fühlte, wie ihr die Röte ins Gesicht stieg. »Da hätte ich aber auch was merken müssen!«, gab sie barsch zurück.

»Manchmal sehen andere mehr als man selber, Carina! Denk mal drüber nach!«

Die nächste Mail von Jörg kam drei Wochen später. Begeistert erzählte er von der Trekking-Tour am Annapurna, erst am Ende kam ein Abschnitt, der Carina fast umhaute:

Die Firma möchte mich für ein weiteres halbes Jahr nach Riad in Saudi-Arabien schicken, wo auch ein Hotel gebaut wird. Das wäre eine einmalige Chance für mich. Allerdings könnte ich nicht, wie geplant, am Jahresende daheim sein, sondern erst im Sommer nächsten Jahres. Wär das sehr schlimm, mein Schatz, oder hältst du es noch ein bisschen länger ohne mich aus?
In Liebe, dein Jörg

Carina war ins Herz getroffen! So war das also, so sehnte er sich nach ihr und nach zu Hause! Ob er dieser Anita das Gleiche schrieb, und seinen Eltern? Verstört rannte sie aus dem Zimmer und stieß an der Tür mit Hubertus zusammen.

»Holla! Was ist mit dir los?«, fragte er, als er in ihr erregtes Gesicht sah. Sie war den Tränen nahe. Er hielt sie fest.

»Ach, nichts«, energisch befreite sie sich aus seinem Griff. »Es ist nichts!«

»So schaut es aber nicht aus!«, meinte er. »Willst es mir nicht sagen?« Sie schüttelte vehement den Kopf und lief an ihm vorbei auf ihr Zimmer.

Ein weiteres halbes Jahr zusätzlich, und das schrieb er in einer Mail! Er hatte es nicht mal für nötig gefunden, sie anzurufen! Das hieß, dass er erst im Juli nächsten Jahres kommen würde. Jetzt war September, also noch weitere zehn Monate. Ein unendlich langer Winter läge vor ihr! Was würde ihm in dieser Zeit noch einfallen? Womöglich kam er gar nicht mehr zurück und ließ sie hier schmoren!

Nein! Wenn sie ehrlich zu sich war, sie konnte Jörg nicht mehr glauben und vertrauen. Was er wohl seinen Eltern geschrieben hatte, die auch auf ihn warteten? Und dieser Anita Schröll? Sie musste es wissen, sie wollte Gewissheit. Wütend beschloss sie, zu den Reitingers zu gehen und sie geradeheraus zu fragen. Sie würde sich »in die Höhle des Löwen« begeben. Dann würde sie ihre endgültige Entscheidung treffen.

An ihrem nächsten freien Tag ging sie gegen Mittag hinunter nach Gmain und geradewegs zu dem Industriegelände, an dessen Rande Jörgs Elternhaus stand.

Noch zögernd stand sie vor der Haustür, als Jörgs Vater um die Ecke bog.

Erstaunt sah er die Frau an, die ihm bekannt vorkam. »Sind Sie nicht die Carina vom ›Schlossberg‹?«, fragte er verdutzt. »Was führt Sie zu uns?«

»Ich wollt' mit Ihnen reden, wegen dem Jörg!«, gab sie zurück.

»Wegen dem Jörg, ach so! Kommen S' rein, ist eh bald Mittagszeit.« Er führte sie in die große Wohnküche, wo seine Frau am Herd stand. Der Tisch war für vier Personen gedeckt, für das Mittagessen. »Schau, Maria, wen ich dir da bring!«

Maria Reitinger wäre fast der Kochlöffel aus der Hand gefallen, als sie Carina sah. »Äh, Grüß Gott, Sie sind doch die Bedienung vom ›Schlossberg‹ droben, des G'spusi vom Jörg?«

»Ja, ich bin die Freundin vom Jörg«, gab Carina fest zurück.

»Setzen S' sich her zu uns!«, Franz-Josef Reitinger schob Carina einen Stuhl am Esstisch zu. »Wir haben sicher noch eine Portion für die Carina, was?«

Bevor seine Frau antworten konnte, warf Carina schnell ein: »Nein, danke. Ich hab schon gegessen, und ich will nicht stören bei der Mahlzeit!«

Die Tür ging auf, und Jörgs Bruder Andreas kam mit seiner Verlobten herein. Carina erkannte in ihr sofort das einzige freundliche Mädchen vom Mädelstammtisch. Andrea staunte, als sie die Bedienung von droben hier sitzen sah.

»Na, wo fehlt's, Carina?«, fragte Franz-Josef Reitinger freundlich. »Was ist mit dem Jörg? Schreibt er Ihnen auch so fleißig wie uns?«

Carina wusste nicht, wie sie das verstehen sollte, sie antwortete: »Mir schreibt er leider nicht so oft, ich weiß nicht recht, was ich davon halten soll.«

»Was soll man davon halten«, ließ sich Jörgs Mutter hören. »Er wird recht beschäftigt sein, es wird einem heutzutage nichts geschenkt im Berufsleben, gell, Andreas?«

Ihr Sohn nickte und sah neugierig zu Carina.

»Ich war recht enttäuscht, dass er nicht für ein paar Tage Urlaub hergekommen ist. Hat er Ihnen auch geschrieben, dass er eventuell noch länger dort bleibt als geplant?«, fragte Carina vorsichtig.

Franz-Josef Reitinger stieß verärgert die Luft aus. »Das mit dem Himalaya versteh ich ja noch, dass er aber noch länger wegbleiben will, da tu' ich mich hart. Hier wartet eine Menge Arbeit auf ihn. Mit der Siedlung könnten wir im Frühjahr zu bauen anfangen, und bis jetzt ist noch kein Strich geplant!«

Inzwischen saßen alle am Tisch, und Maria Reitinger gab das Essen aus. »Wollen S' nichts?«, fragte sie den Gast immerhin. »Gulasch und Knödl gäb's!«

Carina schüttelte stumm den Kopf. »Guten Appetit!«

»Wie geht's droben am ›Schlossberg‹?«, meinte jetzt Franz-Josef Reitinger und wechselte somit das Thema.

»Es geht gut.«

»Wenn der Jörg wieder da ist, kann er nimmer so viel Zeit da droben verbringen, zum Ausschank und solchen Dingen«, meinte die Reitingerin streng, »jetzt heißt's auch mal arbeiten!«

»Wir haben dafür den Wurmanstätter-Dionys«, sagte Carina.

Der Reitinger lachte polternd. »Da habt's den Richtigen an der Quelle. Der ist sein bester Kunde beim Bier!«

»Nein, nein, so schlimm ist es nicht, und außerdem ist er noch für alles Mögliche zuständig«, nahm Carina den neuen Helfer in Schutz.

»Ein Hausl also!«

»Was soll das denn sein?«, hakte die junge Frau nach.

»Ein Hausknecht halt, der sich um alles Mögliche kümmert.«

»Ja, dann ist er ein Hausl«, jetzt lächelte sie.

»Damit der feine Hubertus nicht zu viel Drecksarbeit machen muss«, eiferte sich die Reitingerin.

»Der Hubertus arbeitet viel droben, wenn er nicht grad im Wald ist.«

»Er ist halt der Margret ihr Ein und Alles! Muss man verstehen, wo er der Einzige und ihr Mann tot ist.«

Carina wurde das Gerede unangenehm, eigentlich hatte sie nur etwas über Jörg wissen wollen, aber nicht über die Leute vom »Schlossberg« tratschen. Sie stand auf. »Ich will Sie nicht länger stören beim Essen. Sie wissen also das Gleiche wie ich über den Jörg?«

»Wer weiß, vielleicht kommt er gar nimmer«, meinte jetzt Andreas. »Vielleicht gefällt's ihm so gut bei diesen Arabern!«

»Ach was, der kommt wieder! Irgendwann langt es ihm mit der Hitze da drunten in der Wüste«, meinte Jörgs Vater mit vollem Mund.

»Hätten Sie ihm gesagt, dass er nicht wegdarf, dann wär' er nicht g'fahren!«, blaffte die Reitingerin Carina vorwurfsvoll an.

»Ich dachte, ein bisschen Auszeit nach dem Studium wäre wichtig für ihn, ich wollte ihm das nicht verderben«, verteidigte die sich.

»Pah, wie viel Auszeit braucht er noch? Der hat während dem Studium genug Auszeit gehabt, mein ich«, ließ sich jetzt Andreas vernehmen. »Irgendwann muss man mal was Sinnvolles tun!«

»Ich glaube, ein Studium ist etwas Sinnvolles«, gab Carina patzig zurück und wandte sich zum Gehen. »Auf Wiedersehen dann!«, sagte sie über die Schulter, als sie die Küche verließ.

Sie war noch nicht weit vom Haus entfernt, als sie eilige Schritte hinter sich hörte. »Carina, warte!« Es war Andrea, die Verlobte von Andreas, die hinter ihr herkam.

»Tut mir leid, wie das eben gelaufen ist. Es war sicher nicht einfach für dich, herzukommen. Ich kann gut verstehen, wie dir zumute ist und dir nur sagen, dass die Reitingers stocksauer auf den Jörg sind. Das würden sie nur nicht zugeben, vor allem die Mutter nicht! Weißt, über ihre Brut, da lässt sie nichts kommen.«

Carina nickte.

»Nimm das nicht so ernst mit dem Jörg. Der muss sich seine Hörndl noch abstoßen, aber sonst ist er ein ganz Netter! Und die Mutter«, sie senkte die Stimme, »die ist nicht so schlimm, wie sie tut. Ich komm' jetzt gut mit ihr zurecht, nachdem ich ihr einmal richtig Bescheid gestoßen und sogar die Hochzeit verschoben hab.« Sie lachte. »Und wegen den Mädels vom Stammtisch, da musst dir nix denken! Weißt, du bist halt an den zwei besten Burschen von Gmain dran, am Jörg und am Hubertus. Das ist die pure Eifersucht bei denen!«

Carina sah Andrea verständnislos an. »Aber –«, begann sie, doch Andrea fiel ihr ins Wort.

»Denk dir nix, Carina! Das wird alles, irgendwie. Lass dir nix g'fallen, von niemandem!« Sie ballte die erhobenen Hände kurz zu Fäusten, grinste, drehte sich um und eilte zurück zum Haus.

Als Carina zurück zum »Schlossberg« stapfte, befand sie sich in einem Aufruhr der Gefühle. Der Besuch bei den Reitingers war alles andere als gut verlaufen, was hatte sie erwartet? Immerhin hatte Jörgs zukünftige Schwägerin ihr reinen Wein eingeschenkt, sie aber auch gehörig verwirrt. Was sollte dieses dauernde Gerede um Hubertus? Sie war doch nicht an Hubertus »dran«, wie Andrea gesagt hatte!

Als sie beim »Schlossberg« ankam, bog der Besagte gerade um die Ecke. Er hatte einen erlegten Hasen in der Hand.

»Das gibt einen guten Hasenbraten!« Er lachte und hielt den Hasen an den Löffeln hoch. Carina verzog das Gesicht, doch Hubertus war schon in einem Nebengebäude verschwunden, in dem er das erlegte Wild häutete und ausweidete, wie es sich für einen Jäger gehörte.

Am Nachmittag beschloss Carina, eine Wanderung hinauf in den Bergwald zu machen. Sie brauchte Ruhe, um über ihre Situation nachdenken zu können, und das würde ihr am besten in der freien Natur gelingen.

Sie kam zu der Lichtung, auf welcher der Ansitz stand, auf dem sie den Bock verjagt hatte. Gottlob hatte sich das geklärt und Hubertus war ihr nicht böse deswegen. Sie ging weiter, bis sie zu einem Aussichtsfelsen kam, dort setzte sie sich und schaute sich um.

Gegenüber stieg der Rosskopf auf, der auch zu dem großen Jagdgebiet des Herrn von Donnersberg gehörte, daneben entdeckte sie weitere Gipfel, deren Namen sie nicht kannte. Unter ihr breitete sich das grüne Tal vor dem Dörfchen Gmain in der Nachmittagssonne aus. Sie reckte das Gesicht ins warme Spätsommerlicht. Das Laub der Bäume begann langsam, sich zu verfärben, bald würde es Herbst sein. Sie spürte, wie alle Unruhe von ihr abfiel. Hubertus hatte recht, es gab nichts Schöneres als in der Natur zu sein. Langsam klärten sich die Gedanken in ihrem Kopf.

Weiter auf Jörg zu vertrauen und zu warten hatte wohl keinen Sinn. Was sollte sie mit einem Mann, der zwar nett war, sich aber erst die Hörner abstoßen musste und nicht wusste, was er wollte und sollte? Nein, auf solch einem wackligen Fundament wollte sie ihr weiteres Leben nicht aufbauen.

Doch was dann? Hierzubleiben, als »Bedienung«, wie sie allgemein angesehen wurde, und später womöglich zuzusehen, wie Jörg mit Frau und Kindern beim »Schlossberg« kam, das kam nicht in Frage! Es wäre das Beste nach Hause, nach Südtirol zu gehen. Dort konnte sie vorerst bei den Eltern unterkommen, bis sie eine Bleibe und Arbeit gefunden hatte. Bei dem Gedanken, was sie den beiden sagen würde, graute ihr, trotzdem schien es ihr die beste aller Möglichkeiten zu sein.

Sie beschloss, noch bis zum jährlichen Jagdessen von Herrn von Donnersberg zu bleiben, danach würde es ohnehin bis Weihnachten ruhiger sein und Margret konnte sich nach einer neuen Hilfskraft umsehen. Bei dem Gedanken wurde ihr wehmütig ums Herz. Wie hatte Pia gesagt? »Ein Baum schlägt dort Wurzeln, wo er am besten gedeihen kann.« Sie fühlte, dass sie hier am »Schlossberg« erste zarte Wurzeln geschlagen hatte. Höchste Zeit, diese auszureißen, bevor sie ganz verwurzelt wäre, rief sie sich energisch zur Vernunft und machte sich auf den Rückweg. Gleich heute Abend würde sie Margret und Hubertus ihren endgültigen Entschluss mitteilen.

Doch als sie unten angelangt war, kam alles anders.

Margret machte sich Sorgen um den Großvater. »Der gefällt mir gar nicht!«, meinte sie. »Er hat den ganzen Tag nix gegessen, sogar sein Bier hat er stehenlassen, und nicht einmal der Dionys hat ihn aufheitern können. Geh, probier du's mal, Carina. Auf dich hört er meistens!«

Still und apathisch saß der alte Mann am Tisch in der Küche.

»Großvater? Wie geht's dir?« Carina setzte sich zu ihm an den Tisch und ergriff seine Hand, die eiskalt war. »Ist dir kalt? Soll ich dir einen heißen Tee machen?«

Er schüttelte den Kopf. Sie legte den Arm um ihn und drückte ihn an sich. Er ließ den Kopf müde an ihre Schulter sinken, das hatte er noch nie gemacht.

»Ob wir den Arzt holen sollen?«, meinte Margret, die daneben stand, besorgt.

Carina zuckte mit den Schultern. »Ich weiß nicht! Ich werd ihn ein bisschen mit seinem Lieblingsbrei füttern.«

»Ich mach ihn, bleib du bei ihm sitzen, Carina. Das mag er!«

Kurz darauf versuchte sie, dem Großvater den Brei zuzuführen. Einige kleine Löffelchen schluckte er, lächelte sie schwach an, dann verweigerte er weiteres Essen, presste den Mund zusammen und schüttelte den Kopf wie ein kleines Kind, das nicht mehr essen wollte.

»Ich denk, ich bring ihn ins Bett und leg' ihm eine Wärmflasche hinein. Das wird ihm guttun!«

Willig ließ sich der alte Mann von seiner Tochter hinauf in sein Zimmer im ersten Stock führen. An der Tür blieb er stehen, wandte sich um und winkte Carina lächelnd zu, dann verschwand er.

Sie seufzte. Es war nicht der Abend, um Margret mit ihren Plänen zu kommen. Das musste warten bis morgen.

Am nächsten Morgen wurde Carina von einem Schrei geweckt: »Hubertus! Hubertus! Komm, schnell!«

Sie sprang aus dem Bett und lief im Nachthemd auf den Flur. Dort stand Margret im Morgenmantel, mit weit aufgerissenen Augen.

Hubertus kam aus seinem Zimmer, barfuß, nur mit kurzen Shorts bekleidet. »Was ist los, Mama?«

»Der Vater! Er rührt sich nimmer!«

Mit einem Satz war Hubertus an der Zimmertür des Großvaters, Carina lief hinterher. Drinnen lag der Großvater in seinem Bett, wachsgelb, die Augen geschlossen. Ein friedliches Lächeln lag auf seinem Gesicht.

Hubertus legte eine Hand an den Hals des Reglosen und wollte dessen Puls fühlen, dann faltete er sanft des Großvaters Hände auf dessen Brust. Langsam wandte er sich zu den beiden Frauen um, die ihn ängstlich anschauten.

»Er ist eingeschlafen, für immer.« Langsam ging er zu seiner Mutter hinüber, die laut aufschluchzte, und umarmte sie stumm. Carina war wie erstarrt.

Hubertus kam auch zu ihr. »Komm, lassen wir die Mutter mit ihrem Vater allein.«

Drunten in der Küche meinte er: »Bring später eine Kerze rauf für den Großvater. Ich ruf' derweil den Arzt an, wegen des Totenscheins.«

Carina blieb in der Küche sitzen, sie war erschüttert. Der liebe, alte Großvater war tot!

Später holte sie eine Kerze und einen Kerzenständer aus dem Jagdstüberl, dazu einige von den Kiefernzweigen, die als Tischdekoration da lagen, und ging hinauf in den ersten Stock. Leise öffnete sie die Tür zur Stube des Großvaters. Margret saß am Bett ihres toten Vaters.

Carina stellte die Kerze zusammen mit den Zweigen auf das Nachtkästchen neben dem Bett des Toten und zündete den Docht an. Dann ging sie zu Margret und legte ihr tröstend die Hände auf die Schultern.

»Es geht ihm gut«, flüsterte sie leise.

Die Wirtin nickte und schluchzte. »Er hat mich gern gehabt, mein Vater!«

»Ich weiß, Margret, und du ihn auch. Es ist schön, wenn man das sagen kann! In so vielen Familien herrschen Streit und Zwietracht.«

Margret nickte. »Jetzt hab ich nur noch den Hubertus … und dich!«

Die lieb gemeinten Worte taten Carina weh. Sie wusste, sie würde der Armen bald eine große Enttäuschung bereiten müssen.

Wenige Tage später fand die Beerdigung auf dem kleinen Friedhof in Gmain statt. Fast das ganze Dorf war gekommen, um dem Großvater die letzte Ehre zu erweisen, das war ein Trost für Margret. Anschließend lud sie alle Trauergäste zu Kuchen und Brotzeit auf den »Schlossberg«, wie es der Brauch war. Da wollte sie sich nichts nachsagen lassen.

Carina und Dionys waren mit zur Beerdigung gekommen, Pia hatte mit Kathie und Hilde zusammen alles vorbereitet. In einer Prozession zogen die Gäste vom Friedhof hinauf zum »Schlossberg«, nur wenige fuhren mit dem Auto oder brachten ihre alten Eltern hinauf, die nicht mehr so gut zu Fuß waren. Wie meist bei Trauerfeiern stieg die Stimmung bei Bier und Wein, es wurden allerlei Anekdoten erzählt. Auch die Reitingers waren gekommen, Carina hatte Pia gebeten, sie zu bedienen.

Endlich stand Margret auf und betete das »Vaterunser«, ein Zeichen dafür, dass hiermit die Feier beendet war und die Gäste ab jetzt für alles Bestellte selbst bezahlen mussten. Bald darauf leerte sich die Gaststube bis auf wenige Stammgäste. Ruhe kehrte ein auf dem »Schlossberg«.

»Setzt euch ein bisschen her zu uns«, lud Margret ihre tüchtigen Helfer zu sich, Hubertus und Carina in die Jagdstube. »Hilde, hol' ein Flascherl von dem St. Magdalener, den die Carina aus Italien mitgebracht hat, und nehmen wir noch gemeinsam Abschied vom Vater.«

»Äh, ich bin kein Weintrinker. Könnt mir die Hilde ein oder zwei Flascherl Bier bringen, Margret?«, fragte Dionys verlegen.

»Freilich. Hilde, hol' bittschön für ihn ein Bier.« Kurz darauf standen drei Flaschen Bier vor Dionys und er ließ genüsslich den Schnappverschluss der ersten Flasche aufspringen. »Der Nächste bin ich, den der Boandlkramer holt«, sinnierte er nach dem ersten tiefen Schluck.

»Nix da, erst bin ich dran, ich bin die Ältere«, drängelte sich Kathie vor. »Ich geh' auf die 87 zu, da bist du ein junger Spund dagegen!«

»Ach was, das weiß man nicht, wer zuerst drankommt«, entgegnete Hubertus. »Der Tod hält sich nicht ans Alter. Der holt, wen er mag.«

Die Stille im Raum war greifbar.

Dann seufzte Margret: »Ich glaub', der Vater ist friedlich eingeschlafen, er hat nicht leiden müssen.«

»Das mein ich auch«, stimmte Carina tröstend bei. »Und das ist doch ein schöner Gedanke, wenn man weiß, wie viele Menschen eine lange Leidenszeit hinter sich bringen müssen.«

»Und wer weiß, wie lang es noch gegangen wäre hier. Womöglich hätt' er noch ins Heim müssen«, meinte die Hilde pragmatisch.

Hubertus warf ihr einen warnenden Blick zu und sogleich antwortete Margret aufgebracht: »Ins Heim? Nie hätte ich das gemacht, das hätten wir schon gepackt, der Hubertus, die Carina und ich!«

Hubertus nickte Carina zu und hatte wieder diesen gewissen Blick, der ihr Herz schneller schlagen ließ.

Wann und wie kann ich nur sagen, dass ich von hier weggehen werde, dachte sie und sah betreten vor sich auf den Tisch; sie gab Margret keine Antwort.

Wieder machte sich Stille breit.

Schon griff sich Dionys die dritte und letzte Flasche Bier, öffnete sie geräuschvoll, rülpste und meinte zufrieden: »Erst hab ich einen Absacker getrunken, dann einen Drüberstreicher, und jetzt kommt noch ein Aufsattler dran.«

Da lachten alle, und die melancholische Stimmung war im Nu verflogen.

5

Hubertus hatte in den nächsten Tagen viel zu tun, um die jährliche Herbstjagd des Herrn von Donnersberg vorzubereiten, die Treiber und Jagdgehilfen einzuteilen sowie das Wild zu sichten und zu beobachten, das zum Abschuss geeignet wäre.

Carina bereitete mit Margret das große Ereignis am »Schlossberg« vor, das Jagdessen sollte wieder hier stattfinden, wie jedes Jahr. Sie war nun schon zum zweiten Mal dabei, und es würde die letzte große Veranstaltung sein, die sie hier mit ausrichtete, doch noch wusste es niemand außer ihr.

Noch immer hatte sie nicht die Gelegenheit gefunden, Margret und Hubertus ihren Entschluss mitzuteilen, was sie schwer belastete. Schweren Herzens tat sie ihre Arbeit, der Schwung und die frühere Begeisterung waren jedoch verschwunden. Vorerst hatte sie nur Pia davon erzählt, doch diese fand nicht gut, was die Freundin vorhatte.

»Ich frage mich, warum du Jörg nicht ehrlich deine Meinung sagst und verlangst, dass er sein Versprechen einhält und gefälligst zurückkommt.

Ich finde es unfair von ihm, wie er sich verhält. Der ist keinen Deut besser als Franco«, hatte Pia sich entrüstet.

Carina schüttelte den Kopf. »Nein, das will ich nicht. Wenn er es nicht selber will, zwingen werd ich ihn nicht. Das ist seine Entscheidung, und ich werde meine treffen.«

»Dann schreib es ihm zumindest, damit er weiß, woran er ist! Ich darf nicht daran denken, wie enttäuscht Margret sein wird, und erst Hubertus!«

»Das geht mir genauso, aber ich muss meinen Weg gehen, so schwer es mir fallen mag.«

Pia zuckte ratlos mit den Schultern. »Und wenn ich versuche, für dich im Hotel, wo ich arbeite, etwas zu finden? Die Reimanns sind sehr nette Leute und haben sicherlich Verständnis für deine Lage.«

Carina lächelte schwach. »Nein, das wäre nichts für mich. Du hast dir da eine gute Position erarbeitet, was sollte ich da tun? Zimmermädchen spielen?« Pia seufzte nur.

»Siehst du! Ich habe es mir gut überlegt. Es ist das Beste, nach Hause zurückzugehen, selbst wenn das alles andere als schön werden wird, zumindest am Anfang. Vielleicht finde ich schnell eine gute Anstellung, dann muss ich meinen Eltern nicht lange auf der Tasche liegen und bei ihnen wohnen.«

Am nächsten Abend saßen Carina und Margret beim Abendessen, Hubertus war noch unterwegs.

»Du hast wieder alles so schön dekoriert! Das wird den Herrn von Donnersberg freuen, wenn am Wochenende die Jagd ist. Der Hubertus wird froh sein, wenn alles gut vorübergeht. Es ist jedes Jahr eine große Verantwortung für ihn.«

Gerade da kam Hubertus herein. »Bin ich zu spät zum Essen? Es war noch einiges zu tun, und ich bin noch mal die Jagdstrecke abgegangen, es soll alles seine Ordnung haben.«

»Ist schon gut, Hubertus. Ich hab dir dein Essen warm gehalten, kannst dich gleich hinsetzen.«

Als er, nachdem er sich umgezogen hatte, mit den beiden Frauen am Tisch saß und von seinem Tag draußen erzählt hatte, meinte Margret: »Das wird heuer wieder ein schönes Fest, und die Carina hat alles wunderbar vorbereitet. Ich bin neugierig, was sie sich für Weihnachten ausgedacht hat. Die Leut' sind inzwischen recht verwöhnt«, scherzte sie.

Das war der geeignete Moment für Carina. »Ich muss euch etwas sagen«, begann sie mit zittriger Stimme. »Ich werde an Weihnachten nicht mehr hier sein. Die Jagdveranstaltung war meine letzte Aufgabe hier.«

Hubertus legte das Besteck ab, Margret sah Carina erschrocken an. »Wie meinst das jetzt, Carina?«, wollte sie wissen.

Carina schluckte. »Ich werde von hier weggehen, zurück nach Südtirol – heim zu meinen Eltern vorerst, bis ich eine Stelle gefunden habe.«

»Gefällt's dir nimmer bei uns?«, rief Margret. »Ist irgendetwas vorgefallen, was dich geärgert hat?« Sie blickte fragend zu Hubertus, der wie vom Donner gerührt dasaß.

»Nein, es hat mit euch nichts zu tun, gar nichts, im Gegenteil. Ich hab mit dem Jörg Schluss gemacht, und jetzt will ich nicht mehr hierbleiben.«

»Was heißt, du hast mit dem Jörg Schluss gemacht?« Hubertus' Stimme klang rau.

»Ich hab ihm nach dem Tod vom Großvater geschrieben, er hat nur kurz geantwortet. Dabei hat er ihn doch so gern gehabt. Das hat mir viel gesagt darüber, wie er zu allem hier steht.«

»Aber ...«, begann Margret, kam aber nicht weit.

»Ich habe ihm geschrieben, dass ich nicht einverstanden bin, wie das läuft zwischen ihm und mir – ich meine, dass er einfach seinen Vertrag verlängert und nach Riad geht, ohne das mit mir zu bereden. Es gäb ein Telefon für so eine wichtige Sache, doch er stellt mich vor vollendete Tatsachen!«

»Und? Was hat er gemeint?« Hubertus stand eine tiefe Falte zwischen den Augenbrauen.

Carina zuckte mit den Schultern. »Nicht viel. Dass er zu viel Arbeit habe und dass es für ihn wichtig sei, das zu tun.« Sie schluckte. »Jetzt weiß ich auch, was für mich wichtig ist!«

Hubertus atmete tief durch, schob den halb vollen Teller von sich, sagte nichts.

Margret sah ratlos vor sich hin. » Oje, Carina, das tut mir leid, aber noch mehr bin ich traurig darüber, dass du gehst! Ich weiß nicht, wie das weitergehen soll ohne dich, hier auf dem ›Schlossberg‹. Alleine kann ich das alles nicht machen! Willst es dir nicht noch mal überlegen?«

»Nein, sicher nicht. Jetzt dann, ab November, ist nicht viel los hier, und bis Weihnachten findest du sicher eine neue Hilfe«, meinte Carina tröstend.

Margret schüttelte vehement den Kopf. »Eine neue Hilfe vielleicht, aber keine wie dich! Den ›Schlossberg‹ ohne dich, das kann ich mir nicht mehr vorstellen. Ich geb' zu, dass ich anfangs skeptisch war, als du hier alles Mögliche verändert und neu eingeführt hast. Jetzt möchte ich das alles nicht mehr missen!« Sie ließ den Kopf hängen. »Es wird einsam sein ohne dich, noch dazu jetzt, wo der Großvater nimmer ist!«

Hubertus hatte zu allem geschwiegen. Jetzt stand er auf, nahm seinen noch halbvollen Teller und stellte ihn neben die Spüle. Dann verließ er die Küche ohne ein Wort, zog die Tür hinter sich zu.

Margret sah ihm nachdenklich nach, schüttelte resigniert den Kopf. »Ich glaub', ihn hat es auch getroffen.« Carina schwieg. »Willst es dir nicht noch mal überlegen?«, fragte Margret eindringlich. »Steht dein Entschluss wirklich fest?«

»Ja! Weißt, das mit dem Jörg ist eine große Enttäuschung für mich, und Gmain ist ein kleiner Ort, da weiß jeder alles von jedem. Ich fühle mich gedemütigt, wenn du verstehst, wie ich das mein, Margret!«

»Ach, verstehen kann ich es, ein bisserl wenigstens. Aber über alles wächst Gras, und eine andere Mutter hat auch ein schönes Kind, sagt man.«

Carina lächelte. »Sicher, aber das muss nicht aus Gmain sein! Ich bin froh, dass ich es endlich gesagt hab. Ich trag diese Entscheidung schon länger mit mir rum, es hat mich recht belastet in der letzten Zeit, und ich hoffe, dass du mir nicht böse bist!«

»Wie sollt' ich dir bös' sein, Kind! Nein, das kann ich wahrlich nicht, aber es trifft mich hart!« Schweren Herzens stand sie auf, ging hinüber zur Spüle und begann, das Geschirr abzuwaschen.

»Ich helf dir, Margret!« Carina war aufgestanden, doch die Wirtin meinte:

»Lass nur, ich mach das heut lieber allein. Ich muss noch ein bisserl nachdenken. Geh nur rauf in dein Zimmer.«

Unschlüssig blieb Carina in der Mitte der Küche stehen. Als sie hinausging, hörte sie Poltern auf der Stiege und sah Hubertus in seinem Wetterfleck die Treppe herunter und zur Haustür stürmen.

Auch Margret hatte es gehört. »Wo geht er denn hin, der Hubertus? Es ist doch schon stockdunkel draußen«, wunderte sie sich.

»Ich weiß es nicht. Gute Nacht, Margret!«

Carina ging nach oben in ihr Zimmer. Sie knipste die kleine Lampe an, die ein warmes Licht im Raum verbreitete, setzte sich auf die Bettkante und sah sich um. Sie hatte ihr kleines Refugium lieb gewonnen und gemütlich eingerichtet! Seufzend tappte sie in das kleine Bad, das zu ihrem Zimmer gehörte, und sah sich im Spiegel an. Blass sah sie aus, sie hatte müde Augen. Drei Wochen waren es noch bis zum ersten November, bis zu ihrem Ausstand.

Den Eltern in Meran hatte sie noch nicht gesagt, dass sie nach Hause kommen würde. Erst musste sie sich eine Erklärung für ihr Heimkommen zurechtlegen, etwas, was die beiden nicht zu sehr bekümmern würde. Sie waren so glücklich gewesen, als sie ihnen von dem kleinen Landhotel erzählt hatte!

Sie wandte sich um, legte sich auf das Bett und starrte zur Decke. Trotz ihrer Wehmut war sie erleichtert, dass sie endlich den Mut aufgebracht hatte, ihre Arbeit hier am »Schlossberg« aufzukündigen. Hubertus hatte kein Wort gesagt zu ihrer Entscheidung. Ob es ihm gleichgültig war?

Bei dem Gedanken an ihn zog sich etwas in ihr schmerzhaft zusammen, und sie spürte einen Kloß im Hals.Es würde ihr schwerfallen, von hier wegzugehen, das wusste sie.

Am nächsten Tag war Hubertus nicht zu sehen, nicht einmal zum Essen kam er nach Hause, und erst spätnachts hörte Carina ihn die Treppe hinaufkommen und die Tür zu seinem Zimmer zufallen.
Erst zum Abendessen am übernächsten Tag sah sie ihn wieder. Es war eine eigentümliche Stimmung am Tisch. Margret sprach nicht viel, Carina so gut wie nichts, und Hubertus schwieg, stocherte in seinem Essen herum. »Bin ich müde heute«, stöhnte Margret.
»Geh, leg dich ins Bett, ich kann die Küche doch allein fertig machen!«, bot sich Carina an.
»Dann gute Nacht, und dank dir schön!«
Hubertus blieb schweigend am Tisch sitzen, während Carina das Geschirr in den Geschirrspüler räumte und die Küche sauber machte.
»Ich geh' dann auch ins Bett, gute Nacht, Hubertus«, wollte sie sich verabschieden, doch er hielt sie zurück.
»Bleib noch, ich muss mit dir reden!«
Sie sah ihn fragend an. »Um was geht's?«
»Das weißt du genau!« Er war aufgestanden und stand nun vor ihr, einen Kopf größer als sie, sodass sie zu ihm aufschauen musste.

Wieder roch sie diesen herben Duft nach Wald, Moos und Leder – oder was immer es war –, und ihr wurde fast schwindlig.

»Geh nicht weg, Carina!«, stieß er rau hervor.

»Ich muss …«, fing sie an, doch Hubertus fiel ihr ins Wort.

»Du musst nichts, nur hierbleiben – hier, bei mir!«

Sie sah ihn erschrocken an, so heftig hatte er gesprochen.

»Weißt du nicht, dass ich dich liebe, Carina? Schon vom ersten Tag an, als du hergekommen bist. Schon, als ich dich zum ersten Mal sah, hab ich gewusst, dass du die richtige Frau für mich wärst, aber –«

Jetzt fiel ihm Carina ins Wort: »Das war mir wirklich nicht bewusst, Hubertus!«

»Ich hab es dir nicht sagen können, du warst die Freundin von meinem besten Freund – nie würde ich einem Freund sein Mädl ausspannen. Aber jetzt, wo ich weiß, dass es mit dir und dem Jörg aus ist, da ist das etwas anderes! Carina!« Er atmete schwer, legte die Arme um sie und zog sie an sich. »Oft hab ich es kaum ausgehalten, dir nicht sagen zu dürfen, wie gern ich dich hab und dass ich alles dafür geben tät, wenn du … meine Frau werden würdest!« Wieder stockte ihm der Atem.

Carina spürte, wie sie dahinschmolz, sie lehnte sich an seine Brust, war wie benommen.

Hubertus hob ihr Kinn sanft zu sich, dann berührte er ihre Lippen: erst zart, dann fordernder – und Carina ließ es geschehen.

»Bitte, bleib bei mir!«, flüsterte er heiß an ihrem Ohr. Ihr wurde schwindlig, doch er hielt sie fest in seinen Armen. »Bleib bei mir, als meine Frau!« Endlich ließ er sie los, sah forschend in ihr Gesicht, das sich vor Erregung gerötet hatte.

Sie sah ihm in die Augen, die feucht schimmerten. Er bedeckte ihr Gesicht mit zarten Küssen.

»Hubertus«, flüsterte sie atemlos.

»Sag jetzt nichts, Carina! Hab ich dich erschreckt mit meinem Geständnis?«

Sie schüttelte stumm den Kopf und ließ ihn wieder auf seine Brust sinken.

Er strich zärtlich mit den Lippen über ihr Haar. »Lass uns morgen über alles reden, jetzt geh ins Bett und ruh' dich aus!«

»Als ob ich jetzt schlafen könnte!« Sie sah liebevoll zu ihm auf. »Ich glaub, ich lieb dich auch, ich habe es nur bisher nicht gewusst!«

Wieder trafen sich ihre Lippen und er raunte: »Ich bin froh, dass ich dir endlich gesagt hab, wie sehr ich dich mag!«

»Ich auch, Hubertus …«

»Komm!« Er legte einen Arm um ihre Taille, führte sie aus der Küche, die Treppe hinauf, bis vor ihre Zimmertür.

Sie zitterte, wusste nicht, was jetzt kommen würde. Doch er nahm sie nur wieder in die Arme, küsste sie leidenschaftlich, dann wünschte er ihr eine gute Nacht.

Carina taumelte noch völlig benebelt in ihr Zimmer und ließ sich aufs Bett fallen. Sie sah aus dem Fenster, der glänzende Vollmond hüllte das Zimmer in einen silbrigen Schein. Sie fühlte sich wie im Traum, alles in ihr war warm und erfüllt von Liebe.

Hubertus! Wie hatte sie so blind sein und ihre eigenen Gefühle so verdrängen können? Das Herzklopfen, wenn er ihr nahe gekommen war, die Röte, die ihr vor Aufregung ins Gesicht gestiegen war! Die ganzen letzten Monate, in denen sie sich so einsam gefühlt hatte, war er ihr nahe gewesen, hatte die ganze Zeit gewusst, dass er sie liebte. Wie dumm sie gewesen war! Jetzt, wo es geschehen war, Hubertus ihr seine Liebe erklärt hatte, fiel es ihr wie Schuppen von den Augen.

Sie zog sich die Bettdecke bis zur Nasenspitze, kuschelte sich hinein und stellte sich vor, er läge bei ihr. Heute noch nicht, aber bald, dachte sie, bevor sie selig einschlief.

Als sie am nächsten Morgen erwachte und an den gestrigen Abend dachte, fühlte sie erneut diese Wärme in sich aufsteigen. Hubertus liebte sie und sie ihn! Alles hatte sich auf einen

Schlag verändert, ihr ganzes Leben, all ihre Pläne!

Als sie in die Küche kam, saßen Hubertus und Margret beim Frühstück.

»Entschuldigt, dass ich spät dran bin, aber so gut wie heute Nacht habe ich lang nicht mehr geschlafen.« Sie warf Hubertus hinter Margrets Rücken einen langen, liebevollen Blick zu. Später, als er zur Arbeit musste, ging sie ein paar Schritte mit ihm mit.

Um die Ecke legte er den Arm um sie. »Ich bin so glücklich, Carina!«, flüsterte er ihr ins Ohr. »Aber lassen wir uns noch Zeit, es der Mutter zu sagen, lass uns unser Glück erst allein genießen. Die anderen erfahren es noch früh genug.«

Carina nickte.

Margret fiel auf, dass etwas sich verändert hatte. Zuerst hörte sie Carina bei der Arbeit vor sich hin summen. War sie so froh, weil sie wegging? Als Hubertus gegen Mittag fröhlich pfeifend nach Hause kam, war sie verblüfft. Das hatte sie lange nicht mehr gehört von ihm.

Auch Dionys fiel die veränderte Stimmung auf. Er stand auf einer Leiter und schliff den hölzernen Balkon ab, der einen neuen Anstrich bekommen sollte. Oha, dachte er mit der Lebensweisheit eines alten Mannes, da scheint mir was im Busch zu sein mit den beiden – ist auch höchste Zeit geworden!

Als er später mit Margret auf der Hausbank saß und ein Bier trank, Carina war zum Einkaufen gefahren, meinte er: »Ich glaub', bei den beiden hat's gefunkt!«

»Ach geh, Dionys, im Gegenteil. Die Carina hat gekündigt, will zurück nach Südtirol.«

»Ach so! Und warum?«

»Sie hat mit dem Jörg Schluss gemacht, und jetzt will sie nicht mehr hierbleiben!«

»Die Weiber – bringen alles durcheinander! Ich weiß schon, warum ich meinen Lebtag lang einschichtig geblieben bin!«

»Was heißt da ›die Weiber‹?«, empörte sich Margret. »Da hat eher der Jörg einen Wurm rein'bracht!«

Dionys schüttelte den Kopf. »Und deswegen pfeift der Hubertus wie ein Schwalberl? Weil die Carina geht? Das glaubst doch selber nicht, Margret…«

Am Wochenende kam die Jagdgesellschaft, und am Abend, nach der Jagd, legten sie im Hof die Strecke aus. Eine reiche Ausbeute an Wild war geschossen worden, und die Jäger waren vollauf zufrieden. Die Jagdhornbläser bliesen das Halali, dann strömten die Gäste in das Gasthaus »Schlossberg«, um zu feiern.

Carina sah so hübsch aus wie noch nie: Sie hatte sich ein neues, schön dekolletiertes Dirndl mit einer weißen Bluse gekauft und das dunkle Haar zu einem Kranz um den Kopf gelegt. Hubertus konnte kaum den Blick von ihr wenden, wenn sie zwischen den Jagdgästen hin und her ging.

»Da ist sie ja wieder, die hübsche Frau. Haben Sie endlich geheiratet, Hubertus? Hab ich da was versäumt?«, fragte Herr von Donnersberg unverblümt.

»Noch nicht! Aber im Mai wird es so weit sein!« So hatte er es mit Carina vereinbart.

»Dann lassen Sie es mich rechtzeitig wissen! Diese Hochzeit lass' ich mir nicht entgehen«, dröhnte Herr von Donnersberg.

Spätabends löste sich die Gesellschaft auf, und als sich Herr von Donnersberg von Margret verabschiedete, meinte er jovial: »Es war wieder ein prächtiges Erlebnis bei Ihnen, liebe Frau Gmainer – und vor allem: Herzlichen Glückwunsch zu ihrer künftigen Schwiegertochter.«

Soll er doch denken, was er wollte, dachte Margret nur. Im nächsten Jahr würde er schon sehen, was aus der »künftigen Schwiegertochter« geworden war. Als endlich Ruhe eingekehrt und sie mit Hubertus und Carina alleine war, erzählte sie schmunzelnd von Herrn von Donnersbergs Bemerkung.

Die beiden warfen sich einen verschwörerischen Blick zu.

»Ich glaub', jetzt müssen wir raus mit unserem Geheimnis, Carina.«

Die nickte Hubertus glücklich lächelnd zu.

»Mama, die Carina und ich haben uns verlobt, im Mai wollen wir heiraten.« Jetzt war es raus!

Margret sah die beiden verblüfft an. »Ihr seid verlobt? Seit wann denn?«

»Seit einer Woche! Seit ich weiß, dass die Carina nicht mehr gebunden ist. Da hab ich mich endlich getraut, ihr zu sagen, dass ich sie schon immer geliebt hab.« Er legte den Arm um seine Verlobte und drückte ihr einen Kuss auf die Wange.

Margret blieb schier der Mund offen stehen. Ihr Hubertus und die Carina! Ihr geheimer, innigster Wunsch war in Erfüllung gegangen. Das Mädel würde bleiben und – mehr noch – Hubertus' Frau werden!

»Mein Gott, Kinder, was ihr mir für eine Freude macht! Ich kann es gar nicht glauben!«

»Glaub's nur Mama, es ist wahr: Die Carina bleibt, für immer!« Hubertus strahlte über das ganze Gesicht und Margrets Augen füllten sich mit Freudentränen.

»Was für ein Freudentag ist das heute! Was für ein schöner Tag!«, und sie umarmte beide, ihren Sohn und ihre baldige Schwiegertochter. »Meinen Segen habt ihr, Kinder!«

Schnell sprach sich im Dorf herum, dass Hubertus und Carina ein Paar waren.

»Jetzt hat sich die Italienische den Hubertus geangelt«, sagte die eine zur anderen, als sie sich auf dem Friedhof trafen.

»Der Jörg, so heißt's, kommt nimmer zurück aus dem Ausland!«, gab diese zu bedenken.

»Das glaub ich nicht, die Reitingerin sagt, er kommt in einem halben Jahr!«

»Wenn's g'wiss ist? Dumm wär' er, wenn er's nicht tät!«

»Der hat ein bequemes, warmes Nest daheim!«

»Und die Italienische, die sitzt jetzt auch im warmen Nest!«, spöttelte die eine.

»Also, dann passt's wieder! Hab mir's doch gleich gedacht, dass die sich so eine Partie wie den Hubertus, mit dem Wirtshaus droben, nicht entgehen lässt«, pflichtete ihr die andere bei und füllte die Gießkanne, um das Grab ihres verstorbenen Mannes zu bewässern.

Bei den Reitingers hatte die Nachricht von der Verlobung auf dem »Schlossberg« wie eine Bombe eingeschlagen.

»Das hab ich gewusst, dass das nix wird mit dem Jörg und dieser Carina! Nicht einmal 18 Monate hat sie es ausgehalten, ohne sich einen anderen zu schnappen!«, geiferte die Mutter Reitinger.

»Jetzt bist ungerecht, Maria«, entgegnete ihre Schwiegertochter Andrea, die sich ausbedungen hatte, die Schwiegermutter beim Vornamen anzureden.

»So unzuverlässig, wie der Jörg ist. Kaum geschrieben hat er ihr und bleibt länger weg als versprochen. Ich glaub', da hätt' es mir auch g'reicht!«

»Ihr jungen Frauen heutzutag! Alles muss nach eurem Kopf gehen. Bei euch haben die Männer nix zu lachen ...«

Aber bei dir unter deiner Fuchtel, dachte Andrea spöttisch bei sich, sagte jedoch lieber nichts. Sich mit der Maria Reitinger anzulegen, das ließ man lieber bleiben.

Schon wieder war Weihnacht auf dem »Schlossberg«. Heuer war es noch stimmungsvoller und romantischer als im letzten Jahr. Dionys Wurmanstätter hatte fleißig mitgeholfen beim Aufbau des Christkindlmarktes. Er war zum unentbehrlichen Faktotum des »Schlossbergs« geworden, der Mann für alle Fälle, und eine tüchtige Hilfe.

In diesem Jahr hatten die Schlossberger mit Fichten aus dem Wald einen Wintermärchenwald gezaubert, mit beleuchteten Buden dazwischen. Frauen aus dem Dorf waren eingeladen worden, Handarbeiten und Selbstgebasteltes auszustellen und zu verkaufen, was regen Anklang gefunden hatte. Es gab Plätzchen und Stollen, Glühwein und Bratwürstel, die Dionys am offenen Feuer draußen grillte.

Sogar in der Zeitung war ein Bericht über das Ereignis erschienen, und es kamen Leute von weit her, um den Markt zu besuchen. Auch Pia war gekommen, sie stand jetzt mit Carina abseits, um dem Treiben zuzusehen.

»Wahnsinn, was ihr da auf die Beine gestellt habt – einfach toll! Am meisten freut mich, dass du und der Hubertus endlich zueinandergefunden habt! Ich hab immer gewusst, dass ihr zwei zusammengehört. Du bist ein echtes Glückskind, Carina«, meinte sie mit Blick auf den »Schlossberg«.

»Das bin ich, und wenn der Trubel hier vorbei ist, im neuen Jahr, fahren Hubertus und ich zu meinen Eltern nach Meran. Sie sollen ihren künftigen Schwiegersohn kennenlernen!« Carina lachte glücklich.

Hubertus gesellte sich zu ihnen, in seinem Lodenwetterfleck und dem Jägerhut mit dem Adlerflaum sah er umwerfend gut aus. »Was sagst du, Pia? Schaut das nicht gut aus hier?«

»Wunderschön!« Sie fasste beide an der Hand. »Und euch zweien wünsche ich alles Glück der Welt ... und viele Kinder!«, fügte sie lachend hinzu.

Silvester und der Beginn des neuen Jahres wurden nochmals kräftig gefeiert im Gasthof »Schlossberg«.

Hubertus und Carina standen draußen, abseits der vergnügt feiernden Gäste, und schauten hinunter ins Tal, wo Feuerwerksraketen knallend und farbenprächtig in den Himmel stiegen.

Als um Mitternacht die Kirchenglocken läuteten, war ihnen feierlich zumute.

»In diesem Jahr beginnt für uns ein neues Leben, Carina. Ich freue mich narrisch drauf!«

»Ich auch, Hubertus!« Sie lehnte sich an ihn, er umfing sie zärtlich und küsste sie auf den Nacken.

Kurz dachte Carina an Jörg, und überlegte, wie es ihm wohl ging in Saudi-Arabien. Ob er an sie dachte? Doch es war nur ein kurzer Moment, dann erfreute sie sich wieder an dem Feuerwerk und an Hubertus' Nähe.

Im Januar war es so weit, die beiden frisch Verliebten fuhren zu Carinas Eltern nach Meran.

»Ich bringe eine Überraschung mit, wenn ich komme!«, so viel hatte Carina verraten, mehr aber nicht. Sie konnte es kaum erwarten, ihre Eltern wiederzusehen, auch wenn sie wusste, dass sie einiges würde erklären müssen. Sie wollte endlich klar Schiff machen und aufhören mit diesen Halbwahrheiten, wieder ehrlich sein.

Die wenigen Tage vergingen wie im Flug, und als sich Carina von ihrer Mutter verabschiedete, flüsterte ihr diese zu: »Du Glückskind, du hast einen wunderbaren Mann gefunden. Papa findet das auch, und wir freuen uns auf eure Hochzeit im Mai.«

»Deine Eltern haben mir gut gefallen!«, meinte Hubertus, als sie auf der Heimfahrt waren.

»Sie waren auch von dir begeistert. Mama hat mir zugeflüstert, dass du ein unglaublich gut aussehender Mann bist«, kicherte Carina, doch dann wurde sie ernst.

»Ich bin so froh, dass sich mit Gianni alles zum Guten wendet, und dass auch ich gute Nachrichten bringen konnte. Das haben meine Eltern verdient; sie haben sich immer, trotz der vielen Arbeit im Hotel, sehr um uns Kinder gekümmert, vor allem meine Mama. Ich hoffe, ich werde auch einmal eine so gute Mutter sein wie sie und deine Mutter!«

Hubertus streichelte liebevoll Carinas Wange. »Das wirst du, das wirst du ganz sicher!«

Als sie zum »Schlossberg« einbogen, seufzte Carina: »So schön es in Südtirol war, wieder hier und zu Hause zu sein, ist das Schönste!«

»Unser gemeinsames Daheim, für ein ganzes, volles, schönes Leben«, pflichtete ihr Hubertus bei und drückte ihre Hand.

Carina und Hubertus waren dabei, Pläne zu schmieden für ihre gemeinsame Zukunft. Bisher hatte sich Carina überwiegend im Haupthaus aufgehalten, wo die Gasträume, die Küche und im Obergeschoß die Schlafzimmer und Bäder lagen. Nun führte Hubertus sie über das gesamte Anwesen mit den früheren Stallungen und Nebengebäuden, die überwiegend leer standen.

Sie waren an einem kleinen Haus angekommen, das etwas abseits lag.

»Schau, Carina, hier hat früher der Schweitzer gewohnt, so etwas wie der Oberknecht über den Stall, als die Landwirtschaft noch in Betrieb war. Was meinst du, sollen wir das Häusl ausbauen als unsere erste Wohnung?«, schlug Hubertus vor.

Carina war begeistert. »Das wäre wunderbar! Ein eigenes Reich!«

»Dann lass es uns anschauen. Es ist in einem desolaten Zustand, aber das kann man wieder richten. Wenn der Jörg da wäre, könnt' er sicher ein kleines Schmuckstück daraus machen.«

Bei Jörgs Namen verfinsterte sich Carinas Gesicht. »Ich glaub', das schaffen wir ohne ihn!«

Hubertus sah sie prüfend von der Seite an. »Bist noch böse auf ihn?«

»Nein, das nicht, aber schön war es nicht, wie er sich verhalten hat«, gab sie zurück. »Neulich hat er wieder geschrieben, er tut gerade so, als wäre nichts. Dabei habe ich ihm klipp und klar geantwortet, dass es aus ist, und dass ich nach Meran zurückgehe.«

»Weiß er, dass wir zusammen sind?«

»So ganz klar habe ich es nicht geschrieben«, musste Carina zugeben, »aber ich werde es heute noch tun. Er soll wissen, woran er ist.«

»Das wäre gut! Weißt du, er ist mein Freund, und da will ich reinen Tisch haben. Wenn du willst, schreibe ich es ihm.«

»Nein, nein«, wehrte Carina ab. »Das will ich selbst machen. Komm, lass uns das Haus anschauen!«

Die Tür knarzte und war kaum zu öffnen, drinnen roch es modrig.

»Da muss kräftig gelüftet werden«, schnupperte Carina in die abgestandene Luft.

»Das Haus ist seit Jahren oder gar Jahrzehnten nicht bewohnt worden.«

»Schau, da hängen noch die alten Gardinen am Fenster, fast vergilbt und grau, und den alten Tisch und die Stühle, die könnte man beim Schreiner aufmöbeln lassen.«

Sie ging in die frühere Küche, in der noch ein uralter Kohleherd stand. »Den müssen wir unbedingt behalten! So etwas ist heute eine Rarität.«

Zusammen gingen sie die steile Treppe nach oben.

»Das hier ist die Schlafstube, und dann gibt es noch zwei kleine Kammern. Eine könnte man zu einem Bad umbauen, und die andere wird das Zimmer für unser erstes Kind!« Hubertus umarmte Carina, doch die machte sich lachend frei.

»Und die anderen fünf? Wo bringen wir die unter?«

»Lass uns erst mal mit einem anfangen«, grinste Hubertus. »Sollte sich unsere Familie so vermehren, wie du es vorhast, könnten wir später rüberziehen ins große Haus, dort ist genug Platz, und die Mutter könnte hier im Austrag wohnen.«

Carina nickte. »Bis zur Hochzeit im Mai werden wir den Umbau nicht schaffen«, meinte sie zweifelnd.

»Sicher nicht! So lange müssen wir drüben wohnen. Aber ein gemeinsames Schlafzimmer richten wir uns ein, ich will mich nicht jede Nacht heimlich zu dir schleichen müssen, damit die Mutter nichts merkt.«

Carina lachte hellauf. »Glaubst du, das hat sie nicht längst mitgekriegt? Gott sei Dank ist es heute nicht mehr wie früher, wo man noch als Jungfrau in die Ehe gehen musste!«

»Dafür wär's jetzt eh zu spät«, grinste Hubertus und gab ihr einen langen Kuss.

Margret beobachtete die beiden aus dem Küchenfenster, wie sie Hand in Hand über das Anwesen schlenderten. »Aha, sie sind beim Nestbau. Carina tut dem Hubertus gut, er ist längst nicht mehr so verschlossen und wortkarg wie früher«, meinte sie zu Dionys, der in der Küche einen Milchkaffee schlürfte.

»Manche brauchen halt ein Weib«, gab der zurück. »Ich bin immer gut ohne ausgekommen.«

Margret sah ihn an, wie er so dasaß: in seiner notdürftig geflickten Hose, den alten abgetragenen Schuhen, dem Zauselbart und den schwieligen Händen mit den schmutzigen Fingernägeln.

»Ich glaub, dir hätte eine Frau gutgetan, so wie du ausschaust«, musterte sie ihn kritisch.

Dionys schaute verdutzt an sich herunter. »Wie schau' ich denn aus? Das ist doch in Ordnung so, oder etwa nicht?«

»Für draußen, zur Waldarbeit schon. Aber in der Gastronomie, da muss man sauberer sein, Dionys! Ich schlag vor, du nimmst hernach ein Bad, und dann such ich dir von meinem Mann ein paar Sachen raus, die kannst anziehen. Er hat in etwa die gleiche Größe und Figur gehabt.«

»Wenn d' meinst, dass eine Renovierung nötig wär?«, er zögerte.

»Genau das mein' ich!«, lachte Margret. »Eine Grundreinigung und eine Renovierung. Kannst gleich raufgehen und in die Badewanne, im Gästebad. Ich such dir derweilen ein paar Hosen und Hemden raus!«

Als Hubertus und Carina nach Stunden von ihrem Ausflug zurückkamen, saß ein völlig veränderter Dionys am Tisch.

»Eh, was ist mit dir passiert, Donisl?«, fragte Hubertus verblüfft. »Hat dich die Mama in der Reißen g'habt? Sogar den Bart hat sie dir gestutzt. Schaust direkt fesch aus!«

Der lächelte geschmeichelt. »Ja, richtig rausg'putzt hat sie mich.«

»Du bist nicht mehr wiederzuerkennen«, bewunderte ihn auch Carina. »Jetzt kann man dich herzeigen! Da werden die Gäste staunen, was aus dir geworden ist.«

»Ja, mei«, grinste Dionys. »Jetzt sieht man, was für ein schöner Bursch' ich eigentlich bin. Vielleicht beißt gar noch eine an!«

»Die Hoffnung darf man nie aufgeben, Dionys …«

»Genau! Bei euch zweien hat's ja auch noch gefunkt, manchmal dauert es eben etwas länger.«

Carina saß am Computer in dem kleinen Büro und checkte ihre E-Mails. Eine davon war von Jörg, mit folgendem Text:

Liebe Carina!
Ich bin jetzt in Riad, der Hauptstadt von Saudi-Arabien. Hier ist es ganz anders als in Dubai, hier geht es sehr traditionell zu. Da muss ich mich erst dran gewöhnen. Außerdem ist der Chef hier ein richtiger Sklaventreiber, weil wir mit dem Bau im Rückstand sind. Aber es ist eh nichts los hier, abends falle ich wie tot ins Bett. Wie lange ich das noch aushalte, weiß ich nicht. Ich hoffe, du hast dich wieder beruhigt und bleibst am »Schlossberg«, bis ich wiederkomme.
Für immer, Dein Jörg

Hatte er nicht verstanden, dass sie ihre Beziehung beendet hatte? Er tat gerade so, als wäre alles in bester Ordnung! Es wurde höchste Zeit, dass sie ihm endgültig klar machte, was Sache war.

Nachts, als sie sich an Hubertus kuschelte, erzählte sie ihm von der Mail.

»Ich hab ihm geschrieben, dass wir ein Paar sind, und dass er bleiben kann, wo der Pfeffer wächst«, meinte sie trotzig.

Hubertus schmunzelte. »Dann ist alles gut! Oder meinst, ich sollte ihm doch noch selber schreiben?«

»Nein, nein – ich war deutlich genug!«

»Gut! Ich geh' rüber in mein Zimmer, ich muss morgen früh raus und will dich nicht stören.«

»Bleib doch ...« Sie kuschelte sich an ihn. »Du störst mich kein bisschen.«

»Wenn morgen Nachmittag schönes Wetter ist, nehm ich dich mit hinauf zum Breitenstein, da muss ich nach dem Rechten sehen!«

»Mhm«, murmelte sie schlaftrunken an seiner Schulter und war schon fast eingeschlafen.

Leise und vorsichtig stieg Hubertus aus dem Bett und legte sorgsam die warme Bettdecke über seine Liebste. Im Schein der Nachttischlampe betrachtete er sie im Schlaf, ihr friedliches Gesicht. Er fühlte sich wie der glücklichste Mensch auf der ganzen Welt.

»Du siehst wunderschön aus«, rief Pia begeistert, als Carina sich in ihrem Brautkleid vor dem

Spiegel drehte. »Das Kleid steht dir fantastisch! Und die Haare«, sie griff in Carinas dunkle Locken, »die flecht' ich dir zu einer Krone, und du wirst die schönste Braut sein, die Gmain jemals gesehen hat.«

Carina stellte sich lachend in Pose. »Ja, und wir stecken weiße Blüten ins Haar, Maiglöckchen vielleicht, die blühen gerade dann, wenn unsere Hochzeit ist. Ich bin ja so glücklich!« Sie fiel der Freundin um den Hals.

»Dazu hast du allen Grund, fast bin ich neidisch auf dich. Aber ich gönne dir dein Glück von Herzen, nach allem, was du in den letzten Jahren hast durchmachen müssen.«

»Das will ich vergessen, Pia! Ab jetzt lebe ich nur noch in der Gegenwart und freue mich auf die Zukunft mit Hubertus.«

Die Freundinnen waren am Tag zuvor in Rosenheim gewesen und hatten das Brautkleid für Carina gekauft: ein weißes, langes Dirndl mit Schößchen und kleinen Streublümchen im Stoff.

»Glaubst du, dass ich Hubertus gefallen werde?«, fragte Carina kokett.

Pia schmunzelte. »Dem gefällst du auch ohne Kleider!«

Carina nahm ein Kissen und warf es übermütig auf die Freundin. »Sei nicht frech, Pia!«

»Ist doch wahr, so verliebt, wie der ist! Wo und wie wird die Hochzeit denn gefeiert?«

»Wir wollten nicht hier am ›Schlossberg‹ heiraten, aber Margret, Hilde und Kathie wollten sich das nicht nehmen lassen. Jetzt feiern wir also hier, nach dem Standesamt und der Kirche. Allzu viele Gäste haben wir nicht, so an die fünfzig vielleicht!«

»Fünfzig? Das ist eine ganze Menge!«

»Von meiner Seite her sind es nicht so viele, meine Eltern und Gianni – und du als meine Trauzeugin. Hubertus muss die Jäger und Jagdgehilfen einladen, der Herr von Donnersberg kommt mit Frau und Tochter, und noch ein paar andere Freunde, da werden es schnell fünfzig Leute.«

»Aber die Margret wird sich doch nicht in die Küche stellen!«

»Nein! Stell dir vor, Gianni kommt mit zwei Kollegen. Er hat vorgeschlagen, unser Hochzeitsmahl zuzubereiten. Das wird exzellent werden!«

»Und wer ist Hubertus' Trauzeuge?«

»Das wäre eigentlich der Jörg, als sein bester Freund.« Carina schnitt eine Grimasse. »Aber er ist ja in Riad, wenn wir heiraten. Ist auch besser so!«

»Irgendwie komisch wäre es schon, wo du früher seine Freundin warst!«

»Das ist längst vorbei!«, meinte Carina achselzuckend.

Pia sah auf die Uhr. »Ich muss los, habe heute Schichtdienst an der Rezeption.«

»Wie gefällt's dir denn im Hotel?«

»Sehr gut, die Reimanns sind sehr nette Leute, und ich arbeite mich in alle Sparten ein. Sie vertrauen mir voll, ich hätt' es nicht besser treffen können.«

»Und Franco? Hast du was von ihm gehört?«

Pia schnitt eine Grimasse. »Nein, und ich bin froh darüber. Womöglich würde er mich wieder um den Finger wickeln.«

»Geh, sag das nicht! Sei froh, dass du ihn los bist, diesen Macho …«

»Das sagst du so einfach, ich habe noch keinen Ersatz gefunden«, schmollte die Freundin.

»Das kommt, sicherlich bald! Dann wirst du auch so glücklich sein wie ich!«

Carina zog das Kleid aus, hängte es ordentlich über einen Bügel und verschloss es im Schrank. Hubertus durfte es nicht sehen vor der Hochzeit, das würde Unglück bringen, hatte sie gehört.

Sie ging nach unten ins Büro. Margret hatte Carina inzwischen die Buchführung übergeben, mit den Worten: »Das hat mich schon immer genervt. Für Büroarbeit bin ich nicht geeignet, das hat früher mein Mann gemacht, und du kannst es viel besser. Außerdem gehörst du jetzt zur Familie!«

Carina schaltete den PC ein und sah zuerst in ihre Mails. Sie stutzte, da war eine Mail von Jörg.

Er hatte seit einiger Zeit nichts mehr von sich hören lassen, was ihr aber gerade recht gewesen war. Neugierig öffnete sie die Nachricht mit einem Klick.

Liebe Carina,
ich komme am nächsten Samstag, den 1. April, am Flughafen Erding an. Flug LH 3256, 17:28 aus Riad. Kannst du mich abholen?
Dein Jörg

Carina hielt die Luft an. Was sollte das? Warum kam er schon jetzt, er wollte doch bis Juli in Riad bleiben! Und warum sollte ausgerechnet sie ihn abholen, warum nicht sein Vater oder Andreas?

Verstimmt druckte sie die Mail aus, sie würde sie Hubertus zeigen und ihn fragen, was sie tun sollte.

Der schüttelte irritiert den Kopf, dann meinte er gutmütig: »Ich weiß nicht, was er sich denkt, aber wir holen ihn ab, gemeinsam. Dann weiß er gleich, woran er ist, falls er es bisher nicht kapiert haben sollte.«

»Das kann nicht sein, ich hab es ihm klar geschrieben, dass wir ein Paar sind. Ob es ein Aprilscherz ist? Ausgerechnet am 1. April kommt er?«, überlegte Carina.

Hubertus lachte. »Dem Jörg trau ich zwar alles zu, aber das glaube ich nicht. Mach dir keine Gedanken, Liebes. Ich kenne ihn, das wird sich alles klären! Im Notfall behandele ich ihn mit dem Holzhammer«, lachte er.

Am 1. April standen sie in der Ankunftshalle des Flughafens. Carina war aufgeregt und nervös, Hubertus die Ruhe selbst, zumindest machte er den Eindruck.

Endlich kamen die Fluggäste aus Riad aus der Halle. Man erkannte sie gleich an den vielen tief verschleierten, in lange schwarze Gewänder verhüllten Frauen.

Dann kam Jörg. Braungebrannt, die blonden Haare wie eh und je verstrubbelt, einen riesigen Koffer hinter sich herziehend, in der anderen Hand eine große Reisetasche. Als er Carina und Jörg erblickte, winkte er ihnen fröhlich zu.

»Carina!« Er zog sie in seine Arme und wollte sie auf den Mund küssen, doch sie drehte schnell den Kopf weg, sodass er nur ihre Wange traf. »Bin ich froh, dass ich wieder da bin!«

Er wandte sich dem Freund zu: »Hubertus, alter Spezl!« Er schlug ihm auf die Schulter. »Das find ich nett, dass du die Carina begleitet hast!« Hubertus und Carina warfen sich einen schnellen Blick zu. »Wo habt ihr das Auto stehen?«

»Unten in der Tiefgarage«, sagte Hubertus und nahm ihm die Tasche ab.

Im Auto fing Jörg an zu erzählen, redete wie ein Wasserfall über seine Erlebnisse und seine Arbeit im Nahen Osten.

Irgendwann unterbrach Hubertus seinen Redeschwall und fragte: »Warum bist du schon da, Jörg? Wolltest du nicht eigentlich bis Juli bleiben?«

»Schon, aber ich hab es nimmer ausgehalten. Die ewige Hitze und der Stress! Ich brauch mal wieder frische, klare Luft und Regen.«

»Aha! Und bleibst du jetzt da oder gehst wieder zurück?«, bohrte Hubertus weiter.

»Ich weiß noch nicht genau. Eigentlich hab' ich nur zwei Wochen Urlaub, aber ich überleg', ob ich nicht dableib, für immer!«

»Geht das so einfach? Musst du nicht ordnungsgemäß kündigen?«, mischte sich jetzt Carina ein.

»Das nehm ich nicht so ernst! Es ist kein fester Arbeitsvertrag, obwohl die mir einen gegeben hätten. Aber dann wäre mein nächster Arbeitseinsatz wieder irgendwo in Nahost oder Asien gewesen, und darauf hab ich null Bock!«

»Ach so! Hast schon genug von der großen weiten Welt?« fragte Hubertus sarkastisch.

»Ein bisserl bin ich schon frustriert«, gab Jörg zu. »Jedenfalls freu' ich mich, dass ich da bin. Es gibt viel zu erzählen! Aber wie geht's euch so?«

Das war das Zeichen für Hubertus. »Uns geht es prima. Die Carina hat dir ja geschrieben, dass wir ein Paar sind, stimmt's?«

»Ähm ... schon. Aber ganz ernst hab ich das nicht genommen! Ich hab mir gedacht, sie will mich ein bisserl schrecken, weil ich nicht nach dem ersten Jahr zurückgekommen bin –«

»Was?«, rief Carina empört. »Wir heiraten Ende Mai, Jörg! Das kannst du durchaus ernst nehmen!« Jörg auf dem Rücksitz schwieg. »Wenn du glaubst, …«, begann Carina aggressiv, doch Hubertus legte ihr beschwichtigend die Rechte aufs Knie.

»Jetzt freuen wir uns erst mal, dass du da bist, Jörg«, meinte er nach hinten. »Später reden wir über alles!« Der Rest der Fahrt verlief in ungemütlichem Schweigen.

Als sie bei den Reitingers in Gmain angekommen waren, wollte Hubertus wissen: »Wann sehen wir dich auf dem ›Schlossberg‹, Jörg?«

Der hievte gerade seinen Koffer aus dem Auto. »Heute muss ich natürlich daheimbleiben, aber morgen komm' ich rauf zu euch.« Er warf Carina einen nachdenklichen Blick zu.

»Da freuen wir uns«, antwortete Hubertus. »Wir sind gespannt, was du noch alles erzählen wirst!«

Jörg nickte und winkte ihnen nach, als sie wegfuhren.

»Ich glaub', der ist verrückt!« Carina war wütend und den Tränen nahe.

»Keine Sorge, das klär' ich alles mit ihm!«

»Von mir kann er was zu hören kriegen«, empörte sie sich. »Der tut gerade so, als hätte er irgendwelche Rechte an mir!«

Hubertus lachte nur kurz auf. »Dem werde ich die Wadln schon strammziehen!«

Am nächsten Nachmittag kam Jörg in den Gasthof »Zum Schlossberg«.

»Hey, was ist da passiert?« Mit anerkennendem Blick betrachtete er die frisch gestrichene Fassade, den renovierten Balkon und den Biergarten mit den neuen Bänken und Tischen. »Da habt ihr gewaltig was geleistet!«

»Das waren alles Carinas Ideen, und der Dionys – weißt, der Wurmanstätter-Dionys – ist jetzt Hausl bei uns und macht sich recht gut als Mann für alle Fälle.«

»Er macht auch den Ausschank im Biergarten!« Margret war dazugekommen. »Grüß dich, Jörg!« Sie schüttelte dem jungen Mann die Hand.

»Ach, dann braucht ihr mich nicht mehr, oder?« Jörg schien enttäuscht.

»Dich können wir immer brauchen. Gehörst doch fast zur Familie«, lachte Margret.

So locker, wie sie tat, war sie nicht, sondern beobachtete aufmerksam, wie die drei jungen Leute miteinander umgingen. Eine gewisse Spannung blieb ihr nicht verborgen.

Später sah sie Carina und Jörg beieinandersitzen, draußen in der Frühlingssonne, und miteinander reden. Sie konnte nichts verstehen, aber sie sah, dass Carina aufgebracht war und heftig auf Jörg einredete. Da schien doch noch etwas zu klären zu sein, dachte sie misstrauisch. Als Hubertus dazukam, beendeten die beiden ihren Diskurs.

Als Jörg weg war und sie bei der Brotzeit saßen, fragte Margret ihre zukünftige Schwiegertochter danach.

»Der Jörg hat mir Vorhaltungen gemacht, von wegen, ich hätte mein Versprechen nicht eingehalten! Aber dem habe ich Bescheid gegeben«, Carina sah wütend in die Runde. »Zum Schluss hat er es eingesehen.«

»Was eingesehen?«, fragte Margret.

»Na, dass ich Schluss mit ihm gemacht hab, weil er …«, sie hielt inne. »Ach, ich will nicht mehr darüber reden!«

»Ich hab mich für morgen mit ihm zu einer Wanderung rauf in den Wald verabredet! Da werde ich mit ihm reden, damit alles geklärt ist. Der Jörg und ich, wir haben uns immer gut verstanden, auch wenn's gelegentlich kleine Meinungsverschiedenheiten gegeben hat.« Hubertus schnitt mit seinem Jagdmesser eine Scheibe Speck ab. »Das kriegen wir hin!«

Als Hubertus am nächsten Tag von der Tour mit Jörg zurückkam, fragte Margret gleich, wie es gewesen war.

»Alles in Ordnung!«, gab er zurück, und Margret schien zufrieden zu sein.

Abends, als Carina mit Hubertus im Bett lag, wollte auch sie wissen, wie die Unterredung gewesen war.

»Es ist alles in Ordnung, Carina!«

»Und was habt ihr so geredet?«, bohrte sie weiter.

»Was man so redet unter Männern!« Er lachte kurz auf, »Der Jörg ist ein Luftikus, der bleibt nicht lang allein, der hat schnell wieder eine, das darfst glauben!«

Er drehte sich zu ihr, gähnte und nahm sie in die Arme. »Jetzt lass uns schlafen, morgen hab ich einen anstrengenden Tag!«

Carina lag noch lange wach, spürte Hubertus' Wärme an ihrer Seite. Sie war erleichtert, das mit Jörg schien sich erledigt zu haben, ihrem Glück mit Hubertus stand nichts mehr im Wege.

6

Die Vorbereitungen für das Osterfest auf dem »Schlossberg« waren in vollem Gange. Heuer lag Ostern spät, und obwohl sich der Winter lange hingezogen hatte, war es inzwischen frühlingshaft warm geworden.

»Ich glaub', wir können uns auf Biergartenbetrieb einstellen, zumindest tagsüber, Margret. Was meinst du?«, schlug Carina vor.

»Im Moment sieht es so aus, aber wer weiß, wie es in einer Woche ist, selbst wenn sie im Radio gutes Wetter ansagen.«

»Das Osterfest wird so schön wie letztes Jahr, wirst sehen! Schöner sogar, denn letztes Jahr waren Hubertus und ich noch nicht beisammen.«

Margret lächelte ihr zu. »Ja, das hat sich alles zum Guten gewendet, und in sechs Wochen seid ihr verheiratet, stell dir vor!«

»Fast nicht zu glauben! Weißt du, was mit am schönsten ist?« Sie sah Margret lieb an. »Dass du meine Schwiegermutter wirst und wir uns so gut verstehen.«

»Da hast recht, Kind. Und eine bessere Schwiegertochter wie dich könnt' ich mir nicht wünschen.«

Jörg kam fast täglich auf den »Schlossberg« und jetzt, wo sie sich ausgesprochen hatten, freute sich Carina darüber. Sie konnte ihn immer noch gut leiden, man konnte ihm nicht böse sein, so witzig und charmant, wie er war.

»Wie geht's daheim, Jörg?«, fragte Margret.

»Passt schon! Ich hab mit den Plänen für die Siedlung angefangen, da gibt's Diskussionen mit dem Vater. Der hat andere Vorstellungen, recht spießig und altmodisch, aber wir werden uns schon zusammenraufen. Nur meine Mutter nervt mich. Die behandelt mich wie ein kleines Kind. ›Jörg, hast das schon g'macht?‹, ›Jörg, mach das anders!‹, so geht es den ganzen Tag!«

»Sie meint es nur gut. Manche Mütter können schlecht loslassen«, gab Margret zu bedenken.

»Wenn's mich weiter nerven, hau' ich wieder ab!«

»Ach geh, das wird wieder!«, mischte sich Hubertus ins Gespräch ein. »Du, übrigens, ich hab heute oben am Rosskopf einen jungen Bock gesehen, der scheint krank oder verletzt zu sein. Ich muss morgen noch mal rauf, heut hab ich kein Gewehr dabeigehabt. Auch wenn keine Saison ist, werd' ich den schießen müssen. Magst mitgehen?«

»Freilich komm ich mit! Dann kann ich endlich die neue Büchse ausprobieren, die mir mein Vater letztes Jahr zu Weihnachten geschenkt hat.«

»Also, dann … Ich geh' morgen früh los, gegen sechs, damit ich mittags daheim bin.«
»Ich bin da!«

Als Hubertus abends bei ihr im Bett lag, meinte Carina: »Ist gut, dass du morgen mit dem Jörg unterwegs bist, wie früher, oder?«
»Mhm! Aber jetzt will ich nicht an den Jörg denken!«
»An was dann?«, gluckste Carina an seiner Schulter.
»Nur an dich!«, flüsterte er und küsste sie begehrlich.
Beide ahnten nicht, dass dies ihre letzte Liebesnacht sein sollte.

Carina sah die zwei am frühen Morgen in Hubertus' Jeep einsteigen; Lukas, den Hund, hatten sie im Freilauf, und er jaulte jämmerlich, weil er nicht mitdurfte auf die Jagd. Carina winkte ihnen vom Fenster aus nach, doch sie sahen nicht zu ihr hinauf.
Es wurde Mittag. »Wo sie nur bleiben, die zwei?«, wunderte sich Margret.
»Ich weiß nicht, vielleicht sind sie irgendwo aufgehalten worden, oder es dauert doch länger, falls sie den Bock nicht gleich finden.«
»Das sieht dem Hubertus nicht ähnlich, dass er so viel später kommt, ohne dass er nicht wenigstens anruft.«

»Man hat nicht immer Empfang fürs Handy droben in den Bergen«, beruhigte sie Carina, aber sie war selbst besorgt über das lange Fortbleiben der beiden Männer.

Margret sah aus dem Fenster. »Der Lukas ist auch so unruhig, er wimmert und jammert die ganze Zeit ...«

»Er vermisst Hubertus eben, er ist gewöhnt, dass der mit ihm morgens loszieht.«

»Warum die beiden den Hund nicht mitgenommen haben?«

Carina zuckte mit den Schultern, sie hatte sich das auch gefragt.

Margret seufzte. »Ich hab heut Nacht so einen schlechten Traum g'habt, der geht mir nicht aus dem Sinn –«

»Was hast denn geträumt?«

»Der Hubertus ist am Tisch gesessen, und wie er den Topfdeckel gelüftet hat, sind lauter giftige Schlangen herausgekommen.«

»Igitt, was für ein grässlicher Traum! Und woher weißt du, dass die Schlangen giftig waren?«

»Ich denk mir's halt!« Wieder sah Margret aus dem Fenster.

»Manchmal träumt man einen richtigen Blödsinn, das kommt aus dem Unterbewusstsein, sagt man!«, versuchte Carina Margret zu beruhigen. Dass Träume auch Vorboten von Schlimmem sein konnten, dachte sie nur bei sich, doch sicher war das dummer Aberglaube.

Dionys kam in die Küche. »Wo bleiben's denn die zwei, ist doch längst Essenszeit!«, fragte er.

»Ich weiß auch nicht, aber wenns'd willst, kannst alleine essen!«

Dionys schüttelte den Kopf. »Nein; nein, ich wart schon. Der Lukas ist so was von unruhig, sollt ich ein bisserl mit ihm rausgehen? Was meinst, Margret?«

Carina bemerkte, dass auch Dionys besorgt war. Es lag eine ungute Stimmung über dem Hof.

»Wart noch ein bisserl, Dionys, sie werden bald da sein«, Margret schien sich selbst beruhigen zu wollen.

Gerade da hörten sie ein Auto auf den Hof fahren und sahen aus dem Fenster. Es war ein Polizeiwagen, aus dem Mart Högler, den sie vom Stammtisch kannten, und ein anderer Polizist stiegen. Langsam gingen die beiden Beamten auf das Haus zu.

Wie der Blitz war Margret an der Tür, Carina und Dionys folgten ihr.

»Grüß dich, Margret«, begann Mart Högler und drehte seine Polizeimütze in den Händen.

»Grüß Gott!«, meinte der andere, tippte sich an die Mütze und trat unruhig von einem Fuß auf den anderen.

»Ich hab eine schlechte Nachricht!« Mart Högler stockte.

»Was ist? Ist was mit dem Hubertus?« brach es aus Margret heraus.

Der Polizist nickte. »Ein Unfall, droben am Rossberg!«

Carina war blass geworden, als sie das hörte. »Ein Unfall?«, fragte sie atemlos. »Was ist passiert?«

»Genau wissen wir es noch nicht, das muss erst untersucht werden!« Högler sah bedrückt zu Boden.

»Red, Martl!«, drängte die Wirtin. »Was ist passiert? Wo ist der Hubertus?«

»Den ... den Hubertus hat's erwischt. Sie haben ihn runtertransportiert, vom Rosskopf. Da war nix mehr zu machen, Margret! Der Hubertus ist tot.«

Ein markerschütternder Schrei kam aus Margrets Kehle. »Nein! Nein! Nicht mein Hubertus!« Sie schwankte.

Dionys war mit wenigen Sätzen bei ihr und konnte sie gerade noch stützen, sonst wäre sie zusammengebrochen.

Carina stand daneben, nahm alles wahr wie durch einen dichten Nebel, die Worte drangen nicht wirklich zu ihr durch. Was meinten die? Der Hubertus, tot? Ihr Liebster, der vor wenigen Stunden von hier weggefahren war? Sie fühlte, wie ihr schwarz vor Augen wurde, wie sie den Boden unter den Füßen verlor.

Der eine Polizist hielt sie am Arm. »Gehen wir rein, reden wir drinnen weiter!«

In der Gaststube sanken sie auf die Stühle.

»Was ist passiert?«, fragte jetzt auch Dionys. Er hatte sich neben Margret gesetzt, auch er war totenbleich.

»Wir haben vor drei Stunden einen Anruf gekriegt, vom Jörg Reitinger. Er hat irgendetwas gestammelt, von einem Unfall. Er war total durcheinander. Endlich haben wir ihn verstanden und sind rauf zu der Stelle, die er uns beschrieben hat. Und da waren sie, die zwei!«

»Die Schlangen! Die Schlangen«, flüsterte Margret.

»Nein, keine Schlangen. Der Jörg saß da, Hubertus längs vor sich, seinen Kopf im Schoß lehnend, alles voller Blut. Dem Hubertus hat man nicht mehr helfen können! Es war ein Schuss in den Kopf.«

»Er muss sofort tot gewesen sein. Wir haben ihn ins Krankenhaus gebracht, nach Rosenheim. Da ist er jetzt«, fügte der andere Polizist hinzu.

Carina saß da wie erschlagen.

»Ich hab's geahnt, die Schlangen, die Schlangen!«, stammelte Margret vor sich hin. Die Polizisten sahen sich ratlos an.

»Und wo ist der Jörg?«, wollte Dionys wissen.

»Den haben wir mitgenommen ins Krankenhaus, der hat einen Schock, ist vorerst nicht vernehmungsfähig, hat der Arzt gemeint. Er wird wohl erst morgen oder übermorgen entlassen.«

Stille folgte, Martl Högler räusperte sich. »Es tut mir so leid, Margret!«, meinte er und hob hilflos die Hände. »Da kann man nix machen, das ist Schicksal –«

»Schicksal?«, heulte Margret auf. »Mein Bub tot! Das soll Schicksal sein?«

Dionys legte einen Arm um sie. »Ich glaub, wir sollten den Doktor holen, er kann dir was geben, zur Beruhigung.«

»Ich brauch keinen Doktor«, stieß Margret hervor, doch der Polizist hatte bereits die Nummer gewählt.

»Der Doktor Schrott kommt gleich!« Er sah zu Carina hin, die mit aufgerissenen Augen dasaß, keines Wortes mächtig. Sie hatte noch immer nicht verstanden, dass ihr Hubertus tot sein sollte! Der Mann, den sie in einigen Wochen heiraten wollte! Ganz still saß sie da und plötzlich kippte sie vom Stuhl.

Als sie zu sich kam, lag sie auf der Bank. Der treue Dionys saß auf einem Schemel neben ihr.

»Da bist ja wieder«, meinte er, als Carina die Augen öffnete. »Hast mir einen Riesenschrecken eingejagt, Mädl! Der Doktor ist bei der Margret, er soll gleich noch zu dir kommen, gell?«

Carina sah ihn stumm an, und endlich, als ihr bewusst wurde, was geschehen war, flossen die Tränen.

»Hubertus, mein Hubertus!«, wimmerte sie.

Dionys strich ihr mit seinen schwieligen Händen sanft übers Gesicht, auch ihm liefen die Zähren über sein zerfurchtes Gesicht.

Carina konnte sich später nicht erinnern, wie sie die erste Nacht ohne Hubertus verbracht hatte, sie hörte Margret im Haus herumgeistern, doch sie fühlte sich zu elend und schwach, um zu ihr hinunterzugehen.

Am nächsten Tag kamen die Polizisten wieder.

»Die Kripo hat sich eingeschaltet, zur Klärung des Unfallhergangs. Der Jörg Reitinger ist daheim, die Kriminaler vernehmen ihn. Er ist noch ganz durcheinander«, berichtete Mart Högler. »Übrigens, Margret, ich hab dem Pfarrer Riedl Bescheid gesagt, er kommt heute Nachmittag rauf zu euch!«

»Der Pfarrer!«, rief Margret aus. »Will der mir die Geschichte vom lieben, gnädigen Gott erzählen, der mir innerhalb von drei Jahren meinen Mann, den Vater und jetzt noch das einzige Kind genommen hat? Diese Sprüche kann er sich sparen!«

Dionys legte ihr begütigend die Hand auf den Arm. »Red nicht so daher, Margret. Außerdem wird er auch kommen, um die Beerdigung zu besprechen. Es muss halt sein!«

Margret nickte stumm, Tränen hatte sie keine mehr.

Carina saß schweigend dabei, sie war verstummt seit der Nachricht von Hubertus' Tod.

Die Kunde von dem schrecklichen Unglück hatte sich in Windeseile im Dorf herumgesprochen.

»Mein Gott, so was Schlimmes! Wie hat das nur passieren können?«, fragte die eine die andere.

Die schüttelte ratlos den Kopf. »Ein solches Unglück, die arme Margret!« Dann setzte sie leise hinzu: »Ich hab g'hört, dass die Kripo bei den Reitingers ein- und ausgeht.«

»Die werden den Jörg befragen, wie das passiert ist.«

»Aber die Kripo, die kommt doch nur, wenn es Mord gewesen ist«, flüsterte die zweite.

»Willst du sagen, dass der Jörg –?«, wisperte die eine.

»Ich hab nix g'sagt!«, wehrte die andere erschrocken ab.

»Hm, aus enttäuschter Liab' ist schon manches passiert!«, gab die eine zu bedenken.

»Und die Italienische, was macht die jetzt?«

Die andere zuckte mit den Schultern. »Ich weiß nicht, vorerst haust die Margret mit ihr und dem Wurmanstätter-Dionys droben am ›Schlossberg‹. Die Wirtschaft ist zu, und das Osterfest wird ausfallen!«

»Weiß man schon, wann die Beerdigung vom Hubertus ist?«

»Die Leich' ist noch nicht freigegeben. Aber vor Ostern auf alle Fälle noch, heißt es.«

»Des wird eine große Leich' werden! Mindestens so groß wie vor drei Jahren bei seinem Vater!«, nickte die eine anerkennend. »So was gibts nicht alle Tage in Gmain!«

Hubertus' Bestattung war für den Mittwoch vor Ostern angesetzt, denn mit dem Gründonnerstag begannen die Feierlichkeiten zum Osterfest, da war kein Platz für Beerdigungen. Die wenigen Tage bis dahin waren ausgefüllt mit den Vorbereitungen für die Beisetzung, Gesprächen mit dem Pfarrer und Herrn Dehner vom Beerdigungsinstitut.

Im Krankenhaus, wohin Martl Höger sie fuhr, sprachen Margret und Carina mit dem Arzt und Leichenbeschauer. »Es war ein Schuss von unten, seitlich in den Kopf, aus unmittelbarer Nähe, wie aufgesetzt. Er muss sofort tot gewesen sein. Er musste nicht leiden, wenn Ihnen das ein kleiner Trost ist«, sagte der Arzt mitfühlend. »Mehr kann ich Ihnen nicht sagen, liebe Frau Gmainer. Alles andere ist Sache der Polizei.«

Als Margret und Carina den Toten sehen wollten, riet ihnen Herr Dehner, der Bestatter, ab. »Wir haben getan, was wir konnten, aber es ist kein schöner Anblick. Behalten Sie ihn besser so im Gedächtnis, wie er zu Lebzeiten war.«

»Nein!« Ich will ihn noch mal sehen«, widersprach Carina.

Doch auch der Arzt schüttelte den Kopf. »Ersparen Sie es sich, es ist besser so!«

Sie fügte sich, doch später bereute sie es heftig. So hatte sie nicht einmal Abschied von ihrer großen Liebe nehmen können.

Am »Schlossberg« war es still geworden, nur Lukas, der Hund, winselte und jammerte, bis ihn Carina ins Haus holte und hinauf in Hubertus' Zimmer ließ. Da lag er und wartete geduldig auf seinen Herrn, der nie mehr kommen würde. Die Gastwirtschaft war geschlossen und würde es – vorerst – bleiben.

Carina und Margret wandelten mit schmerzerfüllten Mienen durchs Haus, verrichteten die wenige Arbeit, die zu tun war, wie in Trance. Carina versuchte, mit Margret ins Gespräch zu kommen, doch die war wie versteinert, abweisend und still. So blieben ihr nur Dionys, dem sie ihr Leid klagen konnte, und Pia, die kam, so oft es ihr möglich war. Sie warteten auf Jörg, der ihnen berichten sollte, was geschehen war, doch Jörg kam nicht.

Am dritten Tag hielt es Carina nicht mehr länger aus. »Ich geh' hinunter zu den Reitingers und red' mit dem Jörg. Ich will endlich wissen, was geschehen ist!«

Margret nickte nur müde.

Als Carina bei den Reitingers läutete, öffnete Andrea die Tür und umarmte die junge Frau. »Es tut mir so leid, Carina!« Tränen des Mitleids standen ihr in den Augen.

»Ich will mit dem Jörg reden. Wir müssen wissen, was passiert ist!«, machte sich Carina ungeduldig frei.

»Das versteh' ich. Hier ist die Hölle los, sag' ich dir! Der Jörg ist fix und fertig, hockt nur noch in seinem Zimmer. Zwei Mal war die Kripo schon da und fragt und fragt. Er hat doch längst alles gesagt! Die Mutter dreht uns noch durch!« Sie nahm Carina an der Hand. »Komm rein!«

Sie gingen in die Küche, wo Maria Reitinger am Herd stand, ihr Mann saß auf der Eckbank und las die Zeitung.

»Maria, Carina ist da, sie will mit dem Jörg reden!«

Frau Reitinger drehte sich um. Carina erschrak, als sie das blasse, verhärtete Gesicht der Frau sah. »Was will sie? Der Jörg hat alles gesagt! Die Kripo weiß alles, da soll sie fragen.«

»Aber geh', Maria!« Franz-Josef Reitinger stand schwerfällig auf. »Das ist doch nur natürlich, dass sie es aus erster Hand erfahren will. Schließlich war sie dem Hubertus seine Verlobte.« An Carina gewandt, fragte er: »Wie geht es der Margret?«

Die sah ihn traurig an. »Sie spricht nichts mehr, ist wie versteinert vor Schmerz! Der Dionys und ich finden kaum mehr Zugang zu ihr.«

Franz-Josef nickte bekümmert: »Das versteh' ich nur zu gut. Das war alles zu viel für die arme Frau. Drei Todesfälle in drei Jahren, und jetzt noch der Hubertus! Andrea, sei so gut und führ die Carina hinauf zum Jörg!«

Andrea klopfte an die Tür eines Zimmers im ersten Stock. »Jörg? Die Carina ist da, sie will mit dir reden!«

Jörg öffnete die Tür. Er war blass, ungepflegt und unrasiert, die Haare standen noch störrischer als sonst von seinem Kopf ab.

Carina betrat den Raum. Er sah aus wie ein Jugendzimmer, nicht wie das eines Erwachsenen. Ein Bett, ein Schrank, ein Schreibtisch, an den Wänden Plakate von einer Musikband und Fußballern. Jörg ließ sich auf der Bettkante nieder, und Carina setzte sich neben ihn.

»Jörg! Was ist geschehen? Wir haben so lang gewartet, dass du kommst, du musst uns sagen, wie es passiert ist! Die Margret kommt um vor Verzweiflung, und ich auch. Wir können uns das nicht erklären!« Sie sah ihn eindringlich an.

Er ließ den Kopf hängen. »Ich konnte einfach nicht, Carina! In den nächsten Tagen wäre ich rauf zu euch, noch vor der Beerdigung, glaub mir.«

»Was ist passiert? Wir haben gehört, es war ein Kopfschuss! Wie kann das sein?«, fragte sie nachdrücklich.

Jörg stützte müde den Kopf in die Hände. »Wir sind hinauf auf den Rosskopf, der Hubertus wollte den kranken Bock sichten und schießen. Es ist noch verschneit da droben und stellenweise recht eisig. Als wir droben auf der Schneid waren, hat Hubertus eine Spur gesehen und der sind wir nach, er voraus, ich hinterher. Plötzlich ist er stehen geblieben und hat mir zugeraunt, der Bock wär in der Fichtenschonung. Ich hab geschaut, aber ich hab' nichts gesehen. Hubertus hat mir ein Zeichen gegeben, stehen zu bleiben. Er hat sein Gewehr abgenommen und ist zu der Schonung geschlichen. Dann hab ich nur noch gesehen, wie er auf einer Eisplatte ausgerutscht und gefallen ist, er war aus meinem Blick verschwunden, zugleich knallt ein Schuss, und ich seh' den Bock davonspringen.« Er fing an zu schluchzen. »Ich … ich bin zu ihm hingerannt, da lag er, auf dem Rücken, und um ihn eine riesige Blutlache.«

»Was dann?«

»Ich hab seinen Kopf im Schoß gestützt, er hat mich noch angeschaut, aber nichts mehr gesagt. Im nächsten Moment war er tot.« Jörg fing lautlos zu weinen an.

»Und weiter?«

»Dann hab ich aus meinem Rucksack mein Handy genommen, aber vermutlich habe ich keinen Empfang gehabt. Ich muss ein Stück hinaufgegangen sein und von dort telefoniert haben, ich weiß es nicht mehr.«

»Was heißt das, du weißt es nicht mehr?«

»Ich war so durcheinander. An der Unfallstelle waren mehrere Fußspuren, hinauf zum Rosskopf und zurück, das hat die Polizei festgestellt. Das muss ich gewesen sein, um zu telefonieren.«

Er sah sie verzweifelt an. »Deshalb kommt die Kripo, weil sie das klären wollen!«

»Haben die dich etwa ... im Verdacht, etwas damit zu tun zu haben?«, fragte Carina erschrocken.

Jörg schluckte. »Ich hoffe es nicht, aber sie kommen immer wieder, stellen immer wieder die gleichen Fragen!« Er schwieg erschöpft.

Carina ließ sich Jörgs Schilderung durch den Kopf gehen. »Ich frag mich, wie es zu dem Kopfschuss kommen konnte! War außer euch noch jemand am Berg?«

Jörg schüttelte den Kopf. »Nicht, dass ich wüsste, ich hab niemanden gesehen. Und – wer hätte dem Hubertus Böses antun wollen?«

»Vielleicht aus Versehen, vielleicht ein Wilderer?«

Jörg verzog das Gesicht zu einer Grimasse, schüttelte den Kopf. »Nein! Aus Versehen kann das nie passiert sein, wir waren ja im Freien, man hatte volle Sicht auf uns, und Wilderer gibt es bei uns schon lange nicht mehr, das hätte mir der Hubertus längst erzählt!«

»Aber wie ist es dann abgelaufen?«

»Das frag ich mich auch immer wieder, immer wieder denke ich darüber nach. Ich kann es mir nur so erklären, dass der Hubertus das Gewehr entsichert hatte und sich beim Sturz ein Schuss gelöst hat. Das hab ich auch den Kriminalern so gesagt.«

»Und? Was meinen die?«
»Es wird erst noch ein ballistisches Gutachten erstellt, das dauert noch ein paar Tage. Ich hoffe, dass sich damit alles erklärt.«
Carina nickte stumm.
»Aber den Hubertus bringt das auch nicht mehr zurück!« Jörg begann wieder zu schluchzen.
Carina spürte, wie es ihr den Hals zuschnürte, und sie legte den Arm um Jörg. »Es wird sich alles klären, ganz bestimmt!«, versuchte sie ihn zu beruhigen, obwohl ihr selbst elend zumute war.
Er lehnte den Kopf an ihre Schulter. »Wie geht es euch droben am ›Schlossberg‹, und wie geht es dir?«
»Frag lieber nicht. Wir sind völlig verzweifelt, können es nicht fassen! Die Margret, die ist ganz verändert, spricht nicht mehr, ist die meiste Zeit in ihrem Zimmer.«
Jörg seufzte tief.
»Ich geh' wieder, Jörg. Ich werde der Margret alles erzählen.«
»Ja, mach das! Und sag ihr Grüße von mir. Irgendwann komm ich rauf zu euch!«
»Die Margret wartet auf dich, Jörg.« Er schüttelte nur den Kopf.
Als Carina das Haus der Reitingers verließ, sah sie zwei Männer im Flur, offensichtlich Kriminalbeamte, denn die Maria Reitinger redete

erregt auf sie ein: »Was wollen Sie schon wieder von ihm? Er hat doch alles gesagt!«

»Wir haben nur noch ein paar Fragen, Frau Reitinger!«, gab der eine zurück.

Sie stieß einen unwilligen Ton aus. »Wird gut sein, wenn er bald weg ist, der Bub!«

Die Beamten horchten auf. »Wohin weg?«

»Er geht wieder nach Saudi-Arabien, zu seiner Arbeitsstelle. Ist auch besser so!« Die Beamten warfen sich einen schnellen Blick zu.

Nachdem die Polizisten Jörg erneut einige Fragen gestellt hatten, meinte der eine: »Ihre Mutter hat gesagt, Sie würden abreisen, nach Saudi-Arabien?«

Jörg sah überrascht auf. »Mein Urlaub ist zu Ende, das stimmt. Aber ich bin nicht sicher, was ich machen werde.«

»Wir müssen Sie bitten, auf alle Fälle hierzubleiben, bis das ballistische Gutachten erstellt ist. Das wird noch etwas dauern. Klären Sie das mit Ihrem Arbeitgeber!« Jörg nickte.

Am Tag von Hubertus' Beerdigung war der Himmel verhangen, es nieselte leicht. Für Ostern war kein schönes Wetter in Sicht, doch das kümmerte die Leute vom »Schlossberg« nicht.

Es kamen so viele Menschen zur Beisetzung, dass der kleine Dorffriedhof sie nicht fasste und sie bis hinaus zur Straße standen. Das gesamte Dorf war gekommen. Abordnungen sämtlicher

Vereine, allen voran die Jägerschaft, gaben dem Toten die letzte Ehre.

Der Pfarrer hielt eine anrührende Rede, die Vereine schwenkten die Fahnen, die Schützen ließen ihre Böllerschüsse knallen, und Herr von Donnersberg, der mit seinen Jagdfreunden gekommen war, hielt eine letzte bewegende Dankesrede und legte einen letzten Bruch auf Hubertus' Sarg. Dann spielte einer der Jäger auf dem Jagdhorn ein letztes Halali für den Verstorbenen.

Dionys hatte fürsorglich einen Stuhl für Margret mitgebracht, da saß sie nun und schaute stumm in das offene Grab ihres Sohnes. Carina in ihrem schwarzen Mantel stand daneben, schmal und gebeugt.

Als der Sarg hinabgesenkt war, traten der Reihe nach alle ans Grab und warfen Blumen oder eine Schaufel Erde hinab. Scheu, voller Mitleid, sahen sie auf die trauernden Frauen. Der Pfarrer hatte im Auftrag der Familie gebeten, von Mitleidsbezeigungen am Grab abzusehen, und Dionys wachte wie ein Schießhund, dass niemand den beiden zu nahe kam.

Herr von Donnersberg blieb bis zum Schluss, ihm erlaubte Dionys, mit Margret zu sprechen.

»Wenn ich Ihnen irgendwie helfen kann, liebe Frau Gmainer, lassen Sie es mich wissen«, sagte er mitfühlend.

»Mir kann keiner mehr helfen«, murmelte Margret, gab ihm zum Abschied müde die Hand.

»Und Sie, liebe Carina? Wie wird es weitergehen? Bleiben Sie im ›Schlossberg‹? Ich will es doch hoffen!«

Die junge Frau sah ihn verständnislos an. Darüber, wie es weitergehen sollte, hatte sie sich noch keinerlei Gedanken gemacht.

Drunten in Gmain war die Trauergemeinde beim »Postwirt« eingekehrt.

»Ist die Margret nicht beim Leichenschmaus?«, fragte die eine und suchte in der Trauergesellschaft nach ihr.

»Ich hab sie nicht g'sehen, und auch die Italienische nicht!«, gab die andere zurück.

»Des g'hört sich aber nicht«, entrüstete sich erstere.

»Aber geh! Ich kann sie gut verstehen, die Margret. Zahlen wird sie schon für das Essen.«

»Ich hoff's! Hast du die Reitinger-Maria gesehen auf der Beerdigung? Ich hab nur die anderen Reitinger'schen gesehen! Jetzt, zum Essen, sind's nicht mehr da.« Wieder spähte sie neugierig über die versammelte Trauergemeinde.

»Na, wo die Kripo bei denen ein- und ausgeht. Da tät ich auch nicht kommen, wenn mein Sohn unter Mordverdacht steht!«

»Der Jörg war da, ganz hinten ist er g'standen. Immerhin ist noch nix erwiesen!«

In dem Moment trat Dionys Wurmanstätter, in einen soliden Trachtenanzug gekleidet, vor die

Trauergäste. Nach ausführlichem Räuspern las er in gestelzten Worten von einem Zettel ab:

»Frau Gmainer und Frau Tornelli bitten um Verständnis, dass sie an der Trauerfeier nicht teilnehmen können. Sie bitten Sie alle zum Mahl. Vergelt's Gott für Ihre Teilnahme!« Er räusperte sich wieder und setzte sich umständlich und verlegen an den Tisch zu Herrn von Donnersberg.

»Da schau an, der Wurmanstätter-Dionys«, nahm die eine ihr unterbrochenes Gespräch mit der anderen wieder auf. »Der hat sich gut g'macht, sogar eine Rede hat er gehalten – und erst der schöne Anzug, den er anhat!«

»Der ist garantiert vom Hannes Gmainer, dem verstorb'nen Mann von der Margret. Der Dionys ist jetzt der Hausknecht droben beim ›Schlossberg‹.«

»Des wird gut sein, dass ein Mann droben ist, jetzt, wo der Hubertus nimmer ist.«

»Ja, ja, das ist ein Jammer!« Die andere schnupperte in die Luft. »Was gibt's denn zum Essen?«

»Einen Schweinsbraten, glaub ich.«

»Ja, den kann er am besten, der Postwirt, wenn er sonst nicht viel kann!«, pflichtete ihr die andere bei und widmete sich eifrig ihrem Essen und ihrer Halben Bier, welches die Bedienung gebracht hatte.

Margret und Carina fuhren nach der Bestattung mit Pia hinauf auf den »Schlossberg«, gefolgt von Carinas Eltern und Gianni, die zur Beerdigung von Hubertus aus Meran angereist waren. Margret zog sich gleich in ihr Zimmer zurück, Pia fuhr ins Hotel zur Abendschicht. Carina saß mit ihren Eltern und Gianni in der Küche, erschöpft von den Anstrengungen des Tages.

»Wie wird es denn hier weitergehen?«, fragte jetzt auch ihre Mutter. »Was wirst du machen, Carina? Wird das Gasthaus weitergeführt werden von Hubertus' Mutter?«

Carina zuckte ratlos mit den Schultern. Sie wusste es nicht.

»Du weißt, dass du immer nach Hause kommen kannst, nicht wahr?«

»Ich weiß, Mama, aber ich kann Margret in ihrem Kummer nicht alleine lassen! Hubertus würde erwarten, dass ich bei ihr bleibe, das weiß ich! Lass uns einfach abwarten, wie es weitergehen wird. Jetzt bin ich zu müde, um darüber nachzudenken.«

Als sich die Eltern verabschiedet hatten, ging sie hinauf in ihr Zimmer. Im Haus war es totenstill. In ihrem Kopf war bleierne Leere, sie konnte keinen Gedanken fassen, fühlte sich verlassen und ausgelaugt.

Stunden später hörte sie Dionys kommen und in seine Kammer gehen. Die Anwesenheit des alten Mannes war ein kleiner Trost für sie, mit ihm konnte sie wenigstens noch sprechen; Margret hatte sich gänzlich in sich zurückgezogen.

Auch die nächsten Tage ließ sich Margret kaum blicken, verbrachte die meiste Zeit in ihrem Zimmer und aß kaum etwas von dem, was die junge Frau gekocht hatte.

»Ich hab Angst um Margret, Dionys!«, meinte Carina zu dem Alten. »Ich weiß nicht mehr, was ich machen soll mit ihr. Wie soll es denn hier weitergehen, ohne Hubertus?«

Unbeholfen streichelte er ihren Arm. »Ich weiß es auch nicht, Mädl, irgendwie wird's gehen, es braucht seine Zeit. Aber wegen der Margret mache ich mir auch Sorgen. Es war alles zu viel für sie in den letzten Jahren. Die arme Frau!«

»Ich denke, ich sollte Doktor Schrott noch mal herholen, vielleicht kann er Margret helfen.«

Als Doktor Schrott kam, mit Margret gesprochen und sie untersucht hatte, meinte er nachdenklich: »Sie leidet an gebrochenem Herzen, ich fürchte, sie rutscht in eine tiefe Depression oder entwickelt eine Psychose mit Wahnvorstellungen. Sie spricht merkwürdige Sachen. Ich mache mir ernsthaft Sorgen um sie.« Er stellte ein Rezept aus und gab es Carina. »Sorgen Sie dafür, dass sie das nimmt! Wie geht es Ihnen denn?«

Sie sah ihn traurig an. »Ich vermisse den Hubertus. Es wäre gut, wenn wir, also die Margret und ich, uns gegenseitig trösten könnten, aber so …«

»Das regelt sich, liebe Carina. Sie alle brauchen Zeit. Melden Sie sich, wenn es mit Frau

Gmainer nicht innerhalb einer Woche besser wird, dann muss man eventuell an eine stationäre Behandlung denken.«

Wenn Carina nicht Dionys und Pia gehabt hätte, sie hätte in ihrem eigenen Kummer wohl nicht die Kraft gefunden, sich um die kranke Margret zu kümmern.

Ostersamstag. Endlich war der trübe Karfreitag vorbei, heute Nacht würde in der Kirche die Auferstehung Christi gefeiert werden. Carina mochte diese Feier im ganzen Kirchenjahr am liebsten, lieber noch als Weihnachten mit dem ganzen Aufwand und Konsum, mit dem dieses Fest inzwischen verbunden war.

»Margret, willst nicht mit mir hinunter zur Osterfeier? Sie beginnt heuer um 3 Uhr und dauert bis Sonnenaufgang. Wir können eh' nicht schlafen. Glaubst nicht, dass uns das guttun würde?« Sie war in das Zimmer der Wirtin gegangen, wo diese wie so oft matt im Bett lag, und hatte Margrets Hand genommen.

Die Ältere winkte müde ab. »Ich kann mit dem Herrgott und der Kirche nichts mehr anfangen nach allem! Und Leute will ich keine sehen. Geh allein, wenn es dich freut!« Sie zog ihre Hand weg und drehte sich zur Wand.

So machte sich Carina in der Nacht allein auf, hinunter nach Gmain. Es hatte aufgehört zu regnen und aufgeklart.

Als sie in der Kirche ankam, hatte sich die Gemeinde bereits im spärlich von wenigen Kerzen erleuchteten Gotteshaus eingefunden. Das sollte die Dunkelheit symbolisieren, in der sich die Christen nach dem Tod Jesus befanden.

Als Carina den Mittelgang entlangging, spürte sie die neugierigen Blicke der Leute im Rücken. Sie drückte sich schnell in eine Bank auf der Seite der Frauen.

Gerade noch rechtzeitig war sie gekommen, bevor der Pfarrer unter dem dreimaligen Ausruf »Christus, das Licht der Welt« mit der Osterkerze in die Kirche kam und zum Altar schritt.

Carina hatte auch eine Kerze mitgebracht und entzündete diese an der des Ministranten, der von Bank zu Bank ging, um den Gläubigen das Osterlicht zu bringen, das er an der Osterkerze entzündet hatte. Dann reichte sie die Flamme an die Kerze ihrer Nachbarin in der Bank weiter.

Als nach den Lesungen und abschließender Oration das »Gloria« erklang, alle Altarkerzen angezündet waren, die Kirche hell erstrahlte und die Glocken zur Feier der Auferstehung des Herrn erstmals nach Tagen wieder läuteten, war Carina so ergriffen, dass sie laut aufschluchzte. Der Druck in ihrer Brust, den sie seit Tagen spürte, wurde so stark, und der Geruch des Weihrauchs, der die Kirche erfüllte, verursachte ihr Schwindel und Übelkeit, dass sie es nicht länger aushielt. Sie stieg aus der Bank, kniete flüchtig nieder und ging schnell, mit gesenktem Kopf, hinaus. Es war ihr egal, was die Leute denken würden.

Draußen, an der frischen Luft, atmete sie tief durch, füllte die Lungen mit der klaren, frischen Luft; dann ging sie langsam durch die Grabreihen zu dem Familiengrab der Gmainers, in dem nun ihr Hubertus lag, und blieb in stiller Andacht stehen. Plötzlich hörte sie Schritte auf dem Kies hinter sich. Als sie sich umdrehte, sah sie Jörg kommen.

Still standen sie zusammen am Grab, und als Carina leise zu weinen begann, legte Jörg tröstend den Arm um sie.

»Ich bring dich heim«, sagte er nach einer geraumen Zeit leise. Sie nickte und ließ sich von ihm aus dem Friedhof führen.

Langsam gingen sie die Straße entlang, hinauf zum »Schlossberg«. Die Wolken hatten sich verzogen, und der nächtliche Sternenhimmel glänzte über ihnen, doch Carina hatte keinen Blick für diese Herrlichkeit.

Als sie um die Wegbiegung kamen, von der aus man das Gasthaus sehen konnte, blieben die beiden stehen. Das Haus droben auf der Anhöhe lag im Dunkeln, kein Licht war mehr zu sehen.

»Mir ist so bang ums Herz, Jörg! Ich weiß nicht, was werden wird. Die Margret macht mir

Angst. Kannst nicht endlich einmal raufkommen und mit ihr reden? Vielleicht hilft ihr das!« Sie sah ihn flehentlich an.

»Ich komm' in den nächsten Tagen. Ich muss erst selbst stabiler werden, Carina! So bin ich keine Hilfe.«

Sie nickte, und er nahm sie tröstend in die Arme. »Es wird alles gut werden, irgendwann«, murmelte er.

Kurz wurden sie vom Lichtkegel eines Autos, das den Berg hinauffuhr, erfasst.

»Ich bring dich noch nach oben, ich will nicht, dass du in der Nacht allein gehst!«

Kurz vor der Abzweigung zum Haus hielten sie wieder inne.

»Was willst du nun machen, Jörg? Bleibst du hier, für immer?«

»Ich weiß es nicht. Ich muss auf jeden Fall bleiben, bis das Gutachten fertig ist, hat die Kripo gesagt.«

»Haben sie dich immer noch im Verdacht?« Carina sah ihn besorgt an.

»Es wird sich alles klären, da bin ich sicher!«

»Ich will es hoffen! Also, gute Nacht – und danke, dass du mich begleitet hast.«

Jörg drückte sie zum Abschied an sich, strich ihr übers Haar. »Mach's gut, Carina!«

Das Auto, das kurz zuvor den Berg hinaufgefahren war, kam zurück und fuhr langsam an ihnen vorbei.

»Du hast recht, das sind sie!«, sagte der Mann am Steuer zu seiner Frau. »Der Reitinger-Jörg und die Carina, die Verlobte vom Hubertus. Du hast dich nicht getäuscht.«

»Ich hab's doch gesagt! Der Jörg und die Carina, mitten in der Nacht, in inniger Umarmung! Das wird die Margret interessieren!«, stieß die Frau erregt hervor.

Allen Voraussagen zum Trotz war am Ostersonntag schönes Wetter, Carina sah sehnsüchtig zum Fenster hinaus, hinunter nach Gmain. Wie schön wäre dieser Tag mit Hubertus im »Schlossberg« gewesen! Liebevoll hatte sie dennoch das Haus österlich dekoriert. Jetzt lag ein trauriger, einsamer Tag vor ihr.

Da rief Pia an. »Sag, willst nicht heute zu mir kommen? Du musst mal raus aus diesem Trauerhaus. Ich hab mir heute freigenommen. Wir könnten einen Spaziergang an der Traun entlang machen, bei dem schönen Wetter, und irgendwo essen gehen!«

Carina zögerte. »Ich weiß nicht, die Margret ...«

»Komm, denk auch an dich, Carina! Abends bist du wieder zurück.«

»Gut, ich komme, wenn die Margret nichts dagegen hat.«

»Geh nur, geh«, meinte diese müde, als Carina sie fragte, und fügte hinzu: »Wenn's dir Spaß macht!«

Als Carina in Hubertus' Geländewagen einstieg, zog sich ihr Innerstes zusammen, so gegenwärtig war er ihr hier. Auf der Rückbank sah sie seinen Wetterfleck liegen, im Kofferraum wusste sie seine Jagdtasche und seine Filzstiefel. Sie weinte beim Fahren, bis sie nach einer knappen Stunde in Traunstein ankam.

Schnell fand sie nach Pias Beschreibung das kleine »Landhotel Reimann«, das am Ufer der Traun lag.

Pia kam ihr mit besorgtem Blick entgegen.

»Geht's dir so schlecht heute?«, fragte sie teilnahmsvoll, als sie die verweinte Freundin sah. »Komm mit rein, ich muss noch kurz etwas mit Herrn Reimann besprechen.«

An der Rezeption stand Herr Reimann, ein gut aussehender Mann in den Fünfzigern.

»Darf ich Ihnen meine Freundin, Frau Tornelli, vorstellen?«, wandte sich Pia an ihn.

Herr Reimann sah auf und bemerkte Carinas verweintes Gesicht. Er kam hinter der Theke hervor und schüttelte ihr die Hand. »Ich hab von Pia gehört, welcher Schicksalsschlag Sie getroffen hat, Frau Tornelli«, meinte er Anteil nehmend.

»Ich habe Hannes Gmainer gut gekannt, durch die Hotel- und Gastwirtsvereinigung hier im Chiemgau. Er war ein stattlicher Mann, der geborene Wirt, wie er im Buche steht. Es war schrecklich damals, als er so plötzlich gestorben ist. Und nun auch noch das! Es tut mir schrecklich leid für Sie und für Frau Gmainer. Kann man denn irgendwie helfen? Hannes Gmainer hat mir vor Jahren einmal in einer Notlage mit Rat und Tat beigestanden, ich würde mich gern revanchieren.«

Carina schluckte, und bevor sie noch antworten konnte, kam Frau Reimann in die Halle, eine aparte Blondine in einem schönen Dirndl.

»Paul«, rief sie tadelnd. »Halte doch die beiden jungen Frauen nicht auf bei diesem schönen Wetter!«

Sie bemerkte ebenfalls Carinas verweintes Gesicht und sah fragend ihren Mann an.

»Beate, das ist Frau Tornelli, Pias Freundin. Du weißt doch, die Sache mit dem Hubertus Gmainer!«

»Oje!« Frau Reimann trat auf Carina zu und gab ihr die Hand. »Es tut uns entsetzlich leid, was da geschehen ist. Wie geht es Frau Gmainer?«

Carina schüttelte nur stumm den Kopf, brachte nichts heraus.

»Gehen Sie mit Pia aus und lenken Sie sich ab, Frau Tornelli. Vielleicht hilft Ihnen das ein bisschen, nicht wahr? Und wenn wir Ihnen irgendwie beistehen können, lassen Sie es uns durch Pia wissen!«

»Sie sind nett, die Reimanns, nicht wahr?«, meinte Carina, als sie mit Pia hinunter an den Fluss ging.

»Das sind sie, ich fühle mich richtig wohl bei ihnen. Da hatte ich großes Glück!«

Sie setzten sich in der warmen Frühlingssonne auf eine Bank, sahen auf den dahinfließenden Fluss und beobachteten die Enten, die im Fluss schwammen und gelegentlich mit dem Kopf untertauchten, um einen Wurm oder Ähnliches zu fangen. Die Ruhe und der Frieden hier am Fluss taten Carina gut – ebenso, sich endlich einmal all ihre Sorgen und ihren Kummer von der Seele reden zu können.

Als sie mittags bei einem Italiener einkehrten, draußen im Garten bei Spaghetti und einem Glas Wein saßen, sich in ihrer Heimatsprache Italienisch unterhielten, fühlte sich Carina zum ersten Mal seit Hubertus' Tod etwas besser und lachte sogar über Pias Scherze und kleine Geschichtchen aus dem Hotel.

Als sie am späten Abend zum »Schlossberg« hinauffuhr, verschwand jedoch die gelöste Stimmung des Tages. Als sie das Haus erblickte, das im Dunkeln vor ihr lag, senkten sich Kummer und Sorgen wie eine zentnerschwere Last auf sie.

Als sie die große Diele betrat, bemerkte sie sofort die Veränderung: Die gesamte fröhliche Osterdekoration, die sie mit viel Liebe angefertigt hatte, war verschwunden. Kahl lag die Diele vor ihr. Sie öffnete die Tür zum Gastraum und zur Jägerstube: Überall das Gleiche, alles war weg!

Im hinteren Teil des Hauses hatte Margret ihr Schlafzimmer. Ein schwacher Lichtschein drang unten durch die Tür, die Wirtin war also noch wach.

Einen Moment lang verharrte Carina davor, überlegte, ob sie klopfen sollte, dann ging sie nach oben in ihr Zimmer, warf sich auf ihr Bett und weinte. Warum hatte Margret das gemacht? Wie sollte es nur weitergehen hier am »Schlossberg«?

Als sie am Morgen in die Küche kam, saß Margret mit einer Tasse Kaffee am Tisch, sie hatte nicht wie üblich den Frühstückstisch für alle gedeckt. Auf Carinas Morgengruß antwortete sie mit einem unbestimmten Knurren.

Carina schenkte sich eine Tasse Kaffee ein, bestrich ein Brot mit Butter und Marmelade und setzte sich zu Margret.

»Wie geht's dir heute?«

Die warf ihr einen undefinierbaren Blick zu.

»Hast du die Osterdekoration weggemacht?«, fragte Carina.

»Ja, hab ich!«

»Und warum? Es hat dir doch gefallen – und dem Hubertus auch«, entgegnete Carina enttäuscht.

»Solchen Firlefanz brauchen wir nicht im ›Schlossberg‹, und jetzt sowieso nicht mehr!«, brach es aus Margret heraus.

»Wie meinst du das?« Carina sah überrascht auf.

»So, wie ich es gesagt hab!«
»Und wo hast du die Sachen hingetan?«
»Dahin, wo sie hingehören: in den Müll!«

Carina fühlte, wie sich ihre Augen mit Tränen füllten. Sie trug das Geschirr zur Spüle, spülte es ab, dann ging sie hinaus zur Mülltonne. Tatsächlich: Da lagen all die schönen Sachen, die Eier, Körbe, Hähnchen, Hasen und Hühner unter einem Beutel mit Küchenabfällen in der stinkenden Tonne! Sie beugte sich hinab, um zu retten, was zu retten war.

Als sie kopfüber in der Tonne hing, kam Dionys. »Was suchst du denn da drin, Carina?«, lachte er leise.

Carina tauchte mit erhitztem Gesicht auf. »Margret hat alle meine Dekorationen in die Tonne geworfen«, klagte sie vorwurfsvoll. »All die schönen Sachen!« Bekümmert sah sie den Dionys an.

»Ich hab gesehen, wie sie gestern alles abgeräumt hat, aber gleich alles in die Tonne werfen.« Er schüttelte den Kopf. »Wart', ich hol' einen Karton und helf dir!«

Als sie mit dem gefüllten Karton über den Hof gingen, um ihn in einem der Lagerräume zu verstauen, sah Carina aus dem Augenwinkel, wie sich drinnen in der Küche ein Vorhang bewegte. Margret beobachtete sie!

»Ich weiß nimmer, was ich tun soll mit ihr. Sie macht mir richtiggehend Angst.«

Dionys nickte zustimmend, er erzählte ihr lieber nicht, wie böse und verächtlich sich Margret gestern über Carina geäußert hatte. Er verstand sie nicht mehr, auch er machte sich Sorgen um den veränderten Gemütszustand der Frau.

Am Nachmittag, als Carina von einer kleinen Wanderung zurückkam, stand ein ihr unbekanntes Auto auf dem Parkplatz. Wer konnte das sein?

Drinnen, bei Margret in der Küche, saßen zwei Männer. Carina erkannte sofort die beiden Kriminalbeamten, die sie bei den Reitingers gesehen hatte.

»Da kommt sie«, sagte Margret. »Jetzt können Sie sie selber fragen! Sie weiß alles!« Sie stand auf und ging hinaus, ohne die junge Frau anzusehen. Carina sah ihr betroffen nach. Richtig böse hatte Margret geklungen.

»Sie sind Frau Tornelli?«, fragte der größere der Beamten. »Grasser, von der Kripo Rosenheim«, stellte er sich Carina vor, »und das ist Herr Lorenzen, mein Kollege. Wir hätten ein paar Fragen an Sie, Frau Tornelli!«

»Ja, natürlich.«

Sie ließen sich am Küchentisch nieder. Carina war völlig arglos.

»Sie waren, wie wir gehört haben, vor dem Herrn Gmainer mit dem Herrn Reitinger verlobt, stimmt das?«

»Verlobt ist zu viel gesagt«, meinte sie zögernd. »Wir waren zusammen, das stimmt. Jörg, ich meine Herr Reitinger, ging ins Ausland, und so hat sich unsere Beziehung gelöst.«

»Wie war das Verhältnis zwischen Herrn Gmainer und Herrn Reitinger, als er vom Ausland zurückkam? Immerhin hatte der seinem Freund die Verlobte ausgespannt.«

Carina bemühte sich, ruhig zu bleiben. »Hubertus hat mich ihm nicht ausgespannt, ich hatte die Beziehung zu Herrn Reitinger bereits beendet. Wenn Sie es nicht glauben, kann ich Ihnen die Mails zeigen, die ich ihm nach Dubai geschickt habe. Außerdem hatten sich die zwei hier ausgesprochen und waren weiterhin gute Freunde!«

»Mhm … Und wann haben sie den Herrn Reitinger zuletzt gesehen?«

Carina dachte nach. »Ich glaub', als ich bei seiner Familie war, um mit ihm zu reden. Da habe ich doch auch Sie gesehen.«

»Ich weiß. Was haben Sie geredet mit Herrn Reitinger?«

Carina wurde ärgerlich. »Wir hier im ›Schlossberg‹ wussten nichts Genaues darüber, wie mein Verlobter ums Leben gekommen ist, von dem Unfall meine ich! Und da bin ich zu Jörg gegangen, um ihn zu fragen. Das ist doch verständlich, nachdem er nicht hergekommen ist!«

»Und warum ist er nicht gekommen? Das wäre doch das Normalste gewesen. Wie wir wissen, ging er hier doch sonst ein und aus!«

»Das müssen Sie ihn selbst fragen, ich fand' das auch sonderbar. Er hat es mir so erklärt, dass er unter Schock stand und sich erst stabilisieren wollte.«

Die Beamten warfen sich einen Blick zu. »Und danach haben sie Herrn Reitinger nicht mehr gesehen?«

Carina stutzte, dachte nach. »Ich glaube auf der Beerdigung, aber nur von Weitem.« Dann, nach weiterem Grübeln, erinnerte sie sich. »Ach ja, in der Osternacht. Ich war in der Auferstehungsmette und bin früher gegangen, da mir nicht wohl war. Ich ging zum Grab meines Verlobten, und da kam auch Herr Reitinger. Er hat mich dann nach Hause gebracht.«

»Ist es nicht so, dass Sie früher gegangen sind, weil Sie mit Herrn Reitinger verabredet waren?«

»Was?«, empörte sich Carina. »Mir war übel von dem vielen Weihrauch, ich musste an die frische Luft. Den Jörg habe ich rein zufällig getroffen!«

»Und was haben sie gesprochen?«

»Worüber wir *gesprochen* haben?« Carina fragte sich, was diese Frage sollte. »Über den Kummer, den wir alle haben, über Margret, die Frau Gmainer, die so leidet und so weiter.«

»Hat Ihnen Herr Reitinger gesagt, dass er wieder ins Ausland will?«

Carina dachte nach, sie wusste nicht mehr, worüber sie im Einzelnen gesprochen hatten. »Ich weiß nicht, vielleicht!«

»Vielleicht?«

»Ja, ich habe ihn gefragt, was er weiter machen will, aber er wusste es nicht!«, erinnerte sie sich nun.

»Hat sie jemand gesehen bei Ihrem nächtlichen Spaziergang?«

»Das war kein *Spaziergang*!«, gab Carina ärgerlich zurück. Das Gefrage nervte sie allmählich. »Jörg wollte mich in der Nacht nicht allein zum ›Schlossberg‹ gehen lassen, deshalb hat er mich begleitet.«

»Hat Sie jemand gesehen?«

Carina hob hilflos die Hände. »Ich glaube nicht, und wenn?« Sie sah die Beamten fragend an.

»Wir haben vorerst keine Fragen mehr an Sie. Danke, Frau Tornelli.«

Als die beiden gegangen waren, suchte sie Margret auf und klopfte an deren Zimmertür.

»Margret! Was ist da los?«, fragte sie sofort, nachdem sie eingetreten war. »Warum verhören diese Kriminaler uns?«

»Sie wollen herauskriegen, wer den Hubertus umgebracht hat!«

»Umgebracht?« Alle Farbe war aus Carinas Gesicht gewichen. »Wer sagt das?«

»Ich sag' das, und ich weiß, was ich sag'!«

»Was genau weißt du, Margret?« Sie eilte hinüber zu der Frau und packte sie am Arm. »Sag' schon!«

»Es kommt alles ans Licht«, meinte diese kryptisch und sah Carina verschlagen an.

Der jungen Frau wurde ganz kalt unter diesem Blick. »Ich glaub', Margret, wir sollten noch mal den Doktor holen, vielleicht kann der dir helfen, stärkere Medikamente verschreiben –«

»Das Teufelszeug, das der verschreibt, nehm ich nicht! Ihr steckt doch alle unter einer Decke! Wenn Gerechtigkeit geschehen ist, brauch ich eh' keinen Doktor mehr«, schleuderte sie Carina entgegen.

Die flüchtete aus dem Zimmer, hinauf zu Dionys. »Dionys! Weißt du, was da los ist? Die Margret macht Andeutungen, als wäre der Hubertus ermordet worden?« Tränen liefen über ihre Wangen.

Dionys machte einen niedergeschlagenen Eindruck. »Mich haben's auch verhört, aber ich hab ihnen nix sagen können!«

»Was haben sie denn gefragt?«

»Wie sich der Hubertus und der Jörg vertragen haben – im Bezug auf dich!«

»Und? Was hast du gesagt?«

»Ich hab gesagt, dass das alles in Ordnung war, so wie ich es gesehen hab.«

Carina atmete auf. »Ich weiß nicht mehr, was ich machen soll, Dionys! Alles läuft hier verquer, und die Margret, die ist so böse zu mir, ich kann das nicht verstehen. Wir sind doch immer gut miteinander ausgekommen!«

»Zu mir ist sie auch recht bös', wenn ich ihr da widersprechen will.«

»Wir sollten morgen den Doktor holen, so kann das nicht weitergehen, das halt' ich nicht aus!«, schluchzte Carina, und Dionys nickte niedergeschlagen. Doch dazu sollte es nicht mehr kommen.

Am nächsten Morgen kam Andrea atemlos zum »Schlossberg«.

»Den Jörg haben's gestern Nacht abgeholt, in Untersuchungshaft genommen, weil sie ihn verdächtigen, den Hubertus umgebracht zu haben!«

Carina fühlte, wie ihre Knie weich wurden, sie ließ sich auf einen Stuhl fallen. »Ist das erwiesen, dass er den Hubertus umgebracht hat?«, fragte sie entsetzt.

»Nein, das noch nicht, dazu brauchen sie noch das Gutachten, aber sie fürchten, dass der Jörg ins Ausland abhaut.«

Carina war kreidebleich, sie fing den Blick Margrets auf, deren Lippen ein hämisches, böses Lächeln umspielte.

Als Andrea gegangen war, stellte Carina die Wirtin zur Rede.

»Was hast du den Beamten gestern gesagt, Margret? Hat das was mit Jörgs Verhaftung zu tun?«

Margret sah sie zornig an. »Jetzt kommt alles raus, was ihr gemacht habt!«

Carina wich vor ihrem hasserfüllten Blick zurück. »W-was heißt das? W-was haben wir denn gemacht?«, stotterte sie fassungslos.

»Umgebracht habt ihr ihn, meinen Hubertus! Weil ihr wieder beisammen seid, der Jörg und du. Die Verlobung mit dem Hubertus war nur ein Vorwand, dass du dir den Hof unter den Nagel reißen kannst, du Natter, du! Ich hab dich durchschaut, du kommst auch noch dran – dich kriegen sie auch noch, dafür sorg' ich schon!«

Carina war wie vom Donner gerührt, ihr wurde übel, als sie diese Anschuldigungen hörte.

»Ihr seid gesehen worden beim Schmusen, in der Osternacht, als ihr zusammen zum ›Schlossberg‹ gegangen seid!«, giftete Margret.

Carina fiel plötzlich das Auto ein, das zweimal an ihnen vorbeigefahren war.

»Da schaust, gell? Es gibt doch noch gerechte Leut'! Und noch was: Der Traum mit den Schlangen, der hat mir den Hubertus' seinen Tod vorausgesagt! Aber was ich dir nicht erzählt hab: Den Schlangenfraß, der ihn umgebracht hat, den hast *du* ihm kredenzt«, schrie sie und richtete ihren Finger auf Carina.

»Margret!«, stammelte diese.

»Nix ›Margret‹! Du schaust, dass'd weiterkommst! Raus aus meinem Haus, sag' ich!« Ihre Stimme überschlug sich. Sie packte einen

Schürhaken, der am Herd hing, und ging damit auf Carina los.

Die stürzte aus der Küche, hinauf in ihr Zimmer sperrte von innen ab. Sie zitterte am ganzen Körper, konnte sich nicht beruhigen, all die Anschuldigungen Margrets schwirrten durch ihren Kopf. Die Frau musste verrückt geworden sein. Nein, hier konnte sie nicht länger bleiben!

Mit bebenden Fingern griff sie zu ihrem Handy, wählte Pias Nummer. »Pia!«, rief sie voll Panik in das Telefon. »Komm schnell, hol mich ab, ich hab solche Angst!«

»Carina, was ist los? Sag!«

»Ich erzähl es dir später! Kannst mich holen, kann ich bei dir bleiben?«

»Klar! Ich bin im Hotel, aber ich komme, bleib ganz ruhig!«

Carina zitterte am ganzen Körper, sie hatte Angst, nach unten zu gehen. Nicht einmal nach Dionys traute sie sich zu suchen. Nur hier, in ihrem abgeschlossenen Zimmer, fühlte sie sich einigermaßen sicher. Sie horchte angespannt nach draußen, legte ein Ohr an die Zimmertür. Im Haus war es still. Wo war Margret? Lauerte sie ihr irgendwo auf?

Noch immer zitternd, begann sie, ihre Sachen zu packen. Im Schrank hing ihr Brautkleid, es war wie ein Traum aus einer anderen Welt, aus einer anderen Zeit.

Es dauerte eine knappe Stunde, bis Pia vorfuhr und kurz darauf an ihre Zimmertür klopfte.

»Hast du die Margret gesehen?«, flüsterte Carina ängstlich, als sie die Freundin ins Zimmer zog und sofort wieder absperrte.

Pia sah sie erstaunt an. »Nein. Was ist mit dir los? Wie siehst du überhaupt aus? Du bist ja weiß wie die Wand!«

Carinas Stimme bebte. »Die Margret hat mich hinausgeworfen. Sie sagt, der Jörg und ich hätten den Hubertus umgebracht – sie ist mit einem Schürhaken auf mich losgegangen! Ich g-glaube, sie ist v-verrückt geworden!« Carina stotterte vor Aufregung.

Pia schlug vor Schreck die Hand vor den Mund. »Um Gottes Willen, dann nichts wie weg hier!« Sie sah den gepackten Koffer und die Reisetasche. »Hast du alles?« Carina nickte. Pia sah im Schrank nach und dort noch das Brautkleid hängen.

»Das lasse ich hier«, schluchzte die Freundin.

»Nein, das kommt mit!«, sagte Pia grimmig und legte sich das Kleid über den Arm.

Vorsichtig schlossen sie auf, spähten hinaus auf den Flur und schlichen, als alles ruhig war, leise die Treppe hinunter, aus dem Haus. Margret war nicht zu sehen.

Als sie das Gepäck im Wagen verstaut hatten und einsteigen wollten, hastete Dionys über den Hof.

»Was ist los, Carina? Wo gehst du hin?«, fragte er atemlos.

»Die Margret hat sie rausgeworfen. Ich nehme sie mit!«, gab Pia zurück.

»O Gott, jetzt dreht sie total durch!«, jammerte der alte Mann.

»Du kannst mich im ›Landhotel Reimann‹ erreichen, Dionys, aber sag' das nicht der Margret!«, bat Carina ihn schluchzend. Sie war trotz aller Eile und Aufregung ausgestiegen und umarmte den alten Mann.

»Pass gut auf dich auf, Dionys. Ich glaub, die Margret ist verrückt geworden!«

Er sah sie an und nickte bekümmert. »Pass du auch gut auf dich auf, Carina!«

Als sie zurückblickte, sah sie den Alten, wie er sich mit dem Hemdsärmel über die Augen wischte. Es brach ihr fast das Herz, den »Schlossberg« verlassen zu müssen.

7

»Leg dich in mein Bett, Carina, du brauchst Ruhe! Schau, da sind ein paar Baldrianpillen. Nimm sie, damit du ruhiger wirst. Ich komme zurück, sobald ich im Hotel fertig bin, dann reden wir über alles.« Pia hatte die Freundin in ihre kleine Wohnung gebracht.

Dort lag Carina nun in deren Bett und fühlte sich, vorerst, in Sicherheit. Sie war völlig erschöpft von den Ereignissen der vergangenen Tage und noch mehr von dem Ausbruch Margrets heute. Was war bloß in diese Frau gefahren? Sie konnte doch nicht tatsächlich glauben, sie, Carina, hätte irgendetwas mit Hubertus' Tod zu tun! Und Jörg? – Konnte es wirklich sein, dass er Hubertus erschossen hatte? In ihrem Innersten war sie vollkommen davon überzeugt, dass es nicht so war, doch ein ganz kleiner Zweifel blieb. Der Gedanke daran war schrecklich, denn dann wäre sie an allem schuld!

Sie stieg aus dem Bett, holte aus dem Koffer einen Pullover von Hubertus, den sie in der Eile mit eingepackt hatte, schmiegte sich an ihn und sog den Geruch ein, der noch von Hubertus daran haftete. Erst jetzt, wo sie zur Ruhe kam, wurde ihr sein Verlust richtig bewusst. Bisher war sie viel zu beschäftigt gewesen, um zu verstehen, dass er nie mehr zurückkommen würde. Es zerriss ihr fast das Herz.

Als Pia nach zwei Stunden kam, war Carina endlich eingeschlafen, Hubertus' Pullover in den Armen. Pia sah mitleidsvoll auf ihre Freundin. Was für eine Katastrophe sie getroffen hatte, und jetzt noch Margrets Verhalten – das war zu viel!

»Ich fall dir nicht lange zur Last«, meinte Carina, als sie am Abend zusammensaßen. »Ich werde nach Hause zu meinen Eltern fahren, dann werd ich sehen, wie es weitergeht!«

»Du fällst mir nicht zur Last! Ich bin froh, dass ich dir helfen und wenigstens eine Zuflucht bieten kann, vorerst. Wenn du willst, fahre ich morgen zum ›Schlossberg‹ und schau nach, wie es dort geht. Oder ich fahre zu den Reitingers und rede mit ihnen!«

»Nein, nein«, wehrte Carina vehement ab. »Ich will mit all denen nichts mehr zu tun haben, ich kann nicht mehr. Ich möchte nur zur Ruhe kommen, bevor ich nach Meran fahre. Meine Eltern sollen mich nicht in diesem desolaten Zustand sehen.« Sie lächelte matt.

»Mich nimmt das auch alles mit, glaub mir! Darf ich nicht mit den Reimanns darüber reden? Sie sind wirklich nett und hilfsbereit, vielleicht wissen sie ja Rat!«

»Da kann niemand raten, es ist, wie es ist«, gab Carina müde zurück. »Aber natürlich kannst du mit ihnen reden, wenn du möchtest.«

Herr Reimann war entsetzt darüber, was am »Schlossberg« geschehen war.
»Wo ist Carina jetzt?«, wollte er sofort wissen.
»Bei mir, vorerst, bis sie nach Meran fährt.«
»In Ihrer kleinen Wohnung, Pia? Wo schlafen Sie beide denn?«
»Ich hab Carina mein Bett gegeben und schlafe solange im Wohnzimmer auf der Couch!«
»Das ist unzumutbar für Sie, da müssen wir eine Lösung finden! Kommen Sie doch mit Carina heute Abend hierher ins Hotel zum Essen, und dann werden wir darüber sprechen. Ich meine, wenn es Frau Tornelli recht ist!«

Als Carina und Pia am Abend mit den Reimanns im Hotel zu Abend aßen, meinte Herr Reimann:
»Ich kann nicht fassen, was Pia uns erzählt hat! Die arme Frau Gmainer, sie muss durchgedreht sein! Aber natürlich ist es für Sie schrecklich, Carina. Wie können wir Ihnen helfen?«
Die schüttelte den Kopf. »Das ist lieb von Ihnen, aber ich werde zurück nach Südtirol gehen. Ich bleibe nur eine bis zwei Wochen hier, bis ich mich einigermaßen gefangen habe. Ich möchte jetzt meine Eltern nicht zu sehr belasten, sie

haben selbst Schlimmes erlebt in den letzten Jahren.«

»Das ehrt Sie, Carina, dass Sie in Ihrer Situation an Ihre Eltern denken«, schaltete sich Frau Reimann ein. »Doch ein bis zwei Wochen in Pias kleiner Wohnung? Wir könnten Ihnen ein kleines Zimmer mit Bad unterm Dach anbieten für die Zeit, natürlich kostenlos. Wir vermieten es nie, es war früher ein Zimmer für Stubenmädchen, doch heute wohnen alle außer Haus. Wäre das nicht eine Lösung für Sie beide, kurzfristig?«

Pia sah Carina an. »Du kannst gern bei mir wohnen bleiben. Aber wenn du willst, kannst du auch hierher ziehen. Vielleicht ist das angenehmer und bequemer, und du kannst das Hotel kennenlernen, wenn du willst.«

Carina dachte kurz nach, dann nickte sie. »Das wäre eine gute Lösung, das nehme ich gern an für die Zeit, die ich noch hier bin.«

»Dann wäre das erst mal geregelt«, freute sich Herr Reimann. »Sollten Sie doch zurückkommen wollen, ich kann Ihnen hier im Haus eine Stelle anbieten. Nichts Großartiges, aber zumindest etwas für die erste Zeit, bis Sie etwas anderes gefunden haben.« Er sah zu seiner Frau. »Was meinst du, Beate? Wenn die beiden, Carina und Pia, hier arbeiten würden, könnten wir endlich – nach all den Jahren – mal zusammen in Urlaub fahren. Wir wüssten das Haus in guten Händen.«

Frau Reimann nickte. »Das wäre schön, aber bedränge Carina nicht. Lass sie erst nach Hause fahren und mit den Eltern sprechen. Doch Sie sollen wissen, Carina«, sie wandte sich an die junge Frau, »dass Sie hier immer eine Zuflucht haben, für alle Fälle.«

»Ich danke Ihnen, aber ich glaube, ich werde in Südtirol bleiben, für immer!«

So zog Carina in das Dachstübchen im Hotel und fühlte sich dort vorerst gut aufgehoben.

Zwei Wochen später, an dem Tag, als ihr Hochzeitstag mit Hubertus gewesen wäre, fuhr sie nach Südtirol zu ihren Eltern. Die beiden waren schockiert und entsetzt, als sie erfuhren, was geschehen war und dass Margret Carina des Hofes verwiesen hatte.

»Was ist nur in diese Frau gefahren? Ihr hattet doch so ein gutes Verhältnis, hast du erzählt! Wir kennen sie nur von der Beerdigung; da war sie verständlicherweise sehr niedergeschlagen, und wir konnten keinen Kontakt zu ihr aufnehmen.«

Carina nickte bekümmert. »Ich denke, sie ist krank.« Sie seufzte tief. »Sie hat mich nicht an sich rangelassen, ihr Zustand wurde von Tag zu Tag schlimmer, und dann …«, sie verstummte und begann wieder zu weinen.

»Du bleibst hier, mein Schatz«, bestimmte Ugo Tornelli energisch. »Es wird eng hier, da Gianni noch bei uns wohnt. Bald wird seine Probezeit im

Hotel beendet sein, und wenn er eine feste Anstellung hat, zieht er aus.«

Carinas Mutter seufzte. »Hoffen wir, dass mit ihm alles gut wird. Und du, du wirst bald eine Stelle finden«, meinte sie tröstend zu ihrer Tochter.

Carina schmerzte es, ihren Eltern nach den Problemen mit Gianni nun auch noch Kummer zu bereiten.

»Weißt du, das mit Gianni und dem Verlust des Hotels, das hat Papa fast umgebracht«, erzählte Christine ihr später, als sie zusammen einen Spaziergang unternahmen. »Umso stolzer ist er auf dich. Er ist überzeugt, dass du eine exzellente Anstellung findest und all seine – und natürlich deine – Träume erfüllst.«

Carina lächelte müde, im Moment konnte sie es sich nicht vorstellen, schlapp, erschöpft und müde, wie sie sich fühlte. »Wie geht es dir denn, Mama? Immer denkst du an andere, nie an dich!« Sie sah ihre Mutter besorgt an.

»Auch an mir sind die letzten Jahre nicht spurlos vorübergegangen, das spüre ich. Letzte Woche war ich beim Kardiologen, und er meinte, ich müsste mich mehr schonen und mich nicht aufregen!« Sie sah Carina von der Seite an. »Da wusste ich noch nichts davon, dass du nicht mehr beim ›Schlossberg‹ bist.«

»Mama, es tut mir so leid, dass ich euch solchen Kummer bereite!«

Carina war stehengeblieben und sah ihre Mutter bekümmert an.

»Ach lass nur, Kind! Ich weiß, bald wird alles gut sein. Bei dir und bei Gianni – dann wird bei Papa und mir wieder Ruhe einkehren.« Sie lächelte tapfer. »Manchmal ist das so im Leben, da muss man durch!«

An einem der nächsten Morgenden saß Carina mit den Eltern am Frühstückstisch.

»Du siehst so blass aus, mein Schatz! Ich mache mir Sorgen um dich, vielleicht solltest du zum Arzt gehen?«, schlug Christine vor.

»Nein, lass nur«, wehrte Carina ab, doch sie machte sich selbst Sorgen um sich. Sie hatte heute Morgen wie öfter in der letzten Zeit unter Übelkeit gelitten und sogar erbrochen. Ihre Regel war zuletzt schwach und unregelmäßig gewesen, doch das hatte sie den Aufregungen und Erschütterungen der letzten Zeit zugeschrieben. Allmählich keimte aber ein Verdacht in ihr auf.

Am nächsten Morgen, als die Eltern zu einem Einkauf aufgebrochen waren, machte sie den Schwangerschaftstest, den sie heimlich in der Apotheke besorgt hatte. Angstvoll sah sie auf den Streifen, den sie nach Vorschrift mit Urin getränkt hatte. Nach einiger Zeit waren deutlich zwei Striche zu sehen: Sie hatte es geahnt, sie war schwanger.

Ihre Knie schienen nachzugeben, nun auch das noch! Sie konnte keinen klaren Gedanken fassen. Was sollte sie tun? Wie sollte sie, in ihrer verfahrenen Situation, ein Kind bekommen und allein großziehen? Wieder und wieder starrte sie auf den Streifen. Es gab keinen Zweifel, sie war schwanger!

Die Gedanken kreisten in ihrem Kopf. Nein, es war unmöglich, das Kind zu bekommen! Es war eine zu große Verantwortung, wo sie selbst ihr Leben nicht im Griff hatte. Auf keinen Fall durfte sie es den Eltern sagen, nein, sie würde ihnen nicht erneut eine Last aufbürden.

Sie nahm ihren Laptop und recherchierte, bis wann ein Schwangerschafts-Abbruch möglich war. Sie rechnete nach. Sie müsste vor der 12. Schwangerschaftswoche sein, eine Abtreibung wäre also noch möglich, sowohl hier in Südtirol als auch in Deutschland.

Doch bereits der Begriff »Abtreibung« erschreckte sie, und als sie las, auf welche Weise diese Art von Eingriffen durchgeführt wurden, fühlt sie Übelkeit aufsteigen. Sie war völlig verstört. Was sollte sie nur tun? Pia fiel ihr ein. Sie musste mit Pia reden!

Sie rief die Freundin an, doch es meldete sich nur der Anrufbeantworter und sie hatte keine Lust, eine Nachricht zu hinterlassen. Also schickte sie der Freundin eine unmissverständliche SMS mit dem Text: »Ich bin schwanger!!! Carina.«

Kurz darauf kam die Antwort: »Komm sofort her! Pia.«

Die Eltern waren erstaunt, als Carina am Nachmittag ihre Koffer packte, um abzureisen. Als sie ihnen erzählte, dass sie im »Landhotel Reimann« eine Anstellung bekommen würde, zumindest vorerst, waren sie beruhigt, wenn auch nicht erfreut. Carina schämte sich ihrer Lüge, doch was sollte sie sagen? – Die Wahrheit auf keinen Fall! Zumindest vorerst nicht.

Pia holte sie vom Bahnhof ab und umarmte sie. »Mein Gott, du kommst wirklich vom Regen in die Traufe, du Arme! Was willst du tun?«

Carina zuckte hilflos mit den Schultern. »Erst einmal muss ich zum Arzt, vielleicht war der Test falsch.«

Doch die Ärztin, die Carina tags darauf aufsuchte, bestätigte die Schwangerschaft.

»Freuen Sie sich denn gar nicht?«, fragte sie, als sie Carinas bestürztes Gesicht sah, und als diese ihre Situation schilderte, meinte sie bedauernd: »Das tut mir leid für Sie, Frau Tornelli. Noch könnten Sie eine Abtreibung vornehmen lassen, aber überlegen Sie es sich gut. Meist geht es besser, das Kind zu bekommen und großzuziehen, als man denkt. Ein Kind ist auch eine große Freude und Bereicherung.«

Sie gab ihr einen Schein zur Schwangerschaftsberatung. »Auf jeden Fall müssen Sie vorher zu dieser Beratungsstelle gehen, ohne diese wird kein Abbruch durchgeführt, das ist Vorschrift.« Sie reichte Carina zum Abschied die Hand. »Überlegen Sie gut, aber nicht zu lange, sonst ist die Frist vorbei. Ich wünsche Ihnen alles Gute.«

Als Carina abends im Bett der kleinen Dachkammer lag, legte sie die Hände auf den Bauch und fühlte in sich hinein. Hier drinnen wuchs ein winziges Wesen heran, das völlig auf ihren Schutz angewiesen war. Noch mochte es nur ein kleiner Zellhaufen sein, doch sein Herzchen schlug bereits. In einigen wenigen Monaten wäre es ein kleiner Mensch, das Kind von Hubertus und ihr. Hatte sie das Recht, es abtöten zu lassen, nur weil sie Angst hatte, es als alleinstehende Mutter nicht zu schaffen?

Plötzlich wusste sie, dass sie das Kind behalten wollte. Sie war nicht die einzige Frau, die mit dieser Herausforderung fertig werden würde. Ihr und Hubertus' Kind hatte ein Recht auf sein Leben!

Reimanns hielten ihre Zusage aufrecht, selbst, als sie erfuhren, dass Carina schwanger war. Sie waren sogar entzückt darüber.

»Wissen Sie, für unsere Ehe war es eine große Belastung, als wir erkennen mussten, dass wir kinderlos bleiben würden, nicht wahr, Beate?«

Frau Reimann nickte, und sah Carina aufmunternd an. »Sie werden das schaffen, und wir werden Ihnen helfen, wo wir können. Ein Kind zu bekommen ist etwas Wunderbares, ein Geschenk, das man achten muss! Viele Frauen würden Sie darum beneiden, freuen Sie sich darüber!«

Herr Reimann räusperte sich. »Noch etwas will ich Ihnen sagen, Carina: Das mit dem ›Schlossberg‹, das hat mir keine Ruhe gelassen. Aber setzen Sie sich erst.« Carina erschrak. Was würde er ihr sagen müssen?

»Ich bin nach Gmain gefahren. Am ›Schlossberg‹ traf ich nur einen älteren Mann an, der sich offensichtlich um das Haus kümmert.«

Carina nickte, das musste Dionys gewesen sein.

»Er hat mir erzählt, dass Frau Gmainer in eine Nervenklinik eingeliefert wurde, sie war offenbar selbstmordgefährdet.« Sie hielt den Atem an.

»Sie wird einige Zeit dort in Therapie bleiben.« Carina nickte nur.

»Dann bin ich noch hinunter nach Gmain, zum ›Postwirt‹«, fuhr er fort und lachte kurz. »Wissen Sie, in einem Wirtshaus kann man alles erfahren. Da habe ich mich nach diesem Jörg erkundigt, der in Untersuchungshaft war.«

»War? Dann ist er frei?«, rief Carina erfreut aus.

»Ja. Er wurde schon nach einer Woche entlassen. Das ballistische Gutachten hat ergeben, dass es so gewesen ist, wie er erzählt hatte. Beim Sturz Ihres Verlobten hatte sich eine Kugel aus dessen Gewehr gelöst und ihn in den Kopf getroffen. Es war ein schrecklicher, tragischer Unglücksfall.«

»Und wo ist Jörg jetzt?«

»Er ist kurz darauf abgereist, nach Riad, wie man mir sagte.«

Carina verbarg das Gesicht in den Händen. Margret in der Nervenheilanstalt, Jörg in Riad, und sie trug Hubertus' Kind unter dem Herzen!

»Wir dachten, es ist besser, Sie wissen alles«, meinte Herr Reimann mitfühlend, als er sah, wie sie diese Nachrichten mitnahmen. Die junge Frau nickte nur stumm.

Frau Reimann setzte sich neben sie und legte den Arm um Carinas Schulter.

»Das alles muss Sie nun nicht mehr kümmern. Sie haben eine andere, eine neue Verantwortung. Auch wenn Sie es jetzt noch nicht glauben können, es wird alles gut werden.«

»Wir helfen dir«, Pia war vor Carina in die Hocke gegangen und hatte deren Hände ergriffen. »Du bist so tapfer. Du hast vieles überstanden in den letzten Jahren, du wirst auch das schaffen!« Dabei schimmerten ihre Augen feucht.

Für Carina begann ein neuer Lebensabschnitt. Die Arbeit im Hotel mit Pia gefiel ihr zunehmend, und die Reimanns waren nette und um sie besorgte Chefs. Sie wohnte weiterhin unterm

Dach in ihrem kleinen Zimmer und fühlte sich wohl und geborgen dort.

Die morgendliche Übelkeit hatte sich gelegt, und sie fühlte sich erstaunlich gut. Bei einem der Besuche bei ihrer Ärztin, Carina hatte inzwischen ein kleines Bäuchlein, fragte die Ärztin bei der Ultraschalluntersuchung: »Wollen Sie wissen, ob es ein Junge oder ein Mädchen wird?«

Carina schüttelte den Kopf. »Nein, ich will mich überraschen lassen!«

Die Ärztin lächelte. »Sie machen alles sehr gut, Frau Tornelli. Das Kind wächst und gedeiht. Wie gut, dass Sie sich dafür entschieden haben!«

Die Schwangere lächelte glücklich. Ja, diesen Entschluss hatte sie nie bereut. Nur noch wenige Monate, dann würde sie Mutter sein!

»Carina? Kannst du heute die Abendschicht übernehmen? Ich muss mal raus aus dem Laden hier!« Pia stand an der Rezeption des Hotels und sah die Gästeliste durch.

»Mach ich, wo willst du denn hin?«

»Ich fahre nach Rosenheim! Stell dir vor, Franco ist mit dem ›Metropol‹ pleitegegangen!« Pia kicherte. »Irgendwie freut es mich, auch wenn es nicht gerade nett ist.«

Carina sah die Freundin verständnisvoll an. »Ich verstehe das! Er hat dich schäbig behandelt damals.«

»Ach was, alles hat seine zwei Seiten. Womöglich wäre ich heute noch Barfrau in diesem

Schuppen!« Sie schüttelte sich bei dem Gedanken. »Da haben wir es hier viel besser, nicht wahr?«

»Weiß Gott!« Carina, die nun im siebten Monat war, beugte sich mit Pia über die Liste.

»Es ist nicht viel los heute, aber jemand muss hier sein bis 22 Uhr!«

Carina nickte. »Und gehst du hin, ins ›Metropol‹?«

Pia nickte. »Das heißt jetzt, unter dem neuen Besitzer, ›Palazzo‹! Das muss ich mir anschauen, da muss der neue Pächter viel reingesteckt haben, um aus dem räudigen Schuppen einen Palazzo zu machen«, spottete sie.

Carina schmunzelte. »Na, dann viel Spaß, und bis morgen!«

Als sich die beiden am nächsten Tag trafen, legte Pia los: »Das ›Palazzo‹ ist ein wunderschönes Lokal geworden, ganz anders, als das ›Metropol‹ war, viel eleganter. Und wen, glaubst du, hab ich gestern dort getroffen?« Sie sah Carina erwartungsvoll an.

»Franco?«

»Nein«, wehrte Pia ab. »Der lässt sich dort nicht mehr blicken nach seiner Pleite!«

»Wen dann?«, fragte Carina uninteressiert. Diese Welt der Bars und Clubs war nicht mehr die ihrige.

»Den Jörg!«

Nun sah Carina doch von ihrer Arbeit hoch.

»Wirklich?«, fragte sie stirnrunzelnd. Es berührte sie mehr, als sie zugeben wollte, von dem alten Freund zu hören.

»Ja, er ist wieder zurück aus Riad. Du, der hat sich gut gemacht, ist viel netter als früher …«

»Nett war er immer«, kam die kurze Antwort.

»Schon, aber jetzt ist er anders, viel ruhiger und erwachsener wirkt er.«

»Wird auch Zeit für ihn«, stichelte Carina.

»Er hat mir erzählt, dass er von zu Hause ausgezogen ist in eine eigene Wohnung, und ein eigenes Büro hat er auch! Er ist nicht mehr in der Firma seines Vaters.«

»Hat er sich endlich abgenabelt.« Carina dachte an Jörgs Enttäuschung, als ihm sein Vater das Büro nach dessen Vorstellungen eingerichtet hatte. »Und? Hat er Aufträge?«

»Offensichtlich! Er arbeitet noch mit seinem Vater zusammen – du weißt schon, diese Siedlung –, aber er hat auch andere Arbeiten, hat er erzählt.«

»Aha, schön für ihn!«

Pia druckste herum. »Er … er hat nach dir gefragt.«

Carina hob den Kopf und sah sie scharf an. »Und? Was hast du ihm erzählt?«

Die Freundin wurde verlegen. »Ich hab ihm erzählt, dass du hier bist. Ist doch kein Geheimnis, oder?« Carina schwieg.

»He, er hat sich richtiggehend gefreut, von dir zu hören!«

»Und hast du ihm auch erzählt, dass ich ein Kind von Hubertus bekomme?«, fragte Carina, nicht ohne Schärfe.

»Nein, das hab ich nicht gesagt. Er will dich besuchen! Ich hab ihm gesagt, dass ich nicht weiß, ob du das willst«, gab sie zu.

»Ich will es nicht, Pia! Ich habe meinen Frieden gefunden und will nichts mehr von damals wissen.«

»Aber der Jörg möchte etwas klären, hat er gesagt.«

Carina sah unwillig auf. »Was gibt es da zu klären? Für mich ist alles geklärt.«

»Immerhin warst du mal mit ihm zusammen!«, beharrte Pia.

»Daran brauchst du mich nicht zu erinnern, das weiß ich. Und auch, warum ich mit ihm Schluss gemacht habe, damals«, gab Carina genervt zurück.

»Vielleicht ist es aber für Jörg wichtig! Vielleicht möchte er einen Schlussstrich ziehen, sich bei dir entschuldigen wegen damals.«

»Der muss dich schön eingewickelt haben, dass du so für ihn eintrittst!«

»Das nicht, aber ich verstehe ihn, und er hat mir leid getan. Für dich wäre es auch gut, glaube ich. Das zeigt mir deine Reaktion darauf, dass er dich sehen will.«

»Hör auf mit deiner Küchentischpsychologie. Das bringt doch nichts!« Carina atmete hörbar aus.

»Also, ich glaube, es wäre gut für dich!« Pias flehentlicher Blick rührte.

»Also dann, du Nervensäge – damit du endlich Ruhe gibst! Aber versprich dir nichts davon«, fügte sie hinzu.

Wenige Tage später, an Carinas freiem Tag, traf sie sich mit Jörg. Obwohl man ihr die Schwangerschaft längst ansah, trug sie ein eng geschnittenes Kleid, das ihren Bauch betonte. Sie war stolz, dass sie ein Kind bekam, und wollte es demonstrativ zeigen.

Als ihr Jörg am verabredeten Treffpunkt entgegenkam, blieb ihm der Mund offen vor Staunen.

»Carina! Du bist schwanger, davon hat mir Pia gar nichts erzählt!« Er musterte sie unverhohlen. »Gut schaust aus, das steht dir!«

Carina lächelte schwach. »Du siehst auch gut aus, Jörg, braungebrannt! Ist das noch die Bräune aus der Wüste«, stichelte sie scherzhaft.

»Nein, ich bin schon seit Wochen daheim. Ich hab nur meinen Vertrag dort erfüllt, weißt?«

»Mhm …«

Sie gingen am Uferweg der Traun entlang.

»Die Pia hat mir erzählt, dass du endlich flügge geworden bist, raus aus dem elterlichen Nest!«

Er blieb stehen und sah sie ernst und etwas vorwurfsvoll an. »Du musst nicht so bissig sein, Carina. Ich hab auch einiges hinter mir, wenn auch nicht so viel wie du. Und ich hab daraus meine Konsequenzen gezogen!«

»Entschuldige, Jörg, das war doch nicht bös gemeint«, lenkte sie ein und sah ihn von der Seite an. Er hatte sich verändert, sah besser aus als früher. Pia hatte recht gehabt, er wirkte viel erwachsener. Um die Augen zogen sich feine Linien, die sie früher nicht bemerkt hatte, die Haare waren kurz geschnitten und standen nicht mehr ab wie bei einem Wiedehopf, was ihm ein viel seriöseres Aussehen gab. Sie stemmte die Hände in den Rücken, um ihn zu entlasten.

Jörg bemerkte es sofort. »Sollen wir uns irgendwo hinsetzen? Wird dir der Spaziergang zu viel?«, fragte er besorgt.

»Da vorn ist ein italienisches Eiskaffee, lass uns dort hingehen«, schlug sie vor.

Als sie in dem kleinen Café saßen, begann Jörg, auf Carina einzureden.

»Ich muss dir einiges sagen«, sprudelte er hervor, und als er ihr abweisendes Gesicht sah, fügte er schnell hinzu: »Ich will dich auf keinen Fall aufregen, aber ich muss einiges erklären von damals. Ich möchte abschließen können, und du könntest mir dabei helfen, Carina!« Er sah sie bittend an. »Ich hab viele Fehler und viel Unsinn gemacht in meinem damaligen Egoismus. Das will ich wiedergutmachen, auch wenn ich die Zeit nicht zurückdrehen kann.«

Lange saßen sie beisammen, und Carina hörte Jörg aufmerksam zu. Er beschönigte nichts bei seiner Beichte: Warum er so wenig von sich hören hatte lassen aus Dubai, dass er nicht verstanden hatte, weshalb sie sich von ihm abgewandt und sich damals mit Hubertus verlobt hatte. Warum er nach dem Unfall nicht ins »Schlossberg« gekommen war, womit er vielleicht hätte verhindern können, dass Margret in diesen schrecklichen Geisteszustand gekommen war. Über all das machte er sich große Vorwürfe.

»Ich will gutmachen, was ich damals versäumt hab, Carina. Bei dir und bei Margret. Deshalb wollte ich mich mit dir aussprechen.«

»Wir machen alle Fehler, Jörg«, begann Carina. »Es ist so, wie es ist. Mir geht es wieder gut. Die Reimanns, bei denen ich arbeite, sind lieb und hilfsbereit. Da fühle ich mich gut aufgehoben, und mit Pia habe ich eine treue, verlässliche Freundin. Die kümmert sich sogar um unser beider Seelenheil«, scherzte sie.

Jörg setzte sein verschmitztes Jungenlächeln auf. »Es war harte Arbeit, bis ich sie so weit hatte, dass sie mir verraten hat, wo du bist!«

»Ich wollte dich, ehrlich gesagt, gar nicht treffen, da musste sie bei mir viel Überzeugungsarbeit leisten. Ich wollte von alldem nichts mehr wissen, keine Aufregungen mehr, hab ich mir geschworen, schon meinem Kind zuliebe. Dem will ich eine gute Mutter sein, nachdem es schon keinen Vater mehr hat.«

»Aber gerade deshalb ist es wichtig, dass man über alles spricht! Ich würde mich so gern ein bisschen um dich kümmern.« Als er daraufhin ihr erschrockenes Gesicht sah, hob er die Hände. »In Ehren, Carina, im Gedenken an meinen besten Freund! Darf ich das?«, fast flehend sah er sie an. »Ich glaube, Hubertus würde sich freuen, vielleicht würde er es sogar von mir erwarten – jetzt, wo du sein Kind bekommst und allein bist!«

Carina hob das Gesicht der späten Nachmittagssonne entgegen, die durch das Fenster schien, und schwieg.

»Bitte! Ich möchte so gern mit dir in Kontakt bleiben, als guter Freund«, drängte er.

Carina schwieg weiter, dann sah sie ihn nachdenklich an. »Hubertus hat dich immer gemocht, dir immer vertraut. Vielleicht kannst du später einmal meinem Kind von seinem Vater erzählen, du hast ihn länger gekannt als ich …«

»Das wäre wunderschön! Ich danke dir«, flüsterte er gerührt und drückte ihr die Hand.

Es war Oktober geworden, und Carinas Geburtstermin rückte näher. Obwohl sie in Mutterschutz war und nicht mehr arbeitete, wohnte sie noch immer im Hotel. Paul und Beate Reimann hatten darauf bestanden, und sie war froh darüber, vorerst eine sichere Bleibe zu haben.

»Wenn das Kind da ist, werden wir eine Lösung finden«, beruhigte Beate Reimann die Hochschwangere, als diese sich Sorgen machte, wie es nach der Geburt des Kindes weitergehen würde.

»Vielleicht nehmen wir gemeinsam eine größere Wohnung«, überlegte Pia. »Wir arbeiten ohnehin im Schichtdienst, so könnten wir uns abwechselnd um das Kind kümmern.«

»Jetzt lassen wir das Kind erst einmal kommen, dann sehen wir weiter«, entschied Paul Reimann pragmatisch.

An einem Samstagabend setzten bei Carina die Wehen ein. Paul Reimann brachte sie und Pia ins Krankenhaus, denn die Freundin wollte ihr im Kreißsaal beistehen.

Am Sonntagmorgen war es überstanden. »Sie haben einen Sohn, Frau Tornelli, eine gesunden kleinen Buben!« Die Hebamme legte Carina das kräftig schreiende Kind auf die Brust.

Carina blickte erschöpft auf das Baby und fühlte eine warme Glückswoge in sich aufsteigen. Zärtlich streichelte sie sein Köpfchen, das von einem zarten dunklen Haarflaum bedeckt war, und sogleich hörte es auf zu schreien.

»Ist er nicht wunderschön?«, fragte Carina glücklich, und Pia meinte: »Er ist das schönste

Neugeborene der Welt, das weiß ich, selbst wenn ich vorher noch nie ein frisch geborenes Kind gesehen habe!« Lächelnd sah sie auf Mutter und Sohn.

»Danke für deine Hilfe!« Carina drückte der Freundin die Hand. »Ohne dich hätte ich das alles nie geschafft!«

» Oje, ich wollte fast schon türmen! Ehrlich gesagt, so schlimm hatte ich mir eine Entbindung nicht vorgestellt! Das werde ich mir sehr gut überlegen, ob ich mir das jemals antue!«

»Ach was, es ist fast schon vergessen! Nicht wahr, mein Kleiner?« Carina küsste den Kleinen zärtlich auf die Stirn.

Am Nachmittag kamen Paul und Beate Reimann.

»Ein Sonntagskind, wie schön! Ein Sohn – und wie süß er ist!« Beate Reimann konnte sich kaum beruhigen in ihrer Begeisterung. »Ich freue mich, wenn Sie mit ihm nach Hause kommen, Carina! Wie soll er denn heißen? Sie haben sicher bereits einen Namen ausgesucht, nicht wahr?«

Carina sah nachdenklich vor sich hin. »Pia und ich haben an alles Mögliche gedacht, von A bis Z, von Alessandro bis Zeno, doch als ich ihn gesehen habe, war mir klar, dass er Hubertus heißen muss, nach seinem Vater, den er niemals kennenlernen wird.« Sie richtete sich im Bett auf und sah Herrn

Reimann an. »Wenn Sie einverstanden sind, will ich ihn mit zweitem Namen Paul nennen, Herr Reimann, nach Ihnen! Ich habe Ihnen beiden so viel zu verdanken!«

»Oh, das ist eine Ehre! Hubertus Paul Tornelli, das klingt gut«, freute er sich und lugte in das Bettchen, in dem der kleine Zwerg schlief. »Hubertus Paul,« wiederholte er andächtig.

Am Abend kam Jörg, dem Pia die frohe Nachricht telefonisch durchgegeben hatte.

»Sind Sie der Vater?«, fragte die Kinderschwester, die den kleinen Hubertus ins Zimmer brachte.

»Äh«, stammelte Jörg, »ah, eher nicht.« Er lief rot an, als alle im Zimmer lachten. »Aber so etwas Ähnliches«, meinte er daraufhin stolz.

Carina sah ihn gedankenvoll an. Wenn die Dinge in der Vergangenheit anders verlaufen wären, hätte er der Vater ihres Kindes sein können. Doch es war müßig, darüber nachzudenken. Es ist, wie es ist, dachte sie.

Am Abend, als die Besucher nach dem anstrengenden Tag gegangen waren, streckte sich Carina müde in dem Bett aus. Neben ihr stand das Bettchen mit ihrem Sohn, der seine winzigen Hände neben dem Kopf zu Fäustchen geballt hatte und selig schlief.

Wehmütig dachte sie an Hubertus, der seinen Sohn nie sehen würde, ja, nicht einmal gewusst hatte, dass es ihn geben würde. »Ich werde dir eine gute Mutter sein«, versprach sie dem Kind. »Und wir sind nicht allein, wir haben Freunde, die zu uns stehen und uns helfen: die Pia, Beate und Paul Reimann und Jörg. Und morgen kommen deine Großeltern aus Südtirol, um dich zu bestaunen.«

An Margret vom »Schlossberg«, die ebenfalls Großmutter des kleinen Hubertus war, dachte sie mit keinem Gedanken.

Der kleine Hubertus war die Freude aller, und manchmal musste Carina einschreiten, dass er nicht zu sehr verwöhnt und herumgetragen wurde. Er war ein unkompliziertes, friedliches Kind, nahm zu und gedieh.

Vor Weihnachten fand die feierliche Taufe statt: Die Großeltern aus Meran waren gekommen, ebenso wie Jörg. Pia und auch Beate Reimann hatten die Ehre und Pflicht der Patenschaft übernommen.

Anschließend war im Hotel eine Kaffeetafel gerichtet, und als Herr Reimann eine Rede auf Carina und den kleinen Hubertus hielt, fühlte sich die junge Mutter wie im Kreise einer großen Familie. Alles war gut.

Vorerst blieb sie mit ihrem Sohn im Hotel wohnen. Die Reimanns hatten oben unterm Dach, neben Carinas Zimmer, eine kleine Kammer frei gemacht und für den kleinen Hubertus als Babyzimmer eingerichtet.

Beate Reimann brachte immer wieder neue Kleidungsstücke und Spielzeug für den Kleinen, einen Kinderwagen hatten sie ohnehin schon längst zusammen mit Carina ausgesucht. Eine leibliche Großmutter hätte nicht liebevoller und großzügiger sein können.

Auch Jörg kam regelmäßig vorbei und fragte, ob er irgendetwas für die Freundin und den Buben tun könne. Zu ihm hatte sich ein gutes Verhältnis gebildet, und Carina war froh, seine Freundschaft angenommen zu haben.

Manchmal erzählte er kleine Geschichten aus Gmain: Andrea, seine Schwägerin, hatte ebenfalls ein Kind bekommen, auch einen kleinen Jungen.

»Du glaubst nicht, wie verändert meine Mutter ist, seit der Kleine da ist. Weißt du, mein Auszug damals hat sie sehr getroffen.«

»Seid ihr im Streit auseinander?«, fragte Carina. Sie konnte es sich gut vorstellen, so, wie sie Maria Reitinger in Erinnerung hatte.

»Krach hat es schon gegeben«, gab Jörg zu. »Aber jetzt hat sie eingesehen, dass man Kinder nicht ewig als Kinder behandeln darf, dass sie irgendwann ihr eigenes Leben führen wollen und müssen. Darüber hat mein Vater viel mit ihr geredet. Stell dir vor, sie werden in eines der neuen Siedlungshäuser ziehen und das große Haus Andreas und Andrea und dem kleinen Kilian überlassen. Mein Bruder ist jetzt praktisch der Chef, und meine Eltern machen es sich alles ein wenig leichter, sie reisen sogar zusammen, das hat es noch nie gegeben! Und Andreas und Andrea werden ein großes Haus gut gebrauchen können«, schmunzelte er. »Es ist bereits ein zweites Kind unterwegs!«

»Und wie sieht es bei dir mit der Liebe aus, Jörg?«, kam ihr plötzlich in den Sinn.

Er verstummte. Dann nahm er den kleinen Hubertus aus dem Bettchen. »Das ist meine Liebe!«, meinte er und wiegte den Kleinen, der ihn anlächelte, auf seinen Armen. Es war eine Szene wie aus einem Bilderbuch, ein fremder Beobachter hätte denken können, das hier wäre eine kleine glückliche Familie.

Später, als sie mit Hubertus im Kinderwagen spazieren gingen und die ersten warmen Sonnenstrahlen schienen nach einem Winter, der kein Winter gewesen war, fing Jörg an zu erzählen.

»Ich war neulich droben am ›Schlossberg‹«, begann er. Carina zuckte zusammen. Zu schmerzhaft waren noch die Erinnerungen, sie wollte nicht mehr an diese Zeit denken müssen. »Die Margret ist wieder daheim! Ich hab mit ihr geredet, wir haben uns ausgesprochen.«

»Wie geht es ihr?«, wollte Carina zögernd wissen.

»Soweit gut. Ich hab auch mit dem Dionys geredet.«

»Der Dionys! Ist er noch oben am Berg?«

»Ja! Da wird er bleiben, so lange es geht. Ist gut so, da hat die Margret jemanden, der hilft und auf sie aufpasst.«

»Braucht sie denn einen Aufpasser?«

»Aufpasser ist zu viel gesagt, aber es ist gut, dass sie nicht allein dort oben und immer jemand bei ihr ist.«

Sie hatten sich auf eine Parkbank gesetzt, Jörg rollte den Kinderwagen hin und her, damit der Kleine einschlief.

»Ich hab mit der Margret lange geredet, wir haben uns über alles ausgesprochen. Der Dionys sagt, sie wäre soweit gesund, aber ein Stachel säß in ihrem Herzen, darüber käm sie nicht hinweg.«

»Das versteh' ich, den Verlust von Hubertus, den kann sie nicht verwinden.«

»Das auch, das kann man nicht ändern. Nein, es ist etwas anderes, was sie quält und nicht gesund werden lässt ...«

Carina sah ihn an und ahnte, was kommen würde.

»Du bist es, und der böse Streit, den sie mit dir hatte.«

»Ich hatte keinen *Streit* mit ihr«, konterte Carina aufgebracht. »Sie hat mich verdächtigt, an Hubertus' Tod schuldig zu sein!«, stieß sie erregt hervor.

»Ich weiß! Das bedauert sie heute zutiefst. Es tut ihr unendlich leid! Sie versteht ja selbst nicht mehr, wie sie das hatte denken können. Schau, auch mich hat sie damals verdächtigt, sie war krank in ihrer Verzweiflung.« Eindringlich redete Jörg auf sie ein. »Ich hab mich mit ihr ausgesprochen, ihr alles verziehen. Und ...«, er sah Carina in die Augen, »das solltest du auch tun, Carina!«

»Nein, niemals, Jörg! Nie kann ich das vergeben und vergessen!« Sie war aufgesprungen. »Alles kannst verlangen, aber das nicht! Auch ich hab gelitten unter Hubertus' Tod, aber das hat niemanden interessiert!« Tränen schossen in ihre Augen. Das Kind fing an zu weinen.

»Vergessen musst du es ja nicht, aber vielleicht Verständnis für sie aufbringen. Sie hat alles verloren, den Mann, den Vater, den Sohn und dich, und jetzt noch ein Enkelkind«, setzte er leise hinzu.

»Weiß ... weiß sie von Hubertus?« Carina hatte den Buben aus dem Wagen genommen und hielt ihn beschützend an sich gedrückt.

Jörg schüttelte den Kopf. »Nein, das hab ich ihr nicht gesagt. Das zu wissen und Hubertus' Kind nicht sehen zu dürfen, das würde sie zu hart treffen!«

Carina hatte sich gesetzt und atmete erleichtert auf. »Gottlob! Womöglich wäre sie sonst hier aufgetaucht!«

Jörg schüttelte den Kopf. »Nein, das würde sie nicht tun, doch sie würde hoffen, dass du mal vorbeikämst mit dem Kind.« Er legte den Arm um die Freundin. »Das war jetzt zu viel für dich, entschuldige. Aber denk' darüber nach, ob du die alte Frau nicht von ihrer Schuld erlösen willst, damit sie wieder gesund werden kann.«

Carina schüttelte vehement den Kopf. »Nein, Jörg, das kann ich gewiss nicht! Lass' mir meinen Frieden!« Jörg hatte mit seiner Schilderung etwas in ihr aufgewühlt, von dem sie geglaubt hatte, es hätte sich für sie erledigt.

Nach diesem Gespräch dachte sie immer öfter an den »Schlossberg« und an die schöne und glückliche Zeit, die sie dort erlebt hatte. An Hubertus, den sie geliebt hatte und heiraten wollte, und an Margret, mit der sie einst ein gutes Verhältnis verband. Keine bessere Schwiegermutter hatte sie sich seinerzeit vorstellen können. Sie dachte an den Gasthof, dem sie zu neuer Blüte verholfen hatte; an Dionys, den urigen Hausknecht, der in Treue droben bei Margret ausharrte, und an Hilde und Kathie, mit denen sie trotz der vielen Arbeit jede Menge Spaß gehabt hatte. Ob die Kathie immer noch arbeitete? Und wenn ja, wo wohl? Der »Schlossberg« jedenfalls war geschlossen, das hatte ihr Jörg erzählt, und er würde auch nicht mehr geöffnet werden.

Steter Tropfen höhlt den Stein, hoffte Jörg und erzählte immer wieder von Gmain und vor allem vom »Schlossberg«. Er bedrängte Carina nicht, doch ließ auch nicht locker.

Einmal erzählte er, dass sich der Dionys beim Holzhacken am Bein verletzt hatte, und da er ein, zwei Tage Ruhe einhalten musste, hatte Margret die Gelegenheit ergriffen und ihm ein Bad verpasst, die Nägel, die Haare und den Bart geschnitten.

»Der sieht aus wie neu, der Dionys«, Jörg lachte.

Carina erinnerte sich, wie Margret seinerzeit aus dem ungepflegten Waldschrat einen passablen Mann für den Ausschank gemacht hatte.

Ein andermal erzählte er, wie verwahrlost das Bauerngartl war, das Carina so liebevoll angelegt hatte.

»Die Margret hat keine Energie dafür, sie meint, es hätte eh' keinen Sinn. Der Dionys hat ein paar Tomaten in Kübeln angepflanzt, aber so schön wie deine sind sie nicht.«

»Und die Geranien am Balkon? Dem Hubertus und mir haben die so gut gefallen, leuchtend rot, wie die waren«, fragte Carina.

»Letztes Jahr gab es keine, die Margret war ja im Krankenhaus. Und heuer? Ich glaub' nicht, dass die zwei das schaffen. Das ganze Haus macht einen tristen Eindruck, alles Leben scheint daraus verschwunden zu sein.«

»Wenn ich an unsere Feste denke, den Weihnachtsmarkt und die Jagdessen mit dem Herrn von Donnersberg! Ja, das waren schöne Zeiten.« Carina lächelte bei der Erinnerung.

Jörg beobachtete sie von der Seite. Ihm schien, als wäre sie nicht mehr so verhärtet wie bisher, wenn sie vom »Schlossberg« sprachen.

»Der Herr von Donnersberg hat einen neuen Jagdaufseher, einen aus Norddeutschland, aber mit dem ist er nicht zufrieden. Mit den Jagdgehilfen versteht der sich auch nicht, die sprechen verschiedene Sprachen. Er wird wohl über kurz oder lang einen anderen suchen«, wechselte er das Thema.

»Woher weißt du das denn?«

»Ich hab ihn neulich getroffen, droben im Wald. Er hat nach dir gefragt. Er kann es nicht fassen, wie alles gelaufen ist, nach Hubertus' Tod.«

Carinas Miene verdüsterte sich. »Gehst du denn noch auf die Jagd?«, fragte sie nach einer Weile.

»Nein, nie mehr! Seit dem Unglück nicht mehr, und ich werde es nimmer tun! Außerdem …«, er lächelte wehmütig, »war ich eh kein so begeisterter Jäger. Ich hab die Jagdprüfung nur Hubertus zuliebe gemacht, weil wir dann zusammen auf die Jagd gehen konnten. Du weißt ja, die Jagd war sein Ein und Alles!«

Carina fühlte einen Kloß im Hals aufsteigen.

»Und du natürlich! Das hat er mir erzählt, als er mir sagte, dass ihr heiraten werdet, dass du seine große Liebe bist.«

Beide schwiegen in der Erinnerung.

Jörg nahm plötzlich ihre Hand. »Schau, Carina, du darfst dem kleinen Hubertus die Heimat seines Vaters nicht verweigern. Er ist nicht nur dein Kind, er ist auch Hubertus' Sohn! Und ...«, er hielt kurz inne, bevor er leise herausbrachte: »er hat auch ein Recht auf den ›Schlossberg‹, Carina! Vergiss das nicht!«

Jörgs stete Beharrlichkeit zeigte irgendwann Erfolg. Als auch Pia und die Reimanns ihr zuredeten, mit Margret Frieden zu schließen, willigte Carina endlich ein, zum »Schlossberg« zu fahren.

»Du musst vorher mit Margret reden, Jörg«, bat sie. »Ich will, dass sie weiß, dass ich komme und einverstanden ist. Womöglich glaubt sie noch, ich will für Hubertus Besitzansprüche geltend machen, und das ist das Letzte, was ich will!«

Jörg sprang vor Freude auf. »Carina! Bei aller Ehrenhaftigkeit, die ich dir versprochen habe, muss ich dir jetzt ein Bussl geben!« Er nahm sie um die Taille und drückte ihr einen herzhaften Kuss auf die Wange.

»Sag ihr, dass ich nur zu Besuch komme, nicht mehr! Dass das klar ist!«

»Ja, ja, das sag' ich ihr. Ich muss es ihr ohnehin schonend beibringen, sie ahnt ja nichts. Das wird vielleicht gar ein Schock für sie sein, zu wissen, dass ein Kind von Hubertus existiert. Aber ein heilsamer Schock wird das sein!« Jörg war außer sich vor Freude über Carinas Bereitschaft, noch einmal auf den »Schlossberg« zu kommen.

Eine Woche später holte er die mittlerweile sehr gute Freundin und den kleinen Hubertus, der inzwischen ein Dreivierteljahr alt war, in Traunstein ab.

»Wie hat sie reagiert, als du es ihr gesagt hast?«, fragte Carina fast ängstlich.

Jörg machte ein ernstes Gesicht. »Es war so, wie ich es vermutet habe, ein Schock für sie, und ich war froh, dass der Dionys dabei war. Ihm hatte ich es vorher gesagt, damit er vorbereitet ist.«

»Und? Was hat sie genau gesagt?«

Jörg schluckte. »Sie war erst wie versteinert, war stumm, konnte es nicht glauben. ›Die Carina ist hier in der Gegend, und sie hat ein Kind, vom Hubertus?‹, hat sie geflüstert. Ich habe genickt, und dann hat sie bitterlich geweint.«

Carina seufzte. »Das wird ein schwerer Gang, Jörg. Für mich, und für die Margret. Ich tu' es für Hubertus, für ihn würde ich alles tun!«

Sie hatte den Kleinen besonders hübsch angezogen und für sich selbst ein Dirndl ausgesucht. Margret sollte sehen, dass sie es schaffte, mit ihrem Leben allein zurechtzukommen. Als sie nach Gmain kamen, bat sie Jörg, zum Friedhof zu fahren.

»Lass mich erst zu Hubertus gehen und mit ihm reden. Ich hoffe, dass ich alles richtig mache und die rechten Worte finde für seine Mutter.«

Zu dritt standen sie kurz darauf am Grab, das mit Stiefmütterchen und Buchs liebevoll bepflanzt war.

»Das macht sie selbst«, meinte Jörg leise. »Das lässt sie sich nicht nehmen, auch wenn sie sonst nicht mehr viel schafft. Komm, gehen wir, es wird Zeit.«

Als Carina nach über einem Jahr zum ersten Mal wieder zum »Schlossberg« einbog, bemerkte sie sofort, wie verändert alles war. Zwar schien überall sauber und aufgeräumt zu sein, dafür sorgte ja Dionys, doch war es leblos und kahl. Keine Blumen, der Biergarten leer, die Buden des Ausschanks verrammelt. Was für ein Unterschied zu der Zeit, als sie hier gewirkt hatte! Sie fuhren auf den Hof. Carina war bang ums Herz, Jörg nickte ihr aufmunternd zu.

Da stand sie dann, mit dem Kind auf dem Arm, als sich die Haustür öffnete und Dionys herauskam. Er hatte zur Feier des Tages den Trachtenanzug angezogen, den Carina noch von früher kannte.

Hinter ihm trat Margret zögernd heraus. Dionys hielt sie an der Hand und führte sie behutsam am Arm zu den Besuchern hin.

»Dass du nur da bist, Carina!« Dem Alten traten Tränen in die Augen. »Schau, Margret, die Carina und das Kind sind da!«

Die beiden Frauen standen sich schweigend gegenüber.

Carina bemerkte mit Schrecken, wie sehr Margret gealtert war: Dünn war sie geworden, und das früher dunkle Haar war von grauen Strähnen durchzogen. Als sie das sah, wurde sie von Mitleid überflutet.

»Margret! Schau, das ist dem Hubert sein Sohn! Er heißt Hubertus, wie sein Vater«, sagte Jörg schnell.

Der kleine Hubertus hatte seine Ärmchen um Carinas Hals gelegt und schmiegte das Gesichtchen an ihren Hals, als er die fremde Frau erblickte.

Margret sagte nichts, starrte nur unverwandt auf die junge Frau in dem Dirndl und auf das Kind.

Schließlich ging ein Ruck durch ihren Körper. »Carina! Gut, dass du gekommen bist, ich … ich bin so froh!« Endlich hatte sich die Erstarrung in Margret gelöst. »Kommt rein, ich hab schon auf euch gewartet.«

Sie hatte in der Gaststube den Tisch gedeckt und sogar Blumen hingestellt. Carina erkannte das Geschirr, das sie angeschafft hatte, und freute sich, dass es noch geschätzt wurde. Auch die schönen Vorhänge, die sie seinerzeit mit

Hubertus aufgehängt hatte, hingen an den Fenstern. Damals waren sie sich zum ersten Mal nahe gekommen, sie erinnerte sich, wie ihr Herz geklopft hatte, als Hubertus direkt hinter ihr auf der Leiter stand.

»Ich hab einen Kuchen gebacken, den Käsekuchen, den du immer so gern mögen hast. Margret rückte verlegen die Platte mit dem Kuchen zurecht.

Es lag eine angespannte Stimmung im Raum. Hubertus saß auf Carinas Schoß und schaute mit großen Augen um sich. Carina strich ihm beruhigend über das Köpfchen, war nicht fähig, etwas zu sagen.

Margret stand da, schenkte mit zitternden Händen Kaffee ein und schnitt den Kuchen an. Plötzlich sank sie auf den Stuhl, ließ den Kopf auf die auf dem Tisch abgelegten Arme sinken und begann hemmungslos zu weinen.

Dionys wollte aufspringen, doch Jörg hielt ihn zurück. »Lass sie«, flüsterte er ihm zu.

Alle sahen betreten auf Margret. Da machte sich der kleine Hubertus von seiner Mutter frei, krabbelte auf den Tisch, zwischen den Tellern hindurch, hinüber zu Margret. Kurz sah er fragend zurück auf seine Mutter, die mit den Tränen kämpfte, dann griff er mit seinen Händchen in Margrets Haar und zog kräftig daran.

»Aua! Aua?« Er legte sein Köpfchen auf Margrets Haar und rief klagend. »Aua! Aua!«

Da hob Margret den Kopf, Tränen liefen über ihre Wangen.

Hubertus legte den Kopf zur Seite, strahlte sie an, und patschte mit seinen Händen in ihr Gesicht, schmiegte sich an sie und krähte begeistert, als er sah, wie Margret unter Tränen zu lächeln begann. Das Eis war gebrochen.

»Bitte, komm wieder, Carina! Versprich es mir!« Margret drückte Carinas Hand zum Abschied und sah sie bittend an. »Ich hab viel gutzumachen. Aber dass Hubertus und du ein Kind habt, das gibt mir Lebensmut für die Zukunft! Jetzt, denk ich, könnte alles gut werden.«

Als Carina mit Jörg den Berg hinunterfuhr, wandte sie sich noch mal um. Oben standen Margret, daneben Dionys, beide winkten ihr nach. Ich werde wiederkommen, dachte sie bei sich, und nicht nur wegen des kleinen Hubertus.

8

Zwei Jahre waren seit Carinas erstem Besuch mit ihrem Kind auf dem »Schlossberg« vergangen; immer häufiger war sie seitdem zur Freude Margrets mit dem kleinen Hubertus auf den Hof gekommen. Fast hatte sich das frühere, gute Einvernehmen wieder eingestellt, und Margrets Gesundheitszustand besserte sich zusehends. Viel von ihrer alten Spannkraft und Energie war zurück.

»Willst nicht wieder für ganz herkommen, Carina?«, hatte sie die junge Mutter eines Tages gefragt. »Du könntest das Gasthaus wieder eröffnen und ganz nach deinem Geschmack ausbauen und verwalten. Ich kann und will es nicht mehr, aber für dich wäre es eine schöne Aufgabe, etwas, das du dir immer gewünscht hast. Dem kleinen Hubertus möchte ich gern eine gute Großmutter sein. Darin sehe ich einen Sinn für meine alten Tage.« Carina sah unschlüssig drein.

»Weißt, dem Buben wird das ja sowieso mal alles gehören, er ist der rechtmäßige Erbe. Am liebsten würde ich ihm jetzt schon alles überschreiben. Mir genügt ein Austrag, den wir noch aushandeln müssen. Ich wäre froh, wenn ich all den Ballast abwerfen könnte, und bis er volljährig ist, wärest du die Verwalterin des Ganzen. Ich weiß, dass ich mich auf dich verlassen kann, Carina.«

Die zögerte, sie wollte sich erst mit Pia und den Reimanns besprechen.

»Ich habe einen guten Freund, er ist Anwalt für derlei Erbsachen. Reden Sie erst mit ihm, Carina«, riet Herr Reimann ihr. »Er wird sie gut beraten, das ist bei solch einer Angelegenheit nötig, immerhin handeln Sie für ihr Kind.«

So geschah es, und mit Hilfe des Anwaltes wurden die Modalitäten ausgehandelt.

Als sie den Vertrag beim Notar unterschrieben hatten, gaben sich die beiden Frauen die Hand.

»Jetzt ist alles geregelt, wie es sich gehört. Ich bin heilfroh, Carina, dass es so gekommen ist, wie es ist«, freute sich Margret. »Und du kannst schalten und walten, wie du willst, ich rede dir nix drein. Ich zieh mich in mein Austragshäusl zurück und werde allenfalls ein bisserl im Garten rumgraben, das macht mir wieder richtig Freude. Alles wachsen und gedeihen zu sehen, nach all den Jahren, wo mir alles genommen wurde, das tut mir und meinen Nerven gut. Und der kleine Hubertus, der ist die Freude meiner alten Tage. Ich glaub', wir werden nach allem, was an Schlimmem geschehen ist, wieder den guten, früheren Zusammenstand haben.«

Carina nickte. Sie hatte, bevor sie zum Notar gegangen waren, Margret ihre Pläne für den »Schlossberg« unterbreitet: Sie wollte dort für sich und Hubertus ihren Traum von einem kleinen Landhotel verwirklichen. Kein großer Hotelbetrieb sollte es werden, sondern sie wollte Apartments in den Nebengebäuden ausbauen lassen, wo sich die Leute – gedacht war überwiegend an Familien mit Kindern – selbst versorgen, aber auch zum Essen in den »Schlossberg« kommen konnten.

Auf den hinteren Weiden und Wiesen würden Gehege und Unterkünfte für jede Menge Tiere entstehen: Hühner, Schafe, Ziegen, Hasen, Katzen und eventuell sogar Ponys zum Reiten für die Kinder. Dionys würde sich, solange er noch konnte, um den kleinen Zoo kümmern.

Für Margret würde das Zuhause, das seinerzeit Carinas und Hubertus' erste Wohnung hatte sein sollen, renoviert werden. Es war ein schönes Refugium für sie: Etwas abseits, doch nicht ganz getrennt von der Familie und dem Betrieb. Sie und Hubertus würden im ersten Stock des Hauses wohnen.

Dionys hatte sich ausbedungen, in dem Gebäude bei den Tieren eine kleine Wohnung zu bekommen.

»Viel brauch ich nicht, Carina. Mir reicht ein Zimmer und ein Waschbecken und ein Klosett«, meinte er bescheiden.

»Und eine Dusche oder eine Badewanne vielleicht doch, sonst kommt wieder die Margret zur »Renovierung«, Dionys!«, lachte Carina.

»Wenns'd meinst«, schmunzelte er und verzog dabei das Gesicht.

»Das mein' ich, Dionys,« bekräftigte Carina.

Carina war voller Begeisterung und Elan. Mit Jörg zusammen plante sie die diversen Umbauten. Sechs Apartments sollten in dem früheren Nebengebäude entstehen, der Stall mit dem böhmischen Gewölbe, der an das Haupthaus angebaut war, wie es bei bayrischen Bauernhäusern üblich ist, wurde zu einem Saal für größere Veranstaltungen oder Hochzeiten ausgebaut.

Die Gast- und die Jagdstube blieben, wie sie waren, wurden nur neu gestrichen. Die Küche jedoch wurde vollständig erneuert und mit den neuesten Geräten ausgestattet. Nur der alte Herd blieb stehen, als Reminiszenz an frühere Zeiten.

Fast ein Jahr dauerten die diversen Um- und Anbauten, dann erstrahlte der alte »Schlossberg« in neuer Pracht.

»Um die Geranien am Haus, um die kümmerst du dich, Margret?«, bat Carina. »Dafür hat niemand eine so gute Hand wie du!«

Doch mit die schönsten Tage waren die, an denen Dionys mit neuen Tieren ankam, die er bei den Bauern der Umgebung kaufte und in die neu gebauten Gehege und Unterkünfte brachte. Dann war der kleine Hubertus kaum mehr zu bändigen: Mit Gummistiefeln, Kinderschaufel und Rechen ausgerüstet, folgte er Dionys auf Schritt und Tritt. Lukas, Hubertus' alter Jagdhund, der lange keine Aufgabe mehr gehabt hatte, stromerte begeistert mit über das Gelände und fühlte sich als Herrscher über das Tierreich, das hier angesiedelt wurde.

Carina sah oft vom Fenster aus dem Treiben zu und freute sich, wie aufgeweckt und gesund ihr kleiner Sohn war und wie gut ihm der »Schlossberg« tat. Ein Paradies war das hier für ihn!

»Landlust auf dem Schlossberg«, war das Motto ihres Hotels. Zur großen Eröffnung im Mai war alles gekommen, was Rang und Namen hatte: Der Bürgermeister, der Pfarrer, der die Anlage einsegnete und reichlich Weihrauch in alle Räume schwenkte, sowie alle Vereine des Dorfes.

Auch Herr von Donnersberg war mit seiner Frau und den Jagdfreunden aus Düsseldorf angereist. Pia und die Reimanns, Jörgs Bruder Andreas und seine Frau Andrea mit dem kleinen Kilian und dem Baby Quirin im Kinderwagen waren ebenso eingetroffen wie Carinas Eltern und Gianni, ihr Bruder. Selbst die Reitingers hatten es sich nicht nehmen lassen und saßen stolz mit am großen Tisch. Immerhin hatte ihr Jörg das alles geplant und beaufsichtigt!

Für die Dorfbewohner wurde am Nachmittag im Garten, im Saal und in den Gasträumen Kaffee und Kuchen kredenzt, serviert von Hilde und Kathie, die von zwei jungen Mädchen aus dem Dorf Unterstützung bekamen. Fast das ganze Dorf war auf den Beinen, auch die eine und die andere Nachbarin hatten sich heraufbemüht.

»Nicht schlecht, was die da hergestellt haben«, meinte die eine und blickte sich um, nicht ohne Neid.

»Das kann sich sehen lassen, aber mit voller Hose ist auch gut stinken!«, meinte die andere und befühlte prüfend den Stoff der leinenen Tischdecken.

»So viel Geld hat's auch wieder nicht, die Margret, oder?«

»Grundstückl werden's verkauft haben, oder sie, die Italienische, hat Geld mitgebracht. Wer weiß?«

»Die Carina, meinst du?«, korrigierte die andere.

»Dann halt ›die Carina‹, wenns'd meinst!«

»Da, schau rüber, die Reitingers sind auch da! Schau's an, die Maria! Grad freundlich tut's, vor allem mit der Carina!«

»Vielleicht macht sie sich Hoffnungen, dass das mit dem Jörg und der noch mal was wird. Jetzt, wo sie Hotelbesitzerin ist und keine Bedienung mehr«, kicherte die eine.

»Eine schlechte Partie tät er nicht machen, der Jörg, mit der Italien …, ich mein, mit der Carina.«

»Und ein Kind hätten's auch schon, da ist die halbe Arbeit schon g'macht!« überlegte die eine boshaft.

»Als wenn das Kindermachen eine Arbeit wär! Das geht schneller als eine Mark verdient ist«, konterte die andere.

»Du musst es ja wissen mit deiner Brut! Aber da, schau, der Wurmanstätter-Dionys. Der kommt daher wie ein Pfau! Schau das Charivari an, das er am Bauch hat. Und das Kind, das er auf dem Arm hat, ist das der Bub von der Carina und dem Hubertus?«

»Das ist er, rausg'rissen der Hubertus, find' ich! Und die Kette, die hat ihm die Margret für seine treuen Dienste geschenkt, hab ich g'hört!«

»Die Dienste, die tät ich gern sehen!«, feixte die eine.

»Du bist ein recht boshaftes Weib«, gluckste die andere und gab ihrer Tischnachbarin einen derben Stoß in die Seite. Dann widmeten sie sich ausgiebig der Kuchentafel und dem Kaffee.

Es war ein schöner, erfolgreicher und arbeitsreicher Tag gewesen.

Am Abend, als sich Herr von Donnersberg bei Carina verabschiedete, spendete er ihr großes Lob: »Es ist wunderbar, dass Sie wieder hier sind, Carina! Und was sie aus dem Anwesen gemacht haben, allen Respekt! Sie werden uns doch zum Jagdessen im Oktober wieder hier bewirten, nicht wahr?« Er wandte sich Margret zu: »Frau Gmainer, Sie machen das beste Wildessen, das ich kenne!«

Margret wehrte bescheiden ab. »Ich hab mit dem Gastbetrieb nichts mehr zu tun, Herr von Donnersberg, ich hab alles der Carina übergeben. Aber wenn es ihr recht ist, für Sie tät' ich mich schon noch einmal in die Küche stellen.«

»Und die Apartments müssen sie uns freihalten für die Jagdtage. Ich bin heilfroh, dass wir nicht mehr in die modrigen alten Zimmer beim ›Postwirt‹ einziehen müssen«, lachte er dröhnend.

Spät, als alle Gäste gegangen waren, saßen sie noch im kleinen Kreis beisammen: Margret, Carina, Jörg, Pia, die Reimanns und die Tornellis.

»Was für ein schöner Tag! Wenn das mein Mann und der Hubertus hätten sehen können«, meinte Margret glücklich, doch auch wehmütig.

»Den Großvater nicht vergessen!«, mahnte Carina, und alle schwiegen, im Gedenken an die drei, die diesen Tag nicht mehr miterleben durften.

»Hast du schon einen Koch für das Restaurant?«, fragte Gianni in die Stille hinein.

Carina sah auf. »Ich hab jemanden in Aussicht, Herr Reimann hat ihn mir vermittelt.«

»Ach so!« Gianni schien enttäuscht.

»Hättest du denn Lust, hierher aufs Land zu kommen?«, Carina war überrascht.

»Hier gibt es auf jeden Fall keine großen Verführungen«, er zwinkerte ihr zu.

Carina lachte. »Höchstens am Stammtisch, beim Schafkopfen! Aber die passen auf dich auf …«

»Sprecht morgen darüber, Kinder«, mischte sich Ugo Tornelli ein, doch man sah ihm die Freude an, die ihm Giannis Frage bereitet hatte.

Als sich alle verabschiedeten, kam Pia nochmals zu Carina.

»Ich freu mich für dich, Carina. Der ›Schlossberg‹ ist ein Traum, genau das, was ich mir immer vorgestellt habe.«

»Ja, davon haben wir oft geträumt, gemeinsam ein Hotel zu führen. Was ist? Willst nicht herkommen?«

Pia schüttelte den Kopf. »Ich kann nicht! Ich will die Reimanns nicht im Stich lassen. Weißt, ich bin wie ihre eigene Tochter inzwischen und ich habe freie Hand beim Management.«

»Das versteh ich, ich würde es an deiner Stelle nicht anders tun.« Die beiden Freundinnen umarmten sich zum Abschied.

Einige Zeit war vergangen. Das Hotel boomte, es war fast immer ausgebucht, und die Küche von Gianni war weitum bekannt als eine der besten.

»Hubertus! Hubertus?«, Margret rief nach ihrem vergötterten Enkelkind, das sich mit Dionys und Lukas draußen bei den Ziegen und Schafen herumtrieb.

»Hubertus! Hörst du nicht? Die Oma ruft nach dir!« Jörg hatte ihn hinter dem Haus entdeckt.

»Ich will noch nicht ins Bett!«, protestierte der Kleine heftig.

Jörg hob ihn hoch und wirbelte ihn herum. »Nix da! Der Oma muss man folgen«, und er brachte den zappelnden Buben zu Margret.

»Ich will noch beim Dionys bleiben«, kreischte Hubertus.

»Morgen wieder!«, beruhigte ihn Jörg.

»Aber dann will ich heute bei der Oma schlafen!«

»Darf er?« Margret sah Carina fragend an, die gerade aus dem Haus kam.

»Du verziehst den Buben zu sehr, Margret«, meinte sie vorwurfsvoll. »Bald tanzt er uns allen auf der Nase herum. Die Kindergärtnerin hat neulich gesagt, dass er immer seinen Kopf durchsetzen will.«

»Ach was! Zu viel Liebe hat noch keinem Kind geschadet«, wehrte Margret ab.

Carina drohte Hubertus mit dem Finger. »Brav sein bei der Oma, Hubertus, verstehst du?« Doch der hörte schon nicht mehr zu, hüpfte an der Hand seiner Großmutter dem Zuhäusl zu.

Jörg sah den beiden nach. »Was für ein Glück, die Margret und der Bub! Findest du nicht auch?«

»Ja, schon!« Sie sah sich um. »Ich könnt' noch ein bisserl bügeln, die Tischwäsche brauchen wir morgen.«

»Ach, gönn' dir mal ein bisschen Ruhe. Komm, wir machen einen kleinen Abendspaziergang hinauf zum Wald. Magst?«

Carina seufzte, nickte dann. »Du hast recht, ich muss aufpassen, dass ich mich nicht ganz auffressen lasse vom Betrieb. Aber es macht Spaß, alles schön zu haben.«

Schweigend gingen sie hinauf zum Wald hinter dem Haus.

Wie oft sie mit Hubertus verliebt und voller Zukunftspläne diesen Weg gegangen war, dachte Carina bei sich.

Oben, am Waldrand, hatte Dionys eine Bank gebaut, von der aus man einen schönen Blick hinunter nach Gmain hatte. Dorthin führte sie ihr Weg.

Außer Atem vom Aufstieg, setzten sie sich.

»Ach, tut die Ruhe gut nach all dem Trubel!« Carina lehnte sich zurück und streckte die

Beine aus. »Das ist ein wunderschönes Plätzchen, das der Dionys ausgesucht hat für seine Bank!«

»Mhm ...« Jörg hatte den Arm auf die Lehne hinter Carina gelegt.

Sie sahen hinunter auf das Dörfchen Gmain, das im Abendlicht unter ihnen lag, und blickten auf den »Schlossberg«, wo Dionys gerade über den Hof ging, einen Eimer in der Hand.

»Der Dionys, der kann auch nie aufhören zu arbeiten!«, gluckste Carina. »Ich bin froh, dass wir ihn haben, den guten Geist vom ›Schlossberg‹.«

»Mhm ...«, meinte Jörg wieder.

Carina sah ihn verwundert an. Gesprächig war er heute nicht, der Jörg, ganz anders als sonst. »Dir hab ich auch viel zu verdanken«, fuhr sie fort. »Ohne dich wäre ich nie mehr hierhergekommen. Und was du alles für mich getan hast hier, für mich und den Hubertus.« Sie wandte sich ihm zu.

Jörg schwieg, sie sahen wieder hinunter ins Tal. Endlich sagte er mit belegter Stimme: »Ich möchte noch viel mehr für dich tun, Carina, das weißt du!«

Sie sah ihn, fast erschrocken, an.

»Ich liebe dich, Carina, immer noch und wieder – und der kleine Hubertus, der ist für mich wie ein eigenes Kind. Ich weiß, damals, als ich dich in Traunstein wiedergefunden habe, hab ich zu dir gesagt, ich würde mich gerne um dich kümmern, ganz in Ehren. Das hab ich getan.« Wieder schwieg er, auch Carina sagte nichts.

Er wandte sich ihr zu. »Inzwischen sind Jahre vergangen, alles hat sich verändert. Jetzt will ich nicht mehr nur ein Freund sein, Carina. Ich möchte dich heiraten! Auch Hubertus braucht eine richtige Familie, Mutter, Vater und Geschwister. Du brauchst heute nichts sagen, denk erst darüber nach!«, fügte er schnell hinzu. Es waren die gleichen Worte, die Hubertus damals zu ihr gesagt hatte, als er ihr seine Liebe gestand.

Carina war gerührt. Sie sah Jörg an, mit ernstem Blick. »Wir kennen uns nun schon einige Jahre, und wir haben einiges miteinander durchgestanden«, sagte sie dann. »Ich weiß heute, dass ich mich auf dich verlassen kann, und ich habe dich immer, selbst in schwierigen Zeiten, gerngehabt.« Sie sah ratlos vor sich hin. »Noch muss ich, gerade hier am ›Schlossberg‹, viel an Hubertus denken. Lass mir Zeit, Jörg!«, bat sie leise.

»So viel Zeit, wie du brauchst!« Dann tat er, was er sich oft gewünscht, doch nicht gewagt hatte: Er legte die Hände um ihr Gesicht und küsste sie zärtlich, auf den Mund, die Augen, das Haar, und drückte sie an sich. »Ich hoffe nur, es dauert nicht allzu lange«, flüsterte er ihr ins Ohr.

»Nein, nicht allzu lange, nur noch ein kleines bisschen.« Sie sah ihn mit feucht schimmernden Augen an, dann küsste sie ihn innig zurück.

Alles war gut.

Von Viktoria Schwenger bereits erschienen

Die Schönen vom Lande
304 Seiten
ISBN 978-3-475-54145-2

Als die selbstbewusste Andrea ihren Freundinnen beim monatlichen Stammtisch vorschlägt, einen Fotokalender machen zu lassen, sind die Meinungen dazu zunächst geteilt. Doch nach einiger Überzeugungsarbeit sind alle 13 Frauen bereit, die Idee in die Tat umzusetzen. Jede der Freundinnen hat eine andere Motivation, an diesem Projekt teilzunehmen. Einig sind sie sich darin, zeigen zu wollen, dass auch die Mädels vom Land ganz attraktiv sind. Teil der Absprache ist allerdings auch, den Kalender nur für private Zwecke zu produzieren und nicht in großer Auflage erscheinen zu lassen. Doch dieses Vorhaben geht gründlich schief ...

Im Rosenheimer Verlagshaus bereits erschienen

Mondschein über Seewinkel
304 Seiten
ISBN 978-3-475-54805-5

Wally und Jana sind Cousinen und wohnen gemeinsam in einem edlen Anwesen am Ammersee. Obwohl sie sich sehr nahe stehen, sind sie unterschiedlich wie Tag und Nacht: Wally ist die reiche Erbin einer erfolgreichen Firma und wusste bis zum Tod ihrer Eltern nichts von den harten Seiten des Lebens. Jana verdient ihren Lebensunterhalt mit Handarbeit und setzt sich in ihrer Freizeit nicht nur legal für den Tierschutz ein. Sie haben eine Sache gemeinsam: Sie haben keinen Mann an ihrer Seite. Durch unvorhergesehene Ereignisse wird das Leben der Frauen jedoch auf den Kopf gestellt, aber die anfangs erschreckenden Veränderungen haben überraschend angenehme Folgen.

Im Zauber der Berge
288 Seiten
ISBN 978-3-475-54464-4

Sophie durchlebt den absoluten Alptraum sie wird von ihrem Exfreund Sven verfolgt und bedroht. Da eröffnet sich ihr eine Chance: Ein verwitweter Bauer in den Tiroler Bergen sucht eine Kinderbetreuung. Obwohl ihr jegliche landwirtschaftliche Kenntnisse fehlen, bewirbt sie sich und fängt auf Michael Hafners Hof ein neues Leben an. Sophie verliebt sich sofort in die beiden Kinder, und auch zwischen ihr und Michael beginnt es ordentlich zu knistern. Sehr zum Leidwesen seiner Verlobten Katrin, die ihr Revier mit kalter Berechnung verteidigt. In Sophie bricht ein Gefühlschaos aus und stets begleitet sie die Angst, dass Sven sie findet ... Dennoch gibt sie nicht auf und kämpft weiter für ihr Glück und die große Liebe.

Das Geheimnis vom Birkental
256 Seiten
ISBN 978-3-475-54144-5

Nach dem Tod seines Sohnes zieht sich Korbinian Leitner völlig verbittert mehr und mehr zurück. Er sieht weder für sich noch für seinen Hof eine Zukunft. Dass seine Tochter Bärbl das Erbe antritt, lehnt er entschieden ab: Einer Frau möchte er den Hof auf keinen Fall übergeben. So scheint ihm der geplante Autobahnanschluss des Dorfes der einzige Ausweg zu sein, denn sein Land würde als Baugrund einen guten Preis erzielen. Bärbl hingegen schließt sich der Protestbewegung gegen den Autobahnbau an. Dabei lernt sie auf einer Demonstration den Sägewerksbesitzer Leo Burger kennen. Die beiden verlieben sich auf Anhieb ineinander. Sie ahnen jedoch nicht, dass ihre Familien durch ein dunkles Geheimnis miteinander verbunden sind. Kann das junge Glück dieser Bewährungsprobe standhalten?

Informationen zu unserem Verlagsprogramm finden Sie unter www.rosenheimer.com